クリスティー文庫
16

死との約束

アガサ・クリスティー
高橋　豊訳

Agatha Christie

早川書房

5398

日本語版翻訳権独占
早　川　書　房

APPOINTMENT WITH DEATH
by
Agatha Christie

Translated by
Yutaka Takahashi
Published 2021 in Japan by
HAYAKAWA PUBLISHING, INC.
This book is published in Japan by
arrangement with
AGATHA CHRISTIE LIMITED
through TIMO ASSOCIATES, INC.

リチャードとマイラ・マロックに捧ぐ
二人のペトラ旅行の思い出のために

死との約束

登場人物

ボイントン夫人……………………………金持ちの未亡人
レノックス・ボイントン…………………ボイントン家の長男
ネイディーン・ボイントン………………レノックスの妻
レイモンド・ボイントン…………………ボイントン家の次男
キャロル・ボイントン……………………ボイントン家の長女
ジネヴラ・ボイントン……………………ボイントン家の次女
ジェファーソン・コープ…………………ネイディーンの友人
サラ・キング………………………………女医
テオドール・ジェラール…………………医学博士
ウエストホルム卿夫人……………………婦人代議士
アマベル・ピアス…………………………保母
マーモード…………………………………通訳
カーバリ大佐………………………………アンマンの警察署長
エルキュール・ポアロ……………………私立探偵

第一部

第一章

「いいかい、彼女を殺してしまわなきゃいけないんだよ」

その言葉は夜のしじまに流れ出て、ややしばらくそのあたりに漂い、やがて闇の中を死海のほうへ消えて行った。

エルキュール・ポアロは、窓の掛け金に手をかけたまま一瞬ためらった。それから眉をしかめながら、有害な夜の空気をいっさい締め出そうとするように勢いよく窓を閉めた。彼は幼いころから、外の空気はいっさい室内に入れないほうがいいと教えられ、とくに夜気は体に毒だと信じこまされていたのだ。

カーテンをきちんと窓いっぱいにかけると、ベッドへ行きながらおおようにほくそえんだ。

「いいかい、彼女を殺してしまわなきゃいけないんだよ」

エルサレムの最初の夜にふと耳にしたその言葉は、探偵エルキュール・ポアロの好奇心をそそった。

「わたしは、どうしてこうもいたるところで犯罪を連想させられるようなものにぶつかるんだろう！」と、彼は心の中でつぶやいた。

そして、かつて聞いた小説家アンソニー・トロロープに関する話を思い起こしながら、ほくそえみつづけた。トロロープが大西洋横断の旅をしていたとき、二人の船客が最近発表された彼の連載小説について論じ合っているのを耳にしたのだった。

「あれはなかなかおもしろいね」と、一人が意見を述べた。「しかし、あの退屈なおばあさんは殺してしまうべきだな」

小説家はにっこり笑って彼らにいった。

「ご忠告をいただいてありがとうございます。さっそく、あのおばあさんを殺しちゃいましょう！」

たったいま耳にした言葉は、どんないきさつから生まれたのだろうと、エルキュール・ポアロは不審に思った。戯曲か小説を、二人で合作していたのだろうか。

彼は依然として微笑しながら考えた。

「そのうちいつかあの言葉を思い出したとき、それがもっと不吉な意味を持っているようになるかもしれないぞ」

あの声には妙に緊張した不安な調子がこもっていたことを、彼はふと思い出した。極度の内面的な緊張を物語るように震えていたのだ。大人の声だろうか、それとも少年か……。

エルキュール・ポアロはベッドのそばの電灯を消しながら、心の中でつぶやいた――

「もう一度あの声を聞いたらわかるだろう……」

レイモンドとキャロル・ボイントンの二人は、肘を窓敷居におき、ほおを寄せ合って、青い深夜のとばりを見つめていた。レイモンドは不安な口ぶりでさっきの言葉をくり返した。

「いいかい、彼女を殺してしまわなきゃいけないんだよ」

キャロル・ボイントンはちょっと身じろぎ、低いかすれ声でいった。

「でも、怖いわ！」

「このままでいるよりはましさ」

「それはそうだけど……」

　レイモンドは激しい口調でいった。

「このままほっとくわけにはいかないよ、絶対。なんとかしなくちゃ……。といっても、ぼくたちにはほかにどうすることもできないんだ」

キャロルはいった——しかし、その声は自信なさげだった。彼女自身もそれはわかっているようだった。

「なんとかして逃げ出せるといいんだけどね……」

「無理だよ」うつろな絶望的な声だった。「それはおまえも知ってるだろう、キャロル」

　彼女は身震いした。

「ええ、そりゃわかってるわ、レイ」

　彼は突然短くにがにがしく笑った。

「世間の人は、ぼくたちが気が狂ったのだといってるだろうな——一歩も外へ出れないなんて——」

　キャロルがゆっくりいった。

「たぶん、あたしたちはもう……ほんとに気が狂ってるのかもしれないわ！」

「うん、そうかもしれない。いずれにしろ、もうすぐ——いや、もうすでに気が狂ってるといわれても仕方ないだろうよ——われわれ自身の母親を殺すことを、平気で企んでるんだからな！」

彼女は鋭く叫んだ。

「あの女はあたしたちの母親じゃないのよ！」

「うん、それはそうだけどね」

しばらく話がとぎれた。やがてレイモンドがおだやかな事務的な口調でいった。

「キャロル、おまえは賛成してくれるね？」

キャロルは落ち着いた声で答えた。

「あたし、あの女が早く死ねばいいと思ってるわ——」

それから、急にたまりかねたように叫んだ。

「あいつこそ気ちがいなんだわ——ほんとに気が狂ってるのよ。正気なら、あたしたちをこんなふうに苦しめるわけがないわ。あたしたちは、もう何年間も、こんなことがいつまでもつづくはずがないといいつづけてきたのに、それがずっとつづいてきたのよ。あいつはいつかは死ぬだろうといってきたのに、あの女は死ななかったわ。あたし、あの女は永久に死なないような気がするわ——もしあたしたちが——」

レイモンドがそれを受けてはっきりいった。

「もしぼくらが彼女を殺さなかったらね」

「そうよ」

彼女は窓敷居の上で両手を固く握りしめた。

彼女の兄は冷静な事務的な口調で話をつづけたが、その声は彼の心の奥の興奮を示すかのように、かすかに震えていた。

「おまえかぼくか、どちらかがそれをやらなきゃならないんだ、そうだろ？　レノックスはネイディーンの面倒を見なきゃならないし、それに、ジニーにやらせるわけにはいかないからね」

「かわいそうなジニー……。ジニーはもしかしたら……」

「うん、わかってる。事情は悪くなるばかりなんだ。だから、早くなんとか手を打たなきゃ――ジニーががまんの限界を越えないうちに」

ひたいに乱れかかった栗色の髪を後ろへ払いながら、キャロルが急に立ちあがった。

「レイ、あなたはそれをまちがってるとは思わないでしょうね」

彼はあい変わらず冷静を装って答えた。

「そうさ、狂犬を一匹殺すようなものでしかないよ――世間に害を及ぼす犬をね。それをやめさせるには、殺す以外にないのさ」

「でも、そうしたらあたしたちはきっと死刑になるわよ。彼女がどんな女だったかを、あたしたちは説明できないだろうと思うの。作り話のように聞こえるわ、きっと。ある意味では、それはすべてあたしたち自身の心の中にあるのだから」

レイモンドがつぶやいた。

「そう、だれにもわかってもらえないだろう。でもね、いい考えがあるんだ。ちゃんと計画を練ってきたのさ。きっとうまくいくよ」

キャロルは急に彼のほうをふり向いた。

「レイ、あなたはなんだかいつもと違うみたい。何かあったのね……。そんな計画をどうして思いついたの」

「何かあったって？——なぜそんなことを考えたんだい」

彼は顔をそむけて闇を見つめた。

「なぜならそれは——ねえ、レイ、それは汽車に乗っていたあの若い女のひととの入れ知恵じゃないの」

「いや、とんでもない——なぜそんなことをいい出したんだ。そんなばかげた話はよして、さっきのことを——」

「あなたの計画のこと？　ほんとにそれはいい考えなの」

「うん、ぼくはそう思うよ。もちろん適切な時機を待たなければならないけどね。そして、そのときがきたら――うまくいけば――ぼくらはみんな自由になれるんだ」

「自由に？」キャロルはかすかにため息をついて星を見あげた。

それから、急に全身を震わせてわっと泣き伏した。

「どうしたの、キャロル」

彼女は涙にむせびながら、とぎれとぎれにいった。「夜空が、あの青が、星が……あんまり美しいからなの。もしあたしたちがあんなふうになれたら……。せめて世間の人と同じようになれたら……。いまのあたしたちはみんなひねくれて、気が狂ったみたいになってるんだもの」

「しかし、きっとよくなるよ――あの女が死ねば！」

「ほんとにそう思う？　もう手遅れじゃないかしら。あたしたちはもう、まともな人間になれないんじゃないかしら」

「ばかな。そんなことはないさ」

「そうかしら」

「キャロル、おまえはまさか――」

キャロルは、なだめるようにして彼女の肩を抱いた彼の腕をそっと払った。

「いいえ、あたしはあなたの味方よ——あなたといっしょに戦うわ、みんなのために、とくにジニーのためにね。あたしたちはなんとかしてジニーを救わなければならないのよ」

レイモンドは少し間をおいていった。

「それじゃ、計画どおりにやろうか」

「ええ、やるわ！」

「よし。では、ぼくの計画を説明しよう……」

彼は上体を乗り出して彼女に顔を近づけた。

第二章

医学士ミス・サラ・キングは、エルサレムにあるソロモン・ホテルのライティング・ルームでテーブルのそばに立って、新聞や雑誌のページをぼんやりめくっていた。眉を寄せて、何か考えふけっているふうだった。

そのとき、背の高い中年のフランス人がホールから部屋に入ってきて、ややしばらく彼女を見つめていたが、やがてそのテーブルの反対側へぶらっと歩いて行った。二人の視線が合ったとき、サラは軽い会釈の微笑を投げた。カイロからの旅行中にその男は、ポーターがいなくて困っている彼女のスーツケースを運んでやったことがあったのだった。

「エルサレムはいかが。気に入りましたか」挨拶を交わしてから、ジェラール博士はたずねた。

「ちょっと変なところがありますわ」と、サラはいってからつけたした。「ここの宗教はまったく奇妙ですね」

フランス人は興味をそそられた様子だった。

「あなたのおっしゃる意味はよくわかります」彼の英語は完璧に近かった。「あらゆる宗派がたがいにいがみ合って、喧嘩の絶え間がありませんからな」

「それに彼らの建築物もぞっとするようなものばかり！」

「いかにも」

サラはため息を洩らした。

「今日わたしは、袖のないドレスを着ていたために、ある場所から追い出されちゃったんですよ」と、うらめしそうにいった。「全能の神さまは自分でわたしの腕を作っておきながら、この腕が嫌いらしいんですね」

ジェラール博士は笑っていった。

「コーヒーを頼もうかと思うんですが、いっしょにいかがです、ミス――？」

「キングと申します。サラ・キングです」

「わたしは――こういう者です」

彼はすばやく一枚の名刺をさし出した。サラはそれを手にすると、喜びと尊敬で目を見張った。

「まあ、テオドール・ジェラール博士！　先生にお会いできるなんて、嬉しいわ。わたしはもちろん、先生の著書をぜんぶ読んでおります。精神分裂症に関する学説には、非常に興味をひかれました」

「もちろんですって？」ジェラールの眉が問いただすようにあがった。

サラはやや遠慮がちに説明した。

「わたし、医師を志しておりますの。まだ、医学士になったばかりですけど」

「ああ、なるほど」

ジェラール博士がコーヒーを注文し、二人は休憩室の一隅に席をとった。このフランス人は、サラの医学的な造詣よりも、彼女のひたいから後ろへ波うっている黒髪や、形の美しい紅い唇に関心を向けていた。そして彼女が彼に対してかしこまっているのを、おもしろがっている様子だった。

「あなたはここに長く滞在をなさるおつもりですか」と、ジェラールはうちとけた調子で話しかけた。

「二、三日だけです。それからペトラへ行きたいと思ってますの」

「ほう、わたしもあまり日数がかからないようなら、そこへ行こうかと思ってるんですが。十四日にはパリへ帰らなければいけないんで」

「だいたい一週間くらいで行ってこられるんじゃないでしょうか。往きに二日、滞在を二日みて……」

「午前中に旅行案内社へ行って、予定を立ててみることにしますよ」

そのとき休憩室に男女の一団が入ってきて、腰をおろした。サラは興味深げに彼らを見てから、声を低めていった。「昨夜の汽車であの人たちを見かけませんでしたか。彼らはカイロでわたしたちと同じ汽車に乗ったんですよ」

ジェラール博士はめがねをかけて、彼らのほうへ視線をやった。

「アメリカ人ですかな」

サラはうなずいた。

「ええ、アメリカ人の家族ですわ。でも、かなり変わっていますわ」

「変わっている？　どんなふうに」

「ごらんなさい、とくにあのおばあさんを」

ジェラール博士はその指示に従った。彼の鋭い職業的な視線が、すばやく顔から顔へ走った。

まずはじめに、背の高い、骨組の軟弱な、年のころ三十歳ばかりの男が彼の目に映った。人好きのする顔だが、生気がなく、態度が妙によそよそしかった。それから顔立ちのととのった若い二人――青年のほうはギリシャ人のような容貌だった。「彼もどうかしているらしい」と、ジェラール博士は思った。「そうだ――典型的な神経過敏症だ」少女は彼の妹らしく顔がよく似ていた。彼女もかなり興奮しやすい状態にあるようだった。ほかにもう一人もっと年下の少女がいた――彼女の金色をおびた赤毛はまるで後光が射したように逆立っていたし、両手は落ち着きなく膝の上のハンカチをいじりまわし、それをひき裂いたりしていた。しかし、もう一人の女性は若くて落ち着きがあり、髪が黒く、肌はクリームのように白く、聖母を想わせるようなおだやかな顔で、そわそわしたところがまったくなかった。それから、その一団の中央を見て、ジェラール博士はフランス人的な露骨な嫌悪のつぶやきを洩らした。「なんといういやな女だ、あれは！」まるで巣の中央におさまっている大グモといった感じに、でっぷり太った体を傲然と彼らのまん中にふんぞりかえらせている――不恰好な古代の仏像のような女だった。

彼はサラにいった。

「あのばあさんは、どうみても美人じゃありませんな」

そして彼は肩をすくめた。

「何やら陰険なところがありますね」と、サラは答えた。

ジェラール博士はふたたびさぐるような目を彼女に向けた。その目は今度は審美的でなくて、職業的な目だった。

「水腫がある——心臓病だ」と、彼は医学用語を口走った。

「ええ、それはそうですけど」サラは医学的な観点を無視した。「でも、彼女に対するほかの人たちの態度が、ちょっとおかしいですね」

「どういう人たちなんです、あれは？」

「ボイントン家の人たちですわ。母親と、結婚した息子とその奥さん、年下の息子が一人と娘が二人です」

ジェラール博士はつぶやいた。

「ボイントン家の人々が世界旅行をしているわけですか」

「ええ、でも、それにしては様子がおかしいんですよ。彼らは他人とぜんぜん口をきかないんですの。しかも、彼女の許しを得ないと、なんにもできないらしいんです」

「家母長タイプなんですな、あの女は」と、ジェラール博士は考え深げにいった。

「たぶん、暴君でしょうよ」と、サラが答えた。

ジェラール博士は肩をすくめて、アメリカの女は地球を支配する——それは周知の事実だといった。

「ええ、でも、あれはそれ以上だと思いますわ」サラは執拗にいった。「ごらんなさいな、みんなをすっかりおじけさせているじゃありませんか。あんまり頭を抑えつけるからですよ——あれはひどいわ！」

「女が権力を持ちすぎるのは、よくないことです」ジェラール博士は急に真顔になって同意してから首を振った。「権力を乱用しないようにするのは、女性にはなかなか難しいことでしてな」

彼はサラをちらっと横目で見た。彼女はボイントン家の人々を——というよりは、その中の特別な一人を見つめていた。彼はのみこみの早いフランス人特有の微笑を洩らした。そう、たしかにそんな微笑だった！

そして試すような調子でたずねた。

「あなたは彼らとお話しになったことがあるんでしょう」

「ええ、あの中の一人とだけは、話したことがありますわ」

「あの青年——あの年下の息子とですか」

「はい、カンタラからここへくる汽車の中でね。彼が廊下に立っていたんですの。で、わたし、彼に話しかけたんです」

サラの態度は、人前を気にしているようなところがなかった。彼女は外向的な性格で人なつこく、怒りっぽいけれどもいたって親切心が厚かった。

「どうして彼に話しかけたんです」と、ジェラールが訊いた。

　サラは肩をすくめた。

「どうしてって……、わたしは旅行しながら、たびたびさまざまな人たちに話しかけるんですの。それらの人々がどんなことをしているのか、どんなふうに考えたり感じたりしているのかに、興味を持っているのです」

「つまり、世間の人たちを顕微鏡にかけて見るってわけですな」

「ま、そういうことになるかもしれませんね」

「で、この場合はどんな印象を受けました」

「そうですね……」彼女はためらいながら答えた。「ちょっと奇妙な印象を受けましたわ。まずだいいちに、あの青年は首すじまで真っ赤になっちゃったんです」

「ほう、それはまた極端ですな」と、ジェラール博士はにこりともせずにいった。

　サラは笑った。

「あなたは、わたしが彼に言い寄るなんて、ずいぶん恥知らずな浮気女だと思って、彼が怒ったのだろうと考えていらっしゃるようですけど、彼はそんなふうに考えたのじゃないと思いますわ。男の方なら、おわかりでしょう」

　彼女は率直な問いかけのまなざしを博士に向けた。彼はうなずいた。

サラは眉を少し寄せながら、ゆっくりいった。「なんといいますか――つまり、彼はそのときすっかり興奮し、同時にひどく不安になったらしいのです。わたしはアメリカ人というのはたいがい異常なほど沈着だと思っていましたから、奇妙な感じがしたのです。二十歳ぐらいのアメリカの青年は、同じ年ごろのイギリスの青年に比べて、はるかに世間を知っており、機転がきくのが普通ですもの。あの青年はもう二十歳をすぎているでしょう」

「二十三、四というところかな」

「そんなになってるかしら」

「ま、そうでしょう」

「そういえば……そうですね、彼は年より若く見えるのかもしれませんね」

「精神的な適応不全ということになりますかな。いつまでも子供っぽいところが残っているわけです」

「なるほど。すると、わたしの見方は正しいんですね。つまり、彼は完全に正常ではないわけでしょう」

ジェラール博士は彼女の熱心さにつられて苦笑しながら、肩をすくめた。

「お嬢さん、完全に正常な人間なんていますかね。しかし、たしかにある種の神経症という症状はあるでしょう」

「あのいやらしいばあさんのせいなんですよ、きっと！」

「あなたはあのおばあさんが大嫌いらしいですな」と、博士はけげんそうに彼女を見ながらいった。

「そうですとも。あの意地の悪そうな目！」

ジェラールはつぶやいた。

「母親の多くは、息子が若い魅力的な女性に心をひかれると、あんな目になるものですよ」

サラはたまりかねたように肩をすくめた。フランス人はどうしてみんなこうもセックスにとりつかれているのだろう！　しかし、もちろん彼女自身も良心的な精神病医であったから、あらゆる人間の行動の基底にセックスがひそんでいることを認めないわけにはいかなかった。サラの想念は、なじみ深い心理学の常道を走った。

やがて彼女ははっとして瞑想から覚めた。レイモンド・ボイントンが部屋を横切って、中央のテーブルのほうへ歩いて行った。そして雑誌を一冊選り出した。帰りぎわに彼が彼女の椅子のそばを通りかけたとき、彼女は彼を見あげて話しかけた。

「今日は見物で忙しかったんでしょう」

彼女は口から出まかせにいった。どういう反応を示すかを試してみたかったのだ。レイモンドは半ば足をとめて顔を赤らめ、臆病な馬のようにどぎまぎしながら、彼の家族たちの中央へおびえた視線をやった。そして口ごもった。

「はあ、ええ……。じつはあの——」

それから彼は突然拍車をかけられたように、急いで家族のほうへ飛んで行って雑誌をさし出した。

グロテスクな仏像のような老女は太った腕をのばしたが、その雑誌を受け取るとき、彼女の目がじっと青年の顔にそそがれているのを、ジェラール博士は気づいた。彼女の口をついて出たのはお礼の言葉ではなくて、不満の声だった。それから彼女の頭の向きがほんの少し変わった。そしてこんどはサラへきびしい視線を向けているのを、博士は見た。彼女の顔はまったくなんの表情もなくて、何を考えているのか、推測もつかなかった。

サラは腕時計を見て叫んだ。

「あら、もうこんな時間ですか」彼女は立ちあがった。「ごちそうになりました、ジェラール先生。これから少し手紙を書かなければなりませんので、失礼いたします」

彼も立って彼女の手をとった。

「またお会いしましょう」

「ええ、お会いしたいわ！　ペトラへいらっしゃるんでしょう」

「ぜひそうしたいと思ってます」

サラは彼に微笑してきびすを返した。彼女が部屋を出るにはボイントン家の家族のそばを通らなければならなかった。

ジェラール博士はボイントン夫人の視線が息子のほうへ移されたのを見た。その青年の視線が彼女のそれと合った。サラが通り過ぎるとき、レイモンド・ボイントンは半ば首を回した――彼女のほうへでなく、反対の方向へ。それはゆっくりとした不本意な動きで、まるでボイントン夫人が目に見えない糸を引いているような感じを与えた。

サラ・キングは彼が顔をそむけたのを見て、腹が立った――それだけ若く、単純だったのだ。二人は寝台車のゆれる廊下でとても親しく語り合ったのだった。たがいにエジプトの思い出話に花を咲かせ、ロバ曳きの少年や街の客引きのこっけいな言葉に腹をかかえて笑ったのだった。あるラクダ曳きが思わくありげな顔で彼女に近づいてきて、「ちょっと、イギリスかアメリカのお嬢さん――」と、ぶしつけに話しかけたとき、彼女が、「いいえ、あたし中国人よ」と答えると、ラクダ曳きは、あっけにとられてぽかんと彼女を眺めていた――そのまぬけた恰好を見ておかしくてたまらなかったことも話した。彼女には、レイモンド・ポイントンがとても感じのいい、まじめな学生に思えた――そのまじめさは熱情に近いもののような気がした。ところがいまの彼は、どうしたことか、ひどく内気で、おどおどしていて――しかもまったく無礼だった。

「もう彼のことなんかで頭を悩ますのはよそう」と、彼女は腹立たしげにつぶやいた。

サラはうぬぼれすぎてはいないにせよ、彼女自身をかなり高く評価していた。自分が異性にとってきわめて魅力的存在であって、おめおめと男に鼻であしらわれるような女ではないことを知っていた。

彼女はある漠然とした理由から彼に同情していた。ひょっとするとそれは、友情以上のものだったかもしれない。

しかし、いまや彼は、無礼で高慢でやぼくさいアメリカ人の若者にすぎないことが明らかだった！

サラは予定していた手紙を書こうとはせず、化粧台の前に坐って髪を後ろへすきながら、鏡の中の悩ましげな褐色の二つの目をじっと見つめ、自分の人生の状況について思いめぐらした。

彼女はある難しい感情的な危機を切り抜けてきたばかりだった。一カ月前、四つ年上の若い医者との婚約を破棄したのだ。相思相愛の仲だったが、気性があまりにも似すぎていた。しょっちゅう意見が衝突し、喧嘩ばかりしていた。彼女自身尊大な性格だったから、相手の独裁的な主張をがまんして聞いていられなかった。鼻っぱしの強い女の多くがそうであるように、サラもまた力を賛美したいような気がしていた。支配されたいといつも思っていた。だが、いざ彼女を支配する能力のある人に出会うと、それが嫌になってしまったのだ。婚約を破棄することは大きな精神的打撃だったが、彼女もやはり現実的な女だったから、ただおたがいに好きだというだけでは、一生の幸福を築き上げるのに充分な土台にはなり得ないことを悟ったのだった。そして、ふたたび仕事に精魂をうちこめるようになるために、そんな過去を忘れるのに役立つかもしれないと、海外への休暇旅行を思い立ったのだった。

彼女の思いが、過去から現在へもどってきた。

「ジェラール博士は彼の研究について、わたしに話をしてくれるかしら。すばらしい研究だわ。彼がわたしのことをまじめに考えてくれるといいんだけど……。たぶん彼はペトラへやってくるだろうから……」

やがて彼女はまたあの奇妙なところのある無礼なアメリカ人の若者のことを考えた。

彼があんな変な態度をとらなければならなかったのは、家族がいたせいであることは疑いなかったが、しかし、たとえそうであるにせよ、彼女は彼をいささか軽蔑せざるを得なかった。あんなふうに家族に頭を抑えられているなんて、まったくばかげてるわ——ましてて男たる者が！

しかし……。

ある唐突な思いが彼女の心をかすめた。たしかに少し腑に落ちないところがあった。

彼女はだしぬけに声をあげた。

「あの青年は助けを求めているんだわ！　よし、なんとかして助けてやろう！」

第三章

サラが休憩室を出たあと、ジェラール博士はしばらく椅子に坐っていたが、やがてテーブルのほうへ行って最終版のル・マタンを手に取り、それを持ってポイントン家の家族たちから三メートルと離れていない椅子のほうへぶらぶら歩いて行った。好奇心が湧いてきたのだ。

最初彼は、このアメリカ人の家族にイギリスの女性が関心を持っていることをおもしろく思い、彼女の関心はその一員だけに向けられたものだろうと判断した。しかし、やがてその家族全体に変わったところのあるのに気づくと、科学者としてのよりいっそう深い偏見のない興味が頭をもたげだした。純粋に心理学的に重要な問題がそこにあることを感じとったのだ。

彼は新聞のかげに隠れながら、彼らをこっそり観察しはじめた。まず、あの魅力的なイギリス女性が強い関心を示した青年を見た。たしかに彼女の気に入りそうなタイプの個性を持った若者だった。サラ・キングには力があった——均衡のとれた神経や、冷静な才智や、強固な意志があった。そして博士の判断では、その若者は敏感で、感受性が強く、内気で非常に暗示を受けやすいたちらしかった。博士はまた、その若者がいま神経が極度の緊張状態にあることを、医師の目で気づいた。なぜだろう。博士は不審に思った。見たところ健康状態はよく、旅行を楽しんでいるはずの彼が、どうしてこんな神経衰弱におちいる寸前の状態になっているのだろう。

博士は目を移して一行のほかの者たちに注目した。栗色の髪をした女は、レイモンドの妹だろう。同一血統らしく、骨組が小さく、顔立ちがととのい、貴族的な容貌だった。また、ほっそりした形のいい手も、上品なあごの線も、細くて長い首の上の頭の恰好まで同じだった。そして、やはりいくぶん神経のたかぶっているような動きを示し、目は表面がぎらぎら光って、その下は暗くかげっていた。話をするときは、あまりにも早口すぎて息が切れそうな感じだった。警戒心が強く、たえず緊張していて、くつろぐことができない様子だった。

「彼女も怖がってるらしい」と、博士は診断した。「うむ、たしかに怖がってる！」

会話がとぎれとぎれに聞こえてくる——日常的なありきたりの会話だった。

「ソロモンの馬小屋へ行ってみようか」……「それは、お母さんが大変だわよ」……「午前中に嘆きの壁へ行ったら？」……「神殿がいいよ、オマーのモスクといわれてるところさ――なぜそう呼ぶのか知らないけど」……「もちろんイスラム教徒の寺院に使われていたからよ、レノックス」

ありふれた旅行者たちの会話だ。しかし博士は、その言葉のはしはしに何か妙にしらじらしいものを感じた。それはある仮面をかぶっていた――その背後にあるはげしく渦巻く何かを、あるいは言葉に言い表わし得ないほど奥深く、形容できない何かを隠すための……。

彼はふたたびル・マタンのかげから視線をのぞかせた。

レノックスというのは？　それは長男だった。同一家族の類似点も見られたが、かなり違っているところがあった。レノックスはあまりおどおどしていなかった。彼はさほど神経質ではないらしいと、博士は判断した。しかし、彼にもどこか奇怪なところがあるように思えた。ほかの二人に見られるような筋肉の緊張はまったくなかった。くつろいで、だらしない恰好に坐っている。博士は病室であんなふうに坐っていた患者の記憶をたどってみた。

「ひどく疲れているようだ――悩み疲れているらしい。あの目つきは、けがをした犬か病気の馬の目つきだ――無言で、獣《けだもの》のように苦痛を耐え忍んでいる目だ。体はどこも悪くないらしい。しかし、最近大きな苦しみを――精神的な苦しみを経験したのにちがいない。いまはもう苦しんではいないらしい――無言で耐えて――きっと、決定的な一撃を待っているのだ。どんな一撃だろう。わたしの思いすごしだろうか。いや、たしかに彼は何かを待っている――最後のくるのを待っているらしい。ちょうど一服の鎮痛剤が少しでも痛みを和らげてくれるのを感謝しながら、じっと死を待っている癌の患者みたいに……」

レノックス・ボイントンは立ちあがって、老婦人の落とした毛糸の玉を拾ってやった。

「はい、お母さん」

「ありがとう」

あのとほうもなく太った無表情なおばあさんは、何を編んでいるのだろう。分厚い、粗雑なものだった。博士は推察した――「どこかの貧民収容施設の人たちにやる手袋だろうか」そして彼自身の空想にあきれてにが笑いした。

それから彼はいちばん年下の、赤毛の娘に視線を転じた。たぶん十七歳くらいだろう。赤毛の人の多くがそうであるように、彼女の肌もすばらしくきれいだった。痩せすぎてはいるが、顔も美しかった。彼女はひとりでほほえんでいた――虚空へほほえみかけていた。いささか奇妙な微笑だった。ソロモン・ホテルやエルサレムとはおよそ縁遠い微笑だった。何かを思い出させるような微笑だった……。やがてそれが博士の心にぱっと浮かんだ。アテネのアクロポリスの処女たちの唇にただよっているあの不思議な微笑だ――どことなくよそよそしくて、ちょっと冷酷な感じの、しかも美しいあの微笑なのだ……。その微笑の魔力が、彼女の上品な静けさが、彼の心を打った。

それから、彼女の手を見て、はっとなった。それはテーブルの下になっていて、ほかの家族たちには見えなかったが、博士の坐っている場所からはよく見えた。その両手は、膝の上で薄い絹のハンカチをちぎるようにして、細く引き裂いているのだった。

博士は愕然とした。

あのとりすました、よそよそしい微笑――静まりきった体――そしてせわしげな破壊的な手。

第四章

ぜんそくのゆっくりした咳の音がして、やがて編物をしていたとほうもなく太った老女がいった。

「ジネヴラ、おまえは疲れてるね。もうおやすみ」

彼女はびっくりして、機械的な指の動きを止めた。

「あたし、疲れてませんわ、お母さま」

彼女の声の音楽的な響きが、ジェラールの耳に快く入ってきた。それはもっとも平凡な音声を魅力的にする、美しい歌声のような音色をおびていた。

「いいえ、おまえは疲れてます。わたしはちゃんと知ってるのよ。明日はどこも見物なんかできないだろう」

「えっ！　でも、行けるわ。あたし、大丈夫よ」

彼女の母は、耳ざわりな太いしゃがれ声でいった。

「だめだめ。病気になったって知りませんよ！」

「大丈夫だったら！　病気になんかならないわ！」

彼女ははげしく身ぶるいしはじめた。

やさしい静かな声がいった。

「わたしがいっしょに上へ行ってあげるわ、ジニー」

思慮深げな灰色の大きな目をした、黒い髪をきちんと巻いた物腰の静かな若い女が、立ちあがった。

ボイントン老夫人がいった。

「いけません。ひとりで行かせなさい」

少女が叫んだ。

「ネイディーンといっしょでなきゃ、いや！」

「行ってあげるわ」若い女は足を一歩ふみ出した。

老女はいった。

「その子はひとりで行きたいのよ――そうだろ、ジニー？」

やや間をおいて、ジネヴラ・ボイントンは急に冴えない単調な声になって答えた。

「ええ――ひとりで行くわ。ネイディーン、ありがとう」

背の高い痩せ細った姿が、驚くほど優美な動きを見せながら去って行った。

博士は新聞を低くして、ボイントン老夫人を心ゆくまで観察した。部屋を出て行く娘の後ろ姿を見ている彼女の太った顔にしわが寄って、一種独得な微笑になった。それはどことなく、ついいましがたあの少女の顔を別人のように見せた美しい神秘的な微笑の戯画のような印象を与えた。

やがて老女の視線はネイディーンへ移った。ネイディーンはふたたび腰をおろしたばかりだった。そして彼女が顔を上げたとき、義母と視線が合った。彼女は落ち着き払って、まったくたじろがなかった。老女のまなざしには敵意がこもっていた。

ジェラール博士は思った。

「ひどい専制君主だな、あのばあさんは」

するとそのとき、突然老女の視線がまともに彼にそそがれた。彼ははっと息をつめた。その目は小さく、黒く、どんより曇っていたが、そこから何かが——力が、明確な力が、妖気に満ちた悪意の波が——放射されていた。博士は人格の力についてある程度知っていた。したがって、そこにいるのは気まぐれな専制君主的な性格破綻者でないことに、すぐ気づいた。この老女は明確な力そのものだった。博士は彼女のまなざしにこもった敵意の中に、コブラの威嚇力に似たものがあるのを感じた。ボイントン夫人はもう年老いて体が衰弱し、病気の餌食になっているかもしれないが、しかし無力ではなかった。力の意味を知っていて、力の生涯を生き抜き、自己の力にまったく疑いを持たなかった女なのだ。博士はかつて、ある女性が非常に危険な、スリルに富んだ芸を虎に仕込むのを見たことがあった。獰猛な猛獣たちはそれぞれの部署について、卑しい屈辱的な芸をやる。それらの猛獣たちの目や押し殺したうなり声は、狂気のようなはげしい憎しみを示していたが、しかし彼らは服従し、恐れおののいていた。その虎使いは若くて傲慢な黒髪の美女だったが、目つきは同じだった。

「そうだ、虎使いだ!」と、ジェラール博士は心の中でいった。

そして彼は、この無邪気な家族同士の対話の底に流れるものを、ようやく汲みとることができた。それは憎しみだった——渦を巻いて流れる憎しみの暗流だった。

彼は考えた。

「こんな話を聞いたら、たいがいの人はわたしを、なんとばかげた妄想狂だと思うだろう。ここにいるのは、パレスチナへ観光旅行にきたごくありきたりの円満なアメリカの一家族にすぎないのに——わたしは彼らにまつわる悪魔的な物語をでっちあげてるんだからな」

それから彼は、ネイディーンと呼ばれたもの静かな若い女を興味深げに眺めた。左手に結婚指環をはめていた。そして彼がじっと見ていると、彼女は柔軟な体つきをした金髪のレノックスに、ちらっと意味ありげな視線を送った。博士はそれでわかった……。

あの二人は夫婦だが、それは妻というよりも母の視線だった――彼をかばい、気づかっている肉親のまなざしだった。さらに博士は知った。この一団の中で、ネイディーン・ボイントンだけは彼女の義母の呪文にかかっていないことがわかったのだ。彼女は義母を嫌っているかもしれないが、少なくとも恐れてはいなかった。義母の魔力は彼女にはきかなかったのだ。

彼女は不幸で、夫のことをひどく心配していたが、しかし、自由だった。

博士はひそかにつぶやいた。

「こいつは、かなりおもしろいことになってきたぞ」

第五章

そんな秘密の想像に平凡な横槍が入って、おかしなことになった。

一人の男が休憩室へ入ってきて、ボイントン家の家族を見ると、すぐ彼らのほうへ近づいて行った。

まったく型どおりのタイプの陽気な中年のアメリカ人だった。きちんとした服装をして長い顔はきれいにひげを剃っている。そして単調だがゆっくりした快活な声だった。

「あなたたちをずいぶん探しましたよ」

彼は手まめに家族全員と握手を交わした。

「お体の調子はいかがです、ボイントン夫人。旅行でお疲れでしょう」

老夫人のしわがれ声が上品に答えた。

「ありがとう。ご存じのとおりのしようのない体でしてね……」

「そりゃいけませんな」

「でも、わたしはもうこれ以上悪くなりませんよ」

ボイントン夫人は陰険な微笑を浮かべてつけ加えた。

「このネイディーンがわたしの面倒をよくみてくれますんでね。そうしてくれるだろ、ネイディーン」

「はい、最善をつくしますわ」彼女の声は無表情だった。

「そりゃ、あなたはきっとそうするでしょう」と、その男はまじめにいった。「ところで、レノックス、ダビデ王の町の感想はいかが」

「さあ、わからないね」

レノックスはぜんぜん興味なさそうに、そっけなく答えた。

「ちょっと失望したでしょうね。じつはわたしも最初はそうだったんですよ。しかし、あなたはまだあまりほうぼうを見物なさってないんでしょう」

キャロル・ボイントンがいった。

「お母さんがいっしょなので、そうするわけにもいかないのよ」

ボイントン夫人が説明した。

「わたしは一日せいぜい二時間しか見物できない体なんですよ」

外来者は親切にいった。

「あなたがそれだけ見物なされるなんて、大したもんですよ」

ボイントン夫人はしわがれ声でゆっくり笑った。満足げな笑い声だった。

「わたしは、体が悪くたってへこたれやしませんよ。問題は心なんです。そう、心なんですよ……」

彼女の声がとぎれた。ジェラール博士はレイモンド・ボイントンが発作的に口を開いたのを見た。

「コープさん、あんたは嘆きの壁へ行ったことがある?」と、彼がたずねた。

「ええ、行きましたとも。ここへきてまっ先に見に行きましたよ。わたしはエルサレムを二、三日でぜんぶ見物し、それからパレスチナの聖地をぜんぶ——ベツレヘムやナザレやテベリア、ガリレー海といったところをまわる旅行計画を旅行案内社に作ってもらうつもりです。すばらしい旅行になるだろうと思いますよ。それからジェラシュもあります。ほら、古代ローマの遺跡のあるところですよ。それから、ペトラのローズ・レッド・シティもぜひ見たいですな——それはまったく驚異的な自然現象で、奇景そのものだそうですな。しかし、どんなにうまくいっても往復にまる一週間かかるらしいんです」

キャロルがいった。

「あたしも行ってみたいわ。すてきだわ」

「そりゃ、見る価値はありますよ――ええ、もちろんそうですとも」コープ氏はちょっと間をおいて、ボイントン夫人のほうに疑わしげなまなざしを投げてから、盗み聞きしているフランス人にもそれとわかるほどためらいがちな口ぶりで、話をつづけた。「いかがでしょう、どなたかわたしといっしょに旅行しませんかな。もちろん、ボイントン夫人、あなたはご無理でしょうし、どなたかがあなたとごいっしょに残ることになるでしょうが、もしふた手に分かれていただけたら――」

彼は話を切った。老夫人の編物針のふれ合う音がジェラールの耳に聞こえた。やがて彼女がいった。「わたしたちがべつべつに行動するなんて、考えられませんね。一家仲よくそろってきてるのですから」彼女は顔を上げた。「どう、みんな？」

彼女の声には奇怪な響きがこもっていた。即座に返答が聞こえた。「そりゃそうさ、お母さん」……「もちろんそうだわ」……「そんなことむりよ」

ボイントン夫人は例の奇妙な微笑を浮かべた。「みんながわたしを残して行きたくないといってますわ。ネイディーン、おまえはどうなの。黙ってたけど」

「レノックスが行きたくないんなら、あたしも行きませんわ」

ボイントン夫人はゆっくり息子をふり返った。

「レノックス、どうするの。おまえとネイディーンで行ってきたら？　彼女は行きたいらしいよ」

彼はびっくりして、顔を上げた。

「いや、しかしぼくは——やはり、みんないっしょにここにいるほうがいいと思うよ」

コープ氏が愛想よくいった。

「ほんとに、みなさんが仲よくてうらやましいですな！」しかし、その愛想のいい話しぶりの中に、少しそらぞらしい、むりにつくろったような調子があった。

「わたしたちは他人とおつき合いしたくないんですよ」と、ボイントン夫人はいった。彼女は毛糸の玉を巻きはじめた。「それはそうと、ねえ、レイモンド、さっきおまえに話しかけたあの若い女のかたは、どなた？」

レイモンドはびくっとした。顔が赤らんでから、蒼白になった。

「いいえ、名前なんか知りませんよ。ゆうべ同じ汽車に乗り合わせただけなんですから」

ボイントン夫人はおもむろに椅子から立ちあがりかけた。

「あんな女とかかわり合う必要はないと思うよ」

ネイディーンが立って、椅子から立とうともがいている老夫人に手をかした。彼女の職業的な手際のよさが、ジェラール博士の注意をひいた。

「もう休む時間ですので、失礼しますわ」と、ボイントン夫人はいった。「おやすみなさい、コープさん」

「あ、おやすみなさい、ボイントン夫人。おやすみなさい、レノックス夫人」

彼らはぞろぞろと列を作って立ち去った。一団の若い人々はだれひとりとしてあとに残ることを考えてもみないように見えた。

コープ氏はひとりとり残されたまま、彼らを見送っていた。彼の顔に奇妙な表情が浮かんでいた。

ジェラール博士はいままでの経験から、アメリカ人は親切な国民であることを知っていた。彼らはイギリス人の旅行者のような猜疑心などは持っていなかった。だから、ジェラール博士ほどの如才ない男なら、コープ氏と知り合いになることぐらいは、そう難しいことではなかった。そのアメリカ人はひとりぼっちだし、たいがいのアメリカ人と同様親切な気性だった。ジェラール博士の名刺入れが、また顔を出した。

ジェファーソン・コープ氏はその名刺を読むと、適確に感動した。

「おう、ジェラール博士、たしかあなたは最近アメリカへいらっしゃいましたね」

「去年の秋です。ハーバードでしばらく講義していました」

「ジェラール博士といえば、学界きっての有名人。フランスでは、あなたの専門分野の最高の権威者であることも、よく存じております」

「いや、とんでもない。あなたは少し親切すぎますぞ」

「お会いできて、ほんとに光栄です。じつはいま、このエルサレムに有名なかたが数人いらっしゃってるんですよ。まずあなたと、それからウェルドン卿、財務官のガブリエル・インバウム卿、それからイギリスの考古学の権威でいらっしゃるマンダース・ストーン卿、それにイギリス政界で名を知られているウエストホルム卿夫人、それから、かの有名なベルギー人の私立探偵エルキュール・ポアロ氏などです」

「エルキュール・ポアロ？　彼がここにいるのですか」

「ここの地方新聞に、彼が最近エルサレムに到着したという記事が出てました。全世界の著名人夫妻が、いまソロモン・ホテルに宿泊してるということになりますかな。ここがまた、りっぱなホテルですからね。装飾も優雅で」

ジェファーソン・コープ氏は楽しそうだった。それにジェラール博士は、臨機応変に愛嬌をふりまく腕を持っていたから、まもなく二人はうちそろってバーへ行くことになった。

ハイボールを二杯飲んだころ、ジェラール博士がいった。

「さっきあなたが話しておられたあの家族は、典型的なアメリカ人の家庭ですかな」

ジェファーソン・コープはハイボールをすすりながら考えた。

「いや、典型的とはいえないと思いますね」

「ほう？　しかし非常に仲のいい家庭らしいですな」

コープ氏はゆっくりいった。

「つまり、彼らがあの老夫人の身の回りの世話をよくするという意味では、そうもいえるでしょうな。彼女はなかなかりっぱな婦人ですからね」

「なるほど」

コープ氏はほんのちょっと水を向けると、もう熱心にしゃべりだした。

「じつはあの家族のことについて、最近気になることがありましてね。いろいろ考えてみてるんですが、よろしかったら喜んでお話ししましょう。退屈な話かもしれませんが」

博士は相手をうながした。ジェファーソン・コープ氏は、きれいにひげを剃った陽気な顔に当惑のしわをよせて、ゆっくり語りはじめた。

「正直の話、わたしはいま、ちょっと頭を悩ましてることがあるんです。じつは、あのボイントン夫人はわたしの古い友だちなんですよ——いや、老夫人じゃなく、若い方の、つまりレノックス・ボイントン夫人のことですが」

「ああ、あのとてもきれいな、髪の黒い婦人ですな」

「そうです。あれがネイディーンなんですよ。ネイディーン・ボイントンは非常に気立のいい人でしてね。わたしは彼女が結婚する前から知っていました。そのころ彼女は病院にいて、りっぱな看護婦になるつもりで勉強していたのです。それから、休暇をとってボイントン家の連中といっしょに暮らして、ついにレノックスと結婚したわけなんです」

「ほう?」

ジェファーソン・コープ氏はハイボールを一口すすってから話をつづけた。

「ボイントン家の歴史について少しご説明しましょうか」

「ええ、どうぞ、ぜひ聞かしてください」

「じつは、亡くなったエルマー・ボイントンという人は、かなりの知名人で、とても魅力的な人柄でしたが、最初の奥さんが早く亡くなられて再婚なさったわけなんです。その最初の奥さんが亡くなられたのは、キャロルとレイモンドがまだ歩きはじめたばかりの子供のときでした。噂によると、二度目の奥さんが彼と結婚したころは、若くはなかったけれども相当な美人だったそうです。いまの彼女を見れば、その昔美人だったとはとても思えませんが、でもこれは確かな筋から聞いた話なんですよ。とにかく、彼女の夫は彼女を非常にかわいがって、何でも彼女に任せていたそうです。彼は死ぬ何年か前からずっと病気で寝ていましたから、じっさいは彼女がいっさいを牛耳っていたわけです。彼女は実務的な才腕のある、非常に有能な女だったのです。また、非常に良心的な女でもありました。で、エルマーが死んでから、彼女は子供たちの養育に献身したわけです。子供たちの中には、彼女自身の子供もいました——美しい赤毛の、ちょっと体のひよわなジネヴラという娘ですが。とにかく、いまお話ししたように、彼女は自分の家族のために献身して、世間とはぜんぜん没交渉で暮らしてきたわけなんです。あなたはそういうことをどうお考えになるか知りませんが、わたしはどうもあまり感心したことじゃないと思うんです」

「そう、同感です。知能の発育上もっとも害があるというべきでしょうな」

「そうですとも。何しろあのボイントン夫人は子供を世間と隔絶して、いっさい外部と交際させないんですからな。その結果、子供たちは妙に神経質に育っちゃってるんですよ。臆病でしてね。知らない人とはぜんぜん友だちになれないのです。よくありませんよ、あれは」

「それはほんとに悪いですな」

「彼女はべつに悪意があってそうしてるんじゃないと思います。ただ彼女の愛情が度をすぎているのですね」

「家の中だけで暮らしてるんですな」

「そうです」

「息子たちはだれも働いていないのですか」

「そりゃ、そうですよ。エルマー・ボイントンは金持ちでしたからね。ボイントン夫人が一生楽に暮らして行けるように、彼は遺産のすべてを夫人に贈ったわけです——しかしそれは、家族の扶養費にあてることになっていたそうです」

「すると、子供たちは財政的には彼女に依存してるんですな？」

「そうなんです。しかも彼女は子供たちをできるだけ家にひきとめておいて、外へ出て仕事を探すようなことをさせまいとしてるんです。そりゃ、金はふんだんにあるんですから、それでいいのかもしれません。あえて仕事を探す必要もないでしょう。しかし、わたしにいわせれば、仕事はいわば男の強壮剤ですよ。しかも、彼らは何の趣味道楽もないのです。ゴルフもやらないし、地方のクラブにも入らない。ダンスも知らない。ほかの若い人たちと遊ぶこともしません。そして、何キロも遠く人里離れたところにぽつんと建っている田舎の大きな家に住んでいるのですよ。どう見ても、よくないと思うんですがね」

「そうですな」と、ジェラール博士は同意した。

「あの家族はだれひとりとして社交的な感覚がないのです。協調心ってものがまったく欠けてるんですよ。あの一家のだんらんはあるかもしれないけれども、しかし、彼らはおたがいに拘束し合ってるにすぎないのです」

「だれかがそこから飛び出そうとしたことはないのですか」

「聞いたことがありませんね。彼らはただいっしょに坐っているだけなんです」

「それはあの家族が悪いと思いますか。それともボイントン夫人の責任だと思いますか」

ジェファーソン・コープは落ち着きなく坐り直した。

「ある意味では、多かれ少なかれ彼女に責任があると思います。彼女は子供の育て方をまちがえているのですからね。しかし子供のほうも、おとなになったらやはり自分でそんな束縛から抜け出すべきだと思うんです。いつまでも母親のふところにすがりついているのは、どうかと思いますよ。独立する道を選ぶべきでしょう」

ジェラール博士は思案しながらいった。

「しかし、それは不可能かもしれませんな」

「不可能って、なぜです」

「木が生長するのを妨げようとしたら、方法はいくらもありますからね」

コープ氏は目を見張った。

「彼らはみんな、すこぶる健康なんですよ、ジェラール博士」

「いや、精神も肉体と同じように成長を妨げられたり、歪められたりするものです」

「彼らは知能もすぐれていますよ」

ジェファーソンは話をつづけた。

「いや、わたしにいわせれば、人間は自分の運命を自分の手で左右する力を持っているのです。自分を信ずる人間は、自分で自分を作り、自分の生涯に価値を作り出すものです。決して腕をこまねいてぼんやり坐っていません。そんな男には、女はだれも見向きもしないでしょう」

ジェラールはややしばらくしげしげと彼を見つめてからいった。

「あなたはレノックス・ボイントンのことをおっしゃってるんですな」

「えっ、ああそうです。わたしが考えていたのはレノックスのことです。レイモンドはまだ若すぎますが、レノックスはもう三十歳ですよ。一人前になってしかるべき年なんです」

「彼の細君にとっては、つらい生活でしょうな」

「もちろん彼女にとってはつらい生活ですとも。ネイディーンはとてもいい女なんです。わたしは彼女が大好きです。彼女は決して不平などいいませんが、幸福じゃありません。むしろ、不幸のどん底ですよ」

ジェラールはうなずいた。

「なるほど、そうでしょうな」

「あなたはどうお考えになるか知りませんが、わたしは女の忍耐には限度があると思うんですよ、ジェラール博士。もしわたしがネイディーンだったら、あのレノックスにはっきりいってやりますよ。断乎としてふるい立って、できるだけのことはやってくれとね。さもなければ――」

「さもなければ、彼女は彼を捨てるべきだと、あなたはいいたいのですね」

「彼女には彼女自身の人生があるのです。もし彼女が当然評価されるべきことさえ認めてもらえないのなら、認めてくれる男はほかにいくらもいるのですからね」

「たとえば――あなた自身もその一人ですかな」

アメリカ人は顔を赤らめた。それから、控えめな威厳をとりつくろって相手を見返した。

「ええ、そうですとも」と、彼はいった。「わたしは彼女に対して抱いている感情を、少しもやましく思ってはいません。彼女を尊敬していますし、心から愛してもいます。彼女が幸福でありさえすれば、わたしは満足なんです。もし彼女がレノックスといっしょに幸福に暮らせるのなら、わたしは喜んでひき下がります。舞台から姿を消しますよ」

「しかし、じっさいはそうじゃないわけですな」

「そうでないからこそ、わたしは待機しているのです！　もし彼女がわたしをほしくなったら、すぐさま駆けつけます！」

「まったく〝申し分のない騎士《パルフェ・ジアンティユ・ナイト》〟ですな」と、ジェラールはつぶやいた。

「えっ、何ですか」

「騎士道は現代ではアメリカにしか生きていないということですよ。あなたは何らの報酬も求めずに愛する淑女に仕えて満足できる。まことに見上げたものです。で、いったい彼女にどんなことをしてやるおつもりなんです？」

「彼女がわたしを必要とするとき、いつでも手をさしのべられるようにそばにいてやりたいと思ってるんです」

「失礼ですが、あのボイントン老夫人はあなたをどう思っているのです？」

ジェファーソン・コープはゆっくり答えた。

「あのおばあさんのことは、わたしもぜんぜんわかりません。さっきお話ししたとおり、彼女は外部の人間と接触するのを好まないんですが、わたしに対してだけはべつで、いつも親切に、家族同様に扱ってくれるのです」

「すると、彼女はあなたとレノックス夫人との交友を是認してるわけですね」

「そうです」

博士は肩をすくめた。

「それはちょっと奇妙ですな」

ジェファーソン・コープはしかつめらしい口ぶりで答えた。

「断わっておきますが、わたしたちの交友には、いかがわしい点はぜんぜんありませんよ。純粋にプラトニックな交友なんです」

「それはわかってます。しかしですね、くり返すようですが、ボイントン夫人がそんな交友関係をすすめているってことは、彼女の性格からいって少しおかしいんじゃないですかな。じつは、コープさん、わたしはあのボイントン夫人に非常な関心を持っているのです——おもしろいと思うんですよ、彼女は」

「彼女はたしかに非凡な女性です。偉大な人格の力を持っています——すぐれた人柄です。さっき申し上げたように、エルマー・ボイントンは彼女の判断に絶対的な信頼をおいていたほどですから」

「だからこそ彼は、子供たちの財政面にいたるまですべてを彼女にゆだねたわけなんでしょうね。コープさん、わたしの国では、そんなことは法律で許していないんですよ」

コープ氏は立ちあがった。

「われわれアメリカ人は、絶対的な自由の熱烈な信奉者なのです」

ジェラール博士も立ちあがった。そんな言葉は博士になんらの感動も与えなかった。彼はさまざまな国々の人が同じような言葉を口にするのを、何度も聞かされてきた。自由がある特定の民族だけに許された特典であるかのような妄想が、世界じゅうにひろがっているのだ。

ジェラール博士はもっと賢明だった。いかなる民族も国家も、いかなる個人も、自由とはいえないことを彼は知っていた。だが、不自由の程度に差があることも知っていたのだった。

彼は考えにふけりながら、そしてますます興味をそそられながら、寝室へもどった。

第六章

サラ・キングはハラメッシュ・シェリフ寺院の境内に立っていた。彼女の背後に岩のドームがある。噴水の水しぶきの音が聞こえる。いく組かの観光客の小さな団体が、この東洋的で平和な雰囲気をそこなわないようにして通りすぎて行く。

かつてあるエブス人がこの岩山の山頂に脱穀場を作り、ダビデ王がそれを金貨六百シェケルで買って聖地にしたなんて、おかしな話だと彼女は思った。そこはいまでは、世界各国の観光客でにぎわっている……。

彼女はふり返って、いまその聖地をひとり占めにしている回教寺院を眺め、ソロモンの寺院はこの半分も美しくなかったのではないかと思った。

騒々しい足音がして、その回教寺院の中から数人のグループが出てきた。一人の雄弁な案内者とボイントン家の人々だった。ボイントン夫人はレノックスとレイモンドに両側から支えられている。ネイディーンとコープ氏がその後につづき、キャロルが最後にやってきた。みんなが去りかけたとき、サラの姿がキャロルの目にとまった。

キャロルはちょっとためらったが、すばやく心を決めて足の向きを変え、音を忍ばせながら走って境内を横切ってきた。

「あの、失礼ですけど」と、息をはずませながら彼女はいった。「あたし、ちょっと……あなたにお話ししたいことが……」

「あら、なんでしょ」と、サラはいった。

キャロルははげしく身ぶるいしていた。顔が蒼白だった。

「話というのは……あたしの兄のことなんです。昨夜は兄を失礼な男だとお思いになったでしょうけど、兄はそんなつもりじゃなくて——やむを得なかったんですの。ほんとなんです」

サラは、何もかもばかげていると思った。すべてが彼女の自負と上品な趣味に反していた。面識もないのに突然駆けつけてきて無礼な兄のために弁解するなんて、いったいどういうつもりなのだ。

すげない返事が彼女の口をついて出ようとしたとき、急に彼女の気が変わった。

ただならぬものを感じたのだ。その少女は異様に真剣だった。サラに医師の職業を選ばせた彼女の内面の何かが、少女のさし迫った欲求に反応したのだ。彼女の本能が、何か険悪な事態になっているものを察知したのだった。

彼女は相手をはげますようにいった。

「そのわけを話してくれない？」

「兄はあの汽車の中であなたとお話ししたでしょ」と、キャロルはいった。

サラはうなずいた。

「ええ、わたしが話しかけたのよ」

「もちろんそうでしょうね。でも、昨晩はレイは怖がっていたので――」

彼女が話を切った。

「怖がっていた？」

キャロルの青ざめた顔が、真っ赤になった。

「ひどくばかげたことをいっているように思われるでしょうけど、じつはあたしたちの母は、体のぐあいがよくなくて、あたしたちが外で友だちを作ることを喜ばないのです。でも、レイは――兄は、あなたとお友だちになりたがってるんですよ」

サラは興味を感じはじめた。彼女が口を開く前に、キャロルは話をつづけた。

「あたしがこんなことをいうのは、おかしいかもしれないけど、でも、あたしたちの家族は、ちょっと変わってるんです」彼女はすばやくあたりを見まわした――おびえているような目つきだった。

「あたし、いつまでもこうしているわけにいかないの」と、彼女は声を殺していった。「あたしがいないので、みんなが心配するかもしれないから」

サラは決心していった。

「いいじゃないの——あなたはここで話していたいんでしょ。いっしょに歩いて帰ったら？」

「いいえ、とんでもない」彼女はたじろいだ。「そんなこと、できないわ」

「なぜ」

「だめなんです。母がきっと——」

サラはおだやかにはっきりといった。

「親というものは、自分の子供がおとなに成長していることをはっきりと理解しかねる場合がよくあるのよ。だから、子供をいつまでも自分の思いどおりにさせたがったりするわけね。でも、そんな親のいうなりになっちゃだめよ！　自分の権利はちゃんと主張しなきゃ」

キャロルはつぶやいた。

「あなたはわかっていないんです。ぜんぜんわかってないんですよ……」

彼女はいらだたしげに手をもんだ。

サラは話をつづけた。

「ときには、口論になることを恐れて、それに従うこともあるかもしれないわ。けんかは不愉快ですからね。でも、行動の自由だけは、どんな場合にも戦って確保する価値があると思うわ」

「自由？」キャロルは彼女を見つめた。「あたしたちはだれも自由だったことなんかありませんわ。これからもないでしょう」

「そんなばかな！」と、サラは叫んだ。

キャロルは上体を乗り出して彼女の腕に手をおいた。

「ま、話を聞いてください。あなたにわかっていただきたいんです。あたしの母は――ほんとうはまま母ですけど――結婚する前はある刑務所の女看守だったのです。父はその刑務所長をしていました。そして彼女と結婚したわけですけど、結局そのころの状態がいままでずっとつづいてきているのです。彼女は女看守なんですよ――あたしたちにとってはね。あたしたちの生活がまるで刑務所にいるのと同じようになっているのは、そのせいなんです」

彼女はまた発作的にあたりを見まわした。

「みんながあたしを探してますわ。もう、行かなくちゃ」

サラは駆け出そうとする彼女の腕を抑えた。

「ちょっと待って。ぜひまたお会いして、話したいと思うんだけど」

「だめです。そんなこと、できませんわ」

「いいえ、できるわ」と、サラがきめつけるようにいった。「みんなが寝てから、わたしの部屋へきてちょうだい。三一九号室なの。忘れないでね、三一九号室よ」

彼女は手を離した。キャロルは家族を追って駆けて行った。

サラは茫然とその後ろ姿を見つめていた。やがてふと気がつくと、ジェラール博士がそばに立っていた。

「おはよう、ミス・キング。あなたはミス・キャロル・ボイントンと話していたようでしたね」

「はい、とても変わった話でしたわ」

彼女はキャロルとの会話をかいつまんで説明した。

ジェラールはいきなりその中の一点にとびついた。

「刑務所の女看守だったんですか、あの年とったカバは？　なるほど、それは重大な意味があるかもしれませんな」

サラがいった。

「それが彼女の独裁支配の原因だという意味ですか。以前の彼女の職業の習慣が」

ジェラールは首を振った。

「いや、それはまちがった角度から問題にとり組んでいるわけです。端的にいえば、彼女の心にある種の強迫観念がひそんでいるのです。つまり、彼女は女看守だったから独裁支配が好きなのではなくて、むしろ、独裁支配が好きだったからこそ、彼女は女看守になったわけなんです。わたしの推測では、彼女にその職業を選ばせたのは、ほかの人人を支配する権力を持ちたいというひそかな欲求だったのです」

彼はまじめな表情で間をおいた。

「潜在意識の中には、そういう不思議なものがひそんでいるものです。権力欲とか残虐行為への欲望とか、破壊欲とか――すべてはわれわれの過去の人種的な記憶の継承なのです。残虐行為も変態性欲もすべてがそこにあるのです。ただわれわれはその門を固く閉ざし、意識の世界ではそれを否定しているわけですが、ときどきそれが非常に強まってくる」

サラは身ぶるいした。

「はい、知っています」

ジェラールは話をつづけた。

「現在では、それはわれわれの周囲にいくらも見られますよ——政治的信念とか、各国の行動の中にもね。人道主義とか、同情とか、同胞的善意などに対する反動もそうです。信条や主義はときにはりっぱなものに見えます——賢明な制度になり、善意に満ちた統治にもなりますが、しかしそれは権力によって強制されたものです——残虐性と恐怖の基盤の上におかれているのです。いま彼らは——それらの暴力の使徒たちは——ドアを開けようとしています。太古からの野蛮性を解き放ち、残虐行為の喜びを楽しむために解放しようとしているのです！　まったくやっかいな問題ですよ。人間は非常に微妙な均衡を保っている動物でしてね。その最優先の要件は生存することです。しかし、そのためにあまりにも急速に前進するのは、落伍するのと同様に致命的なことになる。とにかく、なんとかして生き残らなければならない。それには、太古の野蛮性も多少は保持しなければならないかもしれないが、しかし、決してそれを神聖視してはいけませんよ！」

間をおいて、サラがいった。

「ボイントン夫人は一種のサディストなのでしょうか」

「まあ、そうでしょうな。彼女は他人に苦痛を与えることに——肉体的にでなくて、精神的な苦痛を与えることに――歓びを感じているのでしょう。それは非常にまれにしか見られない例ですが、またきわめて対処しがたいことなのです。彼女はほかの人々を支配するのが好きなだけでなくて、彼らを苦しめるのが好きなのですからね」

「ほんとに野蛮だわ」と、サラがいった。

ジェラールはジェファーソン・コープとの対話の内容を彼女に話した。

「彼はどうなっているのかを、まったく知らないわけですね」と、彼女は考え深げにいった。

「それはわかるはずがありませんよ。彼は心理学者じゃないんですから」

「そうですね。われわれみたいないやらしい研究心は、持っていないわけですから！」

「そう。彼は正直で感傷的な、ごく普通のアメリカ人の心を持っているだけです。悪よりも善を信ずる人なんです。彼はボイントン家の雰囲気がよくないことは感づいているのですが、ボイントン夫人が子供たちに有害なことをしているというよりも、誤った愛情を持っているのだと見ているのです」

「それは彼女にとっては愉快でしょうね」

「そうでしょうな」

サラはじれったそうにいった。

「でも、彼らはなぜ逃げ出さないのかしら。やればできるはずなのに」

ジェラールは首を振った。

「いや、それはあなたの考え違いです。彼らはできないんですよ。昔からよく行なわれているおんどりの実験を、ごらんになったことがありませんか。床の上にチョークで線を引いて、おんどりのくちばしをその線に押しつけるのです。するとそのおんどりは、てっきり自分がそこに縛られたと思いこんでしまって、首を上げることができない。あの不幸な連中もそうなんですよ。彼女は、彼らを子供のときから抑えつけてきた。しかも精神的に支配している。つまり、いわば彼らに催眠術をかけて、反抗できないと思いこませているのです。たいがいの人は、そんなばかげたことがあるものかというでしょうが、あなたは理解できるでしょう。彼らは彼女に絶対的に服従する以外にないと信じこまされているのです。長い間監獄に入っていたために、たとえその入口のドアが開け放たれても、彼らはもはやそれに気づかないかもしれない！　少なくとも彼らの一人は、もはや自由になろうと思わないでしょう。彼らはみんな自由を恐れているかもしれないのです」

サラは実際的な問題を問いかけた。

「彼女が死んだら、どうなるでしょうか」

ジェラールは肩をすくめた。

「それは、早く死ぬかどうかによって違うでしょうな。かりにいま死んだとしたら、まだ手遅れにはならないと思います。あの青年と少女は、まだ若いし——感受性に富んでいますから、たぶん正常な人間になるでしょう。しかし、レノックスはもうかなり度が進んでいます。彼は希望と絶縁してしまって、野獣のように苦痛に耐えて生きているように、わたしには見えますね」

サラはいらだたしげにいった。

「彼の奥さんが何とかすべきだったんですよ！　彼を助け出してやるべきだったんですわ」

「さあ、その点はどうだったんでしょうかね。彼女はやってみたけれども——失敗したのかもしれませんよ」

「彼女も呪文にかかっていると思いますか？」

ジェラールは首を振った。

「いや、あのおばあさんの力は彼女にまでは及んでいないようです。だからこそ、彼女はひどくあのおばあさんを憎んでいるのですよ。彼女の目をごらんなさい」

サラは眉をしかめた。

「わたし、彼女のことがどうもわからないわ。彼女はどういう事態になっているのか、知っているのでしょうか？」

「おそらく彼女は何か抜け目ない計画を立てているにちがいないと、わたしは思いますね」

「わたしなら、あのおばあさんを殺してやるわ！　朝のお茶に砒素でも入れて」

それから彼女は唐突にいった。

「あのいちばん末の女の子はどうなのかしら——ちょっと魅力的なうつろな微笑をする赤毛のお嬢さんは？」

ジェラールは顔をしかめた。

「わかりません。どうもおかしなところがあってね。もちろんジネヴラ・ボイントンは老夫人のほんとうの娘なんですが」

「ええ。じつの娘だとなると、扱いが違ってくるんじゃないでしょうか——それとも、同じかしら？」

ジェラールはゆっくり答えた。

「権力欲とか嗜虐欲にとりつかれると、相手を選ばなくなるだろうと思いますね——たとえ相手が血のつながった親子の間柄でも」

彼はしばらく沈黙してから、

「あなたはクリスチャンですか、マドモアゼル」

サラは考えながらいった。

「さあ、どうかしら。いままでは何も信仰していないと思ってましたけど。でもいまは――わからなくなってきましたわ。もしあらゆる寺院や聖堂の建物も、宗派も、くだらない論争をつづけている教会も、すべてをきれいさっぱりと一掃することができたら――」彼女はあらっぽい身ぶりをした――「そうすれば、ラバに乗ってエルサレムに入ってくるキリストの神々しい姿が見えてきて、わたしは彼を信じるようになるかもしれないと思いますわ」

ジェラール博士は静かにいった。

「わたしは少なくとも、キリスト教の教義の一つだけは信じていますよ――いやしき身分にありて心の安らぎを知るという教義です。わたしは医者ですから、さまざまな野望が――成功欲や権力欲が――人間の魂の最悪の病につながることを知っています。たとえその欲望が満たされても、その結果は傲慢や横暴や終末的な飽満状態をもたらすだけです。ですから、もしその教義が否定されたら――もしもそれが否認されるような事態になったら――そのときはすべての精神病院が決起して、彼らの証拠を公開すべきでしょう！　それらの病院は、平凡であることや、無名であることや、無力であることに耐えられずに、みずから人生そのものと永遠に絶縁するために、現実から逃避する道を作り出している人間たちでいっぱいなのです」

サラがだしぬけにいった。

「あのポイントンばあさんが精神病院に入ってなくて、残念でしたね」

ジェラールは首を振った。

「いや、彼女は落伍者の仲間じゃないのです。もっと悪質なのです。彼女は成功したのですよ！　自分の夢を実現したのですからね」

サラは身ぶるいした。そして憤然と叫んだ。「こんなひどいことはやめさせるべきだわ！」

第七章

サラはキャロル・ボイントンがその夜の約束を守るかどうか、気づかわれてならなかった。

率直にいえば、疑わしく思われた。キャロルは今朝彼女の秘密を半ば打ち明けたために、そのことに対する強い反動をひき起こす恐れがあったからだ。

しかし彼女は、青いサテンの化粧着を着て、小さなアルコール・ランプを取り出してお湯をわかし、キャロルを迎える支度をした。

やがて一時をすぎて、キャロルを待つのをあきらめて寝ようとしたとき、ドアをノックする音が聞こえた。彼女はドアを開け、キャロルを中へ入れてすばやくそれを閉めた。

キャロルは息をはずませていった。

「もうお休みになったんじゃないかと思って――」

サラは慎重に気軽な態度を装っていった。「いいえ、待ってたのよ。お茶はいかが。

ほんもののラップサン・スーションよ」

彼女はお茶を入れてすすめた。キャロルはそわそわして落ち着きがなかったが、お茶をすすり、ビスケットを食べるうちに、しだいに平静をとりもどしてきた。

「こんなことも、ちょっと楽しいわね」と、サラは微笑していった。

キャロルはちょっと驚いた様子だった。

「はあ……」と、疑わしげに答えた。「そうかもしれませんね」

「わたしたちが学校でよくやった真夜中の宴会みたいで」と、サラはいった。「あなたは学校へは行かなかったのね」

キャロルは首を振った。

「ええ、一度も家を出たことがなかったんです。家庭教師がついていたんですよ――それはつぎつぎに変わって、だれもながつづきしませんでしたけど」

「あなたはぜんぜん外出しなかったの」

「はい、ずっと同じ家の中で暮らしていました。この海外旅行が、生まれてはじめての旅行なんです」

サラはさりげなくいった。

「じゃ、すばらしい冒険でしょうね、きっと」

「そう。なんだかまるで夢みたいでしたわ」

「あなたのまま母は、ボイントン夫人は、どうして外国へ旅行する気になったの？」

ボイントン夫人の話が出ると、キャロルははっとたじろいだ。サラは早口にいった。

「わたしは医師になろうとしているところなのよ——医学士になったばかりなんだけど。それで、あなたのお母さん——いや、まま母は、患者として、わたしにはとても興味があるわけなの。つまり、彼女はれっきとした病人なのよ」

キャロルは目を見張った。彼女の予想もしないことだったからだ。サラは計画的に話をしていた。ボイントン夫人が家族たちの目に、一種の魔力をもった無気味な偶像として映っていることを、サラは知っていた。そして、そのような偶像を破壊してしまおうというのが、サラの計画だった。

彼女はいった。「じつは、異常な権力欲から発生する一種の病気があってね。それにとりつかれると、非常に独裁的になって、何でも自分のいうとおりにならないと気がすまなくなるの。だから、まったく始末の悪い病気なのね」

キャロルはカップを置いた。

「あなたとお話しできて、よかったわ。じつはあたしもレイも、なにやらだんだん頭がおかしくなってきているみたいで、心配だったんです。さまざまなことにひどく神経を使わされて」

「外部の人と話すのは、いいことだわ」と、サラはいった。「家にばかりいると、気がいらだちやすいですからね」

それからさりげなくたずねた。

「もしあなたが幸福でなかったら、家出しようと思ったことがある？」

キャロルは驚いて目を丸くした。

「いいえ、だって、そんなことはできないにきまってるもの。母が許すはずがありませんよ」

「でも、彼女はあなたを止めることはできないはずよ」と、サラがおだやかにいった。

「あなたはもうおとなでしょ」

「あたしは二十三ですわ」

「ええ、そうでしょうよ」

「でも、どうしていいのかわからないんです──どこへ行って、何をしたらいいのか」

彼女は途方にくれた様子だった。

「あたしたちはお金をぜんぜん持っていないんです」と、彼女はいった。

「頼れるお友だちもいないの？」

「友だち？」キャロルは首を振った。「いいえ、あたしたちはだれも知らないんです」

「あなたたちはだれも、家を出ることを考えてみたこともないのかしら？」

「ええ、そうだと思いますわ。だって、そんなことはできっこないんですもの」

サラは話題を変えた。当惑している彼女がかわいそうになったからだ。

「あなたはまま母が好き？」

キャロルはゆっくり首を振った。

そして低いおびえた声でささやいた。

「嫌いです。レイもそうなんですの。彼女が早く死んでくれないかと、何度思ったかしれません」

サラはまた話題を変えた。

「あなたのお兄さんのことについて、話してちょうだい」

「レノックスのことですか。レノックスがどうしてあんなふうになったのか、あたしにはさっぱりわかりません。いまではほとんど口もきかないんですよ。何か空想ばかりしてるみたい。ネイディーンはとても心配してますわ」

「あなたは義理のお姉さんが好きなのね」

「はい。ネイディーンは兄とは違って、とても親切なんです。でも、彼女は不幸ですわ」

「レノックスのことで？」

「はい」

「結婚してから長いの？」

「四年です」

「二人ともずっと家に住んでいたの？」

「ええ」

「お義姉《ねえ》さんは、家にいるのが好きなのかしら？」

「いいえ」

しばらく間をおいてから、キャロルは話しはじめた。

「四、五年前に、一度大騒ぎをしたことがありました。あたしたちはだれも家の外へ出たことがないといいましたけど、敷地内へは行けるのです。でも、そこから外へは出られないという意味です。ところがある晩、レノックスが外へ出ちゃったんです。ファウンテン・スプリングズへ行ったのです——そこでダンス・パーティが催されていたんですよ。それがわかると、母はかんかんになって怒りました。すさまじい剣幕でしたわ。そんなことがあってから、母はネイディーンにきてもらったわけなんです。彼女は父方の遠いいとこなんですけど、家が貧しくて、看護婦の見習をしていました。で、彼女は家にきて、一ヵ月ほどあたしたちといっしょに暮らしてました。よその人が家に泊まってくれることがどんなに嬉しかったか、とても説明できませんわ。それからやがて、彼女とレノックスはたがいに好きになったのです。で、母は彼らに早く結婚して、みんなといっしょに暮らすようにといったわけです」

「ネイディーンは喜んでそうしたの？」

キャロルはためらった。

「あまり気乗りがしなかったらしいけど、でも、べつに反対はしませんでした。しかし、後で彼女は家を出て行こうとしました——もちろんレノックスといっしょにです」

「でも、結局家を出なかったのね？」

「ええ。母が聞き入れなかったんです」

キャロルはしばらく間をおいてから、また話しつづけた。

「それ以来、母はネイディーンが好きでないようですわ。ネイディーンは一風変わってるんですよ。彼女が何を考えてるのか、さっぱりわからないわ。彼女がジニーをかばおうとすると、母はそれが気に入らないんです」

「ジニーって、あなたのお妹さん？」

「はい、ジネヴラというのがほんとうの名前なんですけど」

「彼女も——不幸？」

キャロルは疑わしげに首を振った。

「ジニーは最近とても変なんですよ。あたし、妹のことはぜんぜん理解できないわ。ジニーは体がひよわで神経質だし、それに母がうるさく小言をいうので、だんだんいじけてきてるみたい。最近とくにおかしくなってきてるんです。あたしはときどき、びっくりさせられることがあります。妹は自分で何をしてるのかわからないみたいですわ」

「医者に診てもらったの？」

「いいえ。ネイディーンは診せようとしたのですけど、母がいけないといったのです——それに、ジニーがヒステリックになって、お医者さんに診てもらうのはいやだと、泣きわめくものですから。でも、あたしは妹のことが心配だわ」

突然キャロルは立ちあがった。

「もうおいとましなければなりません。ご親切に呼んでいただいて、ありがとうございます。でも、あなたはあたしたちを変な家族だと思っていらっしゃるでしょうね」

「いいえ、だれだって変なところはあるのよ」と、サラは軽く答えた。「またいらっしゃってね。もしよかったら、お兄さんも連れて」

「ほんとによろしいんですの？」

「ええ、どうぞ。みんなで何か秘密の計画を立てましょうよ。それに、わたしの友人に会っていただきたいの。ジェラール博士という、とてもすばらしいフランス人よ」

キャロルはほおを紅潮させた。

「まあ、すてき。母に見つからなければいいんだけど」

サラは反撥したい衝動を抑えながらいった。「見つかるわけがないじゃないの。では、おやすみなさい。またあすの夜の同じ時刻に、いいでしょ？」

「ええ。でも、あたしたちはたぶんあさって、ここを出発することになりますわ」

「それじゃ、あしたはぜひお会いしましょうね。おやすみなさい」

「ありがとうございます——おやすみなさい」

キャロルは部屋を出ると、足音を忍ばせて廊下を歩いて行った。彼女の部屋は二階だった。彼女はそこに行き着き、ドアを開けた瞬間、思わず敷居の上に立ちすくんだ。

ボイントン夫人が深紅色の毛の化粧着を着て、暖炉のそばの肘掛椅子に坐っていたのだ。

黒い二つの目が、彼女に食い入るようにそそがれていた。

「どこへ行ってたの？　キャロル」

「あたし……」

「どこへ行ってたの？」

おだやかなしゃがれ声は妙に威嚇するような響きがこもっていて、いつもキャロルの心をわけのわからない恐怖へ突き落とすのだった。

「ミス・キングに——サラ・キングさんに会ってきたの」

「このあいだの夜、レイモンドに話しかけた女？」

「そう」

「また会う約束をしたのかい？」

キャロルの唇が声を出さずに動いた。彼女はうなずいた。恐怖が——恐怖のめくるめくような波が寄せてくる。

「いつ？」

「あすの晩です」

「行っちゃいけませんよ、わかったね」

「はい」

「約束するわね」

「はい」

ボイントン夫人は立とうとしてもがいた。反射的にキャロルは前へ進んで彼女を助けた。ボイントン夫人は杖で身を支えながら、ゆっくり部屋を歩いて行った。そして、通路で立ち止まり、おびえている娘のほうをふり返った。

「そのミス・キングと、もう二度とつき合っちゃいけませんよ、わかったね」

「はい」

「ちゃんと復誦しなさい」

「ミス・キングとはもう二度とつき合いません」

ボイントン夫人は部屋を出て、ドアを閉めた。

キャロルはこわばった脚で寝室へ歩いて行った。吐き気がし、全身が木になってしまったような、うつろな感じに襲われた。やがて彼女はベッドに身を投げると、嵐のように泣きくずれた。

ついさっき彼女はある光景が——太陽や樹木や花のある光景が——目の前にぱっと開けたような気がしたのだが……。

しかし、いまはまた、真っ黒な壁が彼女の周りをとりかこんでしまったのだった。

第八章

「ちょっと、あなたとお話ししたいんですが、よろしいでしょうか」

ネイディーン・ボイントンは驚いてふり返り、まったく見知らぬ若い女の熱心な顔を見つめた。

「ええ、どうぞ」

しかし彼女はそういいながらも、つい不安な目を彼女の肩ごしに投げた。

「わたし、サラ・キングと申します」と、相手は話をつづけた。

「はあ、そうですか」

「ボイントン夫人、あなたにはちょっと妙な話に聞こえるかもしれませんが、じつはわたし、ついこのあいだの夜あなたの義理の妹さんと長い間お話ししたんですのよ」

かすかな影がネイディーン・ボイントンのおだやかな表情を一瞬かき乱したようだった。

「ジネヴラとですか」

「いいえ、ジネヴラじゃなくて——キャロルとです」

影が消えた。

「ああ、キャロルとですか」

ネイディーンは嬉しそうだったが、ひどく驚いていた。

「どうしてそんなことができたのですか」

サラはいった。

「彼女がわたしの部屋へきたのです——夜中に」

ネイディーンの白いひたいの筆で描かれた眉が、わずかにつりあがったのをサラは見た。彼女はややとまどったような口ぶりでつけ加えた。「たぶんそれは、あなたには奇妙に思われるでしょうね」

「いいえ」と、ネイディーンはいった。「結構ですわ。キャロルに話し相手になってくれる友だちができるなんて、とても嬉しいことですもの」

「わたしたちはすっかり気が合っちゃったんです」サラは注意深く言葉を選んだ。「で、じつはそのとき、翌晩もまた会うことに決めたのです」

「ほう？」

「でも、キャロルはきませんでしたわ」

「あら、行かなかったんですか」

ネイディーンの声は冷静で――慎重だった。彼女の顔はあまりにもおだやかで、サラに何も語りかけなかった。

「そうなんです。昨日彼女がホールを通って行くのを見かけて、話しかけたのですけど、知らん顔をしてました。ちらっとわたしのほうを見ただけで、またそっぽを向いたまま急いで行ってしまったのです」

「そうですか」

話がとぎれた。サラは話をつづけがたくなった。しかし、まもなくネイディーンがいった。

「それは申しわけございません。キャロルはその――ちょっと気が弱いものですから」

ふたたび間があいた。サラは両手を握りしめて勇気をふるい起こした。

「じつは、わたしは医学の勉強をしている者ですが……、あなたのお妹さんを世間から遠ざけてしまうのは、よくないんじゃないかと思いますわ」

ネイディーンは思慮深げにサラを見つめた。

彼女がいった。「あなたはお医者さんですか。それなら話はべつですわ」

「わたしのいおうとしていることは、おわかりですね？」と、サラは相手をうながした。

ネイディーンはうなだれて、じっと考えこんでいた。

「ええ、もちろん、それはあなたのおっしゃるとおりですわ」と、しばらくして彼女が答えた。

「でも、いろいろ難しいことがございましてね。わたくしの義理の母は体が悪い上に、よその人が家族の仲間に加わるのを嫌う、一種の病的な癖としかいえないようなところがあるんですの」

サラは反抗した。

「でも、キャロルはもうおとななんですよ」

ネイディーンは首を振った。

「いいえ、それは体だけで、精神的にはそうじゃないんです。あなたは彼女とお話しされたのですから、とっくに気づいていらっしゃると思いますけど。彼女は突発的な出来事が起きると、まるで子供みたいにとり乱しちゃうんですの」

「すると、やはり何かあったんですね。それで彼女は怖くなったのかしら？」

「想像ですけど、きっとわたくしの母がキャロルに、あなたと交際してはいけないと言い渡したんじゃないかと思いますわ」

「で、キャロルはそれに従ったわけですか」

ネイディーンは静かにいった。

「ほかに彼女のやりそうなことが考えられますか」

二人の目が合った。サラは平凡な言葉の仮面の下で、おたがいが理解し合っているのを感じた。ネイディーンもようやく事情がわかったが、しかし、それについて議論する用意はできていなかった。

サラはがっかりした。あの晩は半ば勝利を得たような気がしたのだった。密会という方法によって、彼女はキャロルに、そしてまたレイモンドにも、反逆精神をたたきこんでやることができるだろうと思ったのだ（正直にいえば、ずっと彼女の心にあったのは、レイモンドなのだが……）。それがいま、無気味に目をほくそえましたあの醜い肉のしまりのないかたまりのために、緒戦で敗北を喫したのだった。キャロルは抵抗もせずに捕虜になってしまったのだ。

「何もかも狂ってるわ！」と、サラは叫んだ。

ネイディーンは答えなかった。彼女の沈黙の中にある何かが、サラの心臓にあてられた冷たい手のように、彼女をはっとさせた。彼女は考えた――「この女はすべてが絶望的であることを、わたしよりもはるかによく知っているらしい。彼女はずっとその中で暮らしてきたのだもの！」

エレベーターのドアが開き、ポイントン老夫人が出てきた。杖に寄りかかり、レイモンドがその反対側を支えている。

サラははっとして、かすかに声をあげた。老女の視線が彼女からネイディーンのほうへ走り、また返ってきたのを見た。彼女はその目にただよっているはずの嫌悪――いや憎しみに対してさえも、すでに気構えができていたが、そこに凱歌と、敵意に満ちた喜びを見ようとは思ってもいなかった。

サラはきびすを返して去った。ネイディーンは前に進んで、二人に加わった。

「あんたはこんなところにいたのね、ネイディーン」と、ポイントン夫人がいった。

「ちょっとここで休んでから出かけよう」

彼らは彼女を背の高い椅子に坐らせた。そしてネイディーンがその横に腰をおろした。

「あんたと話していたのはだれなの？」

「ミス・キングです」

「ああ、このあいだの夜レイモンドに話しかけたあの女ね。さあ、レイ、行って彼女とお話ししたらどう？　まだ向こうのライティング・テーブルのところにいるよ」

レイモンドをふり返った老女の口がゆがんで、意地の悪い微笑を浮かべた。彼の顔が真っ赤になった。彼は顔をそむけて、何かつぶやいた。

「何をいってるの、レイ」

「彼女と話したくはありませんよ」

「なるほど、そうだろうね。話したくはないだろう。いくらおまえが話したくたって、できないんだからね」

彼女は突然咳こんだ——ぜいぜいと音をたてて。

「わたしはこんどの旅行を楽しんでいるのよ、ネイディーン」と、彼女がいった。「どんなことがあっても、せっかくの楽しみをふいにしたくないよ」

「はあ」

ネイディーンの声は無表情だった。

「ねえ、レイ」

「はい」

「向こうの隅のテーブルから、便箋を持ってきておくれ」

レイモンドはすなおに歩いて行った。ネイディーンは顔を上げて、彼のほうでなく、老女のほうを見つめた。ボイントン夫人は身を乗り出して、嬉しそうに鼻孔をふくらませた。レイがサラのすぐそばを通った。彼女は顔を上げた——その顔に突然希望の色が浮かんだ。しかしそれは、彼が彼女のそばをすり抜けて、ケースから便箋を取ってもどって行くあいだにはかなく消えた。

もどってきた彼の顔は、小さな汗の玉がにじみ出て、死人のように青ざめていた。

ボイントン夫人は彼の顔を見つめながら、そっとつぶやいた。

「ほう……」

それから、ネイディーンの目が自分にそそがれているのに気づいた。その目の中にある何かが、怒りとともに彼女自身の活気をよみがえらせた。

「コープさんは、今朝はどこにいるんだろうね？」と、彼女はいった。

ネイディーンはふたたび目を伏せた。そして、おだやかな無表情な声で答えた。

「さあ、存じません。今朝はまだ見かけませんでした」

「わたしはあの人が好きだ」と、ボイントン夫人はいった。「大好きだよ。彼となら何度でも会っていいんだよ。あんたもそれには賛成だろ？」

「はい」と、ネイディーンは答えた。「わたくしも彼が好きですわ」

「近ごろレノックスはどうしたんだろうね。ろくに口もきかずに、ぼんやりしているばかりで。あんたたちのあいだで何か気まずいことがあったのかい」

「いいえ、べつに。そんなことが起きるはずがありませんわ」

「さあ、どうだかね。世間には、気の合わない夫婦がたくさんいるんだから。あんたはあんたの家にいたほうがずっと幸せだったかもしれないね」

ネイディーンは答えなかった。

「どう、そのほうがいいんじゃないかい」

ネイディーンは首を振って微笑した。

「わたくしがそんなことをしたら、お母さまのお気に召さないと思いますけど」

ボイントン夫人のまぶたがぴくぴく動いた。彼女は鋭いなぶるような口ぶりでいった。

「あんたはいつもわたしに逆らうんだね、ネイディーン」

若い妻はおだやかに答えた。

「そんなつもりはございませんわ」

老女の手が杖を握りしめた。顔色がいっそう青味を帯びてきたように見えた。

彼女は調子を変えていった。

「水薬を忘れてきたよ。持ってきてくれないかい、ネイディーン」

「はい、かしこまりました」

ネイディーンは立ちあがって、休憩室を通ってエレベーターのほうへ行った。ボイントン夫人はじっとその後ろ姿を見送っていた。レイモンドは目に憂鬱の影を浮かべながら、ぐったりと椅子に体を沈めていた。

ネイディーンは二階へ登り、廊下を渡って彼らの続き部屋の居間へ入った。レノックスが窓際に坐っていた。本を手にしていたが読んではいなかった。ネイディーンが入って行くと、彼は体を起こした。

「どうしたの、ネイディーン」

「お母さんの水薬を取りにきたの。置き忘れて行ったんですって」

彼女はボイントン夫人の寝室へ入り、洗面台の上にある瓶の薬を一回分だけ測って小さな薬剤用のグラスに入れ、それに水をたしていっぱいにした。それからまた居間を通り抜けようとしたとき、ふと足をとめた。

「レノックス」

彼が返事をするまでかなり間があった。まるで彼女の呼びかけの声がはるかかなたから彼の耳にとどいたかのようだった。

彼がいった。

「えっ、なんだい」

彼女は持っていたグラスをそっとテーブルの上において、彼のわきに立った。

「レノックス、あの陽の光を見て――窓の向こうの。あの生きいきとした世界を見てよ。

て」

美しいわ。あの中にいたいわ——こんなところにいて、窓から眺めているだけでなく

またしばらく間があいた。やがて彼がいった。

「あっ、ごめん。きみは出て行きたいのかい」

彼女は即座に答えた。

「そう、出て行きたいわ——あなたといっしょに——陽のあたるところへ——生きいきとした世界で、あなたといっしょに暮らしたいわ」

彼は椅子の中へ身をこごめた。目が追われている者のようにおどおどしていた。

「ネイディーン、またそんな騒ぎを起こさなきゃいけないのかい」

「ええ、そうよ。思いきって飛び出して、どこかでわたしたち自身の生活をしましょうよ」

「そんなことはできるもんか。ぼくらはぜんぜん金を持っていないんだよ」

「お金なんか、稼げばいいじゃないの」

「どうやって稼ぐんだ。ぼくたちに何ができるというんだ。ぼくは何の職能もないんだよ。何万という男が——資格をもった、職能のある男たちさえ失業しているというのに。とてもむりだよ、ぼくたちには」

「わたしたちの生活費は、わたしが稼ぐわよ」

「きみはまだ看護婦の資格さえとってないんだよ。そりゃだめだ――まるっきり絶望的だ」

「そうじゃないわ。まるっきりだめで絶望的なのは、わたしたちの現在の生活じゃないの」

「きみは自分のいっていることがわかっていないんだ。おふくろは親切にしてくれるし、あらゆるぜいたくをさせてくれているんだよ」

「でも、自由がないわ。レノックス、がんばってちょうだい。いまから――今日から――わたしについてきて――」

「ネイディーン、きみはどうかしてるぜ」

「いいえ、わたしは正気よ。どうもしてないわ。あなたと明るい太陽の下で自分自身の生活をしたいの――あんな独裁者に、あなたを不幸にしていて喜んでるおばあさんに支配されて、窒息させられてしまうのは、ごめんだわ」

「おふくろは、たしかに少し独裁的かもしらんけど――」

「あなたのお母さんは、頭がおかしいのよ！　気が狂ってるのよ！」

彼はおだやかに答えた。

「いや、それは違う。彼女は仕事にかけてはすばらしい才能をもってるんだよ」

「それは、そうかもしれないけど」

「それに、彼女はもう先が長くないんだぜ。もう六十いくつかだし、体のぐあいもかなり悪い。おふくろが死ねば、父の遺した遺産は、ぼくたちで公平に分けることになってるんだ。いつか、ぼくたちに遺言書を読んで聞かせてくれたじゃないか」

「彼女が死んだときは、もう遅すぎるかもしれないわ」

「遅すぎるって？」

「幸福になるには遅すぎるってことよ」

レノックスがつぶやいた。「幸福になるには遅すぎるか……」彼は急に身ぶるいした。

ネイディーンは近づいて彼の肩に手をやった。

「レノックス、わたしはあなたを愛してるわ。これはわたしとあなたのお母さんとの戦いなのよ、あなたはどっちに味方するの？」

「そりゃ、きみのほうさ——きみの味方だよ」

「それなら、わたしが頼んでいるとおりにしてちょうだい」

「そいつはむりだよ」

「いいえ、むりじゃないわ。ねえ、わたしたちに子供ができるかもしれないのよ、レノックス」

「おふくろもぼくたちの子供をほしがってるよ。そういってたからね」

「知ってるわ。でも、わたしは自分の子供を、あなたが育ったような温室の中で育てたくないのよ。あなたのお母さんは、あなたを支配することはできるだろうけど、わたしを抑える力はないわ」

レノックスはいった。

「きみはときどきおふくろを怒らせるけど、あれはまずいぜ」

「彼女はわたしの心を支配することや、わたしの考えを指図できないために怒っているにすぎないのよ！」

「きみがおふくろに対していつも親切で礼儀正しいことは知ってるよ。まったくきみはりっぱだよ。ぼくにはもったいない女だ。昔からそうだった。きみがぼくと結婚してもいいといったとき、ぼくはまるで夢みたいで、信じられないくらいだった」

ネイディーンは静かにいった。

「わたしがあなたと結婚したのは、まちがいだったわ」

レノックスは絶望的にいった。

「そう、それはまちがいだったろうよ」

「いいえ、あなたは誤解してるわ。わたしのいう意味は、もしあのときわたしがあの家を出て行って、わたしについてきてくれとあなたに頼んだら、あなたはきっとそうしただろうと思うの。そうよ、あなたはきっとそうしたわ……。あのとき、あなたのお母さんという人を理解できず、彼女の真意を見抜けなかったわたしがばかだったのよ」

彼女は間をおいていった。

「あなたはどうしても出るのがいやなの？　そりゃ、わたしはあなたに強制するわけにはいかないわ。でも、わたしが出て行くのはわたしの自由よ！　わたしは……たぶん、出て行くことになると思うわ……」

彼は信じられないような目で彼女を見つめた。まるでいままでよどみがちだった彼の思考の流れが、ようやく加速度を増してきたかのように、はじめて彼の口からすばやく返答が吐かれた。彼はどもりながらいった。

「しかし、そんなことはできないよ。おふくろが――おふくろが聞き入れないに決まってるからね」

「彼女はわたしを止めることはできないわ」

「きみはぜんぜんお金がないんだよ」

「借りるなり、乞食をするなり、盗むなりして作るわ。ねえ、レノックス、あなたのお母さんはわたしには無力なのよ！　わたしは出て行こうと、とどまろうと、自分の意思でできるのよ。もうこんな生活には、あきあきしちゃったわ！」

「ネイディーン、ぼくを見捨てないでくれ——ぼくを見捨てないで……」

彼女は謎のような表情を浮かべながら、考え深げにじっと彼を見つめた。

「ぼくを見捨てないでくれよ、ね、ネイディーン」

彼は子供のようにわめきたてた。彼女は突然襲ってきた目にしみる痛みを彼に見られないように、顔をそむけた。

彼女は彼のそばにひざまずいた。

「それじゃ、わたしといっしょにきて。いっしょにきてちょうだい！　あなたはできるのよ。あなただって、その気になりさえすればできるのよ！」

彼はたじろいで、彼女から身を遠ざけた。

「できない！　ぼくはできないよ！　ああ、神よ、助けたまえ。やっぱりだめだ——ぼくはそんな勇気がないんだ！」

第九章

ジェラール博士はキャッスル旅行案内社の代理店へ入って行き、カウンターにサラ・キングがいるのを見つけた。

彼女は顔を上げた。

「あら、おはようございます。わたしはペトラへの旅行の手続きをしているところなんです。あなたも向こうへいらっしゃるという話を、さっき聞きましたわ」

「ええ、どうやら予定の期日までに行ってこられることがわかりましたのでね」

「まあ、それはよかったですわね」

「大勢行くのですか」

「あなたとわたしのほかに、女のかたが二人だけだそうですわ。車一台で」

「そりゃ、嬉しいですな」といって、ジェラールは頭を軽く下げた。

それから彼は、自分の用事にとりかかった。

やがて彼は手紙を手にしてサラといっしょに事務所を出た。空気はやや冷たかったが、からっと晴れ渡っていた。

「ボイントン家の人々について、何かニュースはありませんでしたか」と、ジェラールがたずねた。「わたしはここ三日ほど、ベツレヘムやナザレや、その他いろんなところをまわってきたものですから」

サラは、ボイントン家の家族と親しくなろうとした努力が失敗に終わったことを、気乗りのしない口ぶりで報告した。

「結局失敗しちゃいました」と、彼女は話を結んだ。「それに、彼らは今日発つそうです」

「どこへ行くのですか」

「知りません。見当もつきませんわ」

彼女は腹立たしげに話をつづけた。

「わたし、ほんとにばかなことをしたと思いますわ」

「どうして？」

「他人のことに干渉したりして」

ジェラールは肩をすくめた。

「それは考えようでしょうね」

「干渉すべきかどうかということですか」

「ええ」

「あなたなら、しますか」

フランス人は愉快そうな表情を見せた。

「つまり、わたしは他人のことに口出しする癖があるかという意味ですか。正直にいって——ありませんな」

「すると、わたしが余計なおせっかいをしたのはまちがいだとお考えになるわけですね」

「いやいや、そうじゃないんです」ジェラールは早口で精力的にいった。「これは議論の余地の多い問題だと思います。だれかが過ちをおかそうとしているのを見たら、それを正しく直してやろうとするのは、はたしていいことなのか、悪いことなのか。ま、干渉はよい結果を生む場合もあるでしょう——しかし、思わぬ害を生むかもしれません。一概にはいえないわけです。干渉のたくみな、天賦の才に恵まれた人々もいます——そういう人はうまくやってのける！　ところが、そうでない人たちはやりかたがまずくて、むしろ放っておいたほうがましな場合もある。それに、年の問題もあります。若い人たちは理想や信念に走りがちです――実際的なことより、理論的な面を重視する。事実は理論と矛盾するということを、まだ経験していないわけです。たしかに自分自身を信じ、自分のやろうとしていることは正しいのだという確信をもってすれば、大いに有益なことを達成できる場合も少なくありません（しかし、当然のことながら、非常に有害なことをやらかす場合もしばしばありますよ！）――ところが、中年の人は経験があって、干渉することによってよい結果が生まれる場合があるにせよ、悪い結果を生む場合もあり、むしろそのほうが多いということを知っていますから、うかつに手を出さない！結局両者とも互角ですな――まじめな若い人は有害なことも有益なこともやるのに対して、思慮深い中年の人はどっちもやらないのですから」

「そんな理屈はあんまり役に立ちそうもありませんわ」と、サラは抗議した。

「一人の人間がいつでもほかの人の役に立つことができるとは限らないでしょう。それはわたしの問題ではなくて、あなたの問題なんですよ」

「あなたはボイントン家の人々とは関係したくないとおっしゃるのですか」

「そう。わたしじゃ、成功の見込みがまったくありませんからね」

「だったら、わたしだって同じことですわ」

「いや、あなたなら、見込みがあるかもしれませんよ」

「なぜ？」

「あなたには特典がある。あなたの若さとセックスの魅力が」

「セックス？　ああ、そうですか」

「人間関係は、つきつめるとセックスの問題になる。そうでしょ？　あなたはその女の子に対しては失敗したけれども、彼女の兄に対しても失敗するとは限らないのです。あなたから聞いた話——つまり、キャロルがあなたにしゃべった話——によると、ボイントン夫人の独裁支配にとって、一つの脅威があることは明らかです。長男のレノックスは、青年の若さの力で彼女に抵抗した。家を飛び出して、土地の舞踊会へ行ったわけです。異性を求める男の欲望のほうが、催眠術の魔力よりも強かったのです。しかし、あのおばあさんはそのセックスの力に気づいたわけです（彼女の経歴には、そうした体験がふくまれているのかもしれませんな）。彼女はそれをじつに手ぎわよく処理しました——美しい、しかも貧しい娘を連れてきて、結婚させたわけです。そうすることによってまた、新しい奴隷を一人手に入れた」

サラは首を振った。

「あの若いボイントン夫人が奴隷だとは思えませんわ」

ジェラールは同意した。

「そう、そうでしょうな。彼女はおとなしくてすなおな女だったために、おそらくボイントトン老夫人は彼女の意志や性格の力を過小評価したのでしょう。ネイディーン・ボイントンもそのころは、自分の立場を正確に評価できるほど年をとっていなかったし、経験もなかったわけです。彼女はいまになってそれがわかったのだけれども、もう遅すぎますね」

「彼女はあきらめていると思いますか」

ジェラールは疑わしげに首を振った。

「たとえ彼女が計画を立てていても、だれもそのことを知らないでしょう。コープが一枚加わっている可能性も考えられます。男は生来嫉妬深い動物です——そして、嫉妬は強い力です。ですから、レノックス・ボイントンがいままでの惰性から目覚めることも、まだ考えられます」

「そしてあなたは同じような理由から——」サラはわざと事務的な職業的な口調でいった——「わたしがレイモンドに働きかけるチャンスがあるとおっしゃるわけですね」

「そうですとも」

サラはため息をついた。

「わたしはそうしようと思えばやれたかもしれないけど——でも、いまとなってはもう遅いわ。それに——そのアイディアが気に入りませんわ」

ジェラールはおもしろがっているような顔だった。

「それは、あなたがイギリス人だからですよ。イギリス人はセックスに対してコンプレックスを持ってるんです。あまり上品なものでないと思っているわけです」

サラは憤慨の反応を示したが、それはいささかも彼を動じさせなかった。

「いや、あなたがたいへん近代的な女性だということは知っていますよ——あなたが辞書の中のもっとも不愉快な言葉でも、平気で人前で使うということを。あなたが専門家で、まったく偏見を持っていないということもね！　しかしながら、あなたはやはり、あなたのお母さんやお祖母さんから享けた民族的特性を持っているのです。あなたはは にかんで顔を赤くしたりしないにしても、やはりはにかみ屋のイギリス娘であることには変わりないですよ」

「そんなばかげた話は聞いたこともありませんわ！」

ジェラール博士は目をぱちくりさせただけで、平気な顔でつけ加えた。

「そして、それがあなたをとても魅力的にしているのです」

サラはあっけにとられて黙った。

ジェラール博士は急いで帽子をあげた。

「このあたりで失礼します」と、彼はいった。「ぐずぐずしてると、あなたは思ってることをみんなしゃべり出さないとは限りませんのでな」

彼はホテルに逃げこんだ。

サラは歩調をゆるめて、ゆっくりその後を追った。

そのあたりは活気を呈していた。旅行カバンを積んだ数台の車が、出発の用意をととのえているところだった。レノックスとネイディーンとコープ氏が一台の乗用車のそばに立って、それを監督していた。太った通訳が流暢な英語でキャロルと立ち話している。

サラは彼らの横を通って、ホテルに入った。

ボイントン夫人は厚いコートに身を包んで、出発を待ちながら椅子に坐っていた。

その姿を見ているうちに、ある奇妙な感情の急変がサラの内部で起こった。

彼女はいままでボイントン夫人を、極悪非道な鬼のような、無気味な存在だと思っていた。

それがいま突然、あわれな無力な老人に見えたのだった。あれほど強い権力欲と支配欲を持って生まれつきながら、けちな一家庭の独裁者にしかなれなかった女！　サラは彼女の家族に、いま自分の目に映っているようなこの老女の姿を見せてやりたいと思った——愚かで意地の悪い、気どり屋の、無力なあわれむべき老女の姿を。

サラはある衝動にかられて彼女へ近づいて行った。

「さようなら、ボイントン夫人」と、彼女はいった。「旅のご無事を祈っておりますわ」

老女は彼女を見た。その目の中で敵意が怒りと交錯していた。

「あなたはわたしにずいぶん失礼なことをなさいましたね」と、サラはいった。

(わたしは気が狂ってるのかしら——と、彼女は心の中であやしんだ——いったいなぜこんなことを言いだしたのだろう?)

「あなたはあなたの家族がわたしと友だちになろうとするのを邪魔したけど、それはまったくばかげた、子供じみたことだと思いませんか。あなたは人食い鬼になりたがっているようですけど、じっさいはあわれな、こっけいな道化師ですよ。わたしがあなたなら、そんなばかげたお芝居はとっくにやめてしまってるでしょうね。あなたはこんなことをいうわたしを憎らしく思うでしょうけど、わたしは本気で忠告しているのですよ——少しはこたえるだろうと思って。あなたはまだ、これから何年もの間、楽しく暮らせるのですよ。家族と仲よく、親切にしてやるのがいちばんいいと思いますわ。そうしようと思えばできるのです」

彼女はしばらく間をおいた。

ボイントン夫人は凍りついたように動かなかった。やがて、彼女の舌が乾いた唇をなめずって、口が開いた……。しかし、言葉は出なかった。

「さあ、どうぞ」と、サラはうながした。「いいなさいよ！ あなたが何をいったって、構いませんわよ。しかし、わたしがいまいったことは、ようく考えてください」

やっと言葉が出た──しわがれた、おだやかだが突きさささるような声だった。しかし、ボイントン夫人の毒蛇のような目は、サラを見ているのではなくて、彼女の肩ごしに奇妙な感じに後方へそそがれていた。そして彼女は、サラに対してではなくて、ある親しい亡霊に話しかけた。

「わたしは決して忘れませんよ」と、彼女はいった。「よく憶えておいてね。わたしは何一つ忘れていませんよ──どんな行為も、どんな名前も、どんな顔も……」

その言葉自体はべつにどうということもなかったが、毒気をおびた語り口が、サラをたじろがせた。それから、ボイントン夫人は笑った──ぞっとするほど無気味な笑い声だった。

サラは肩をすくめた。

「あなたはまったくあきれたおばあさんだわ」と、彼女はいった。

彼女がきびすを返してエレベーターのほうへ歩いて行ったとき、あやうくレイモンド

・ボイントンと衝突しそうになった。彼女は衝動的に早口でいった。
「さようなら。お元気でね。いつかまたお会いしましょう」

そして彼に親しげな暖かい微笑を投げて、すばやく通りすぎた。

レイモンドは石のようにその場に立ちつくした。あまりにも茫然としていたために、大きな口ひげを生やした小男がエレベーターから出ようとして、後ろから何度も声をかけなければならなかった。

「ちょっと、すみませんが――」

やっとそれが耳に入って、レイモンドはわきへよけた。

「ごめんなさい。考えごとをしていたものですから……」と、彼はいった。

キャロルが彼のほうへやってきた。

「レイ、ジニーを連れてきてくれない？　部屋へもどって行ったのよ。あたしたちはもうそろそろ出発するから」

「よし、すぐくるようにいおう」

レイモンドはエレベーターに入った。

エルキュール・ポアロはしばらく彼の後ろ姿を見送りながら立っていた――眉をつりあげ、耳を澄まして何かを聞いているような恰好に、首を少しかしげながら。

やがて彼は、合点がいったといわんばかりにうなずいた。そして休憩室を通りながら、母親のそばへ行ったキャロルをしげしげと眺めた。

それから、通りかかった給仕頭を手まねいた。

「ちょっとお訊きしたいんだが、あそこにいる人たちはなんという名前ですか」

「ボイントンでございます。アメリカ人のかたたちでして」

「ありがとう」と、エルキュール・ポアロはいった。

三階では、ジェラール博士が自分の部屋へ行く途中で、待たせてあるエレベーターのほうへ行くレイモンドとジネヴラの二人にすれちがった。二人がそれに乗ろうとしたとき、ジネヴラがいった。

「レイ、ちょっと待ってて、エレベーターの中で」

彼女は駆けもどり、廊下の曲がり角をまわって、歩いて行く紳士に追いついた。

「あの――ぜひあたしの話を聞いてください」

ジェラール博士はびっくりして顔を上げた。

少女は彼に近寄って腕をつかんだ。

「みんながあたしを連れて行こうとしているんです！　あたしを殺そうとしているのかもしれないのです……。あたしは、ほんとうはあの家の者じゃないのです。あたしの名前はボイントンじゃないんですの」

言葉がひしめき合うように出てきて、彼女は急いでしゃべりつづけた。

「あなたに秘密を打ち明けますわ。あたし、ほんとうは王族なんです。王位継承者なんですの。ですから――あたしの周囲は敵だらけなんです。彼らはあたしを毒殺するか――何かをたくらんでいるのです。どうかあたしを助けて……逃がしてください……」

彼女は急に話をやめた。足音が聞こえた。

「ジニー！」

少女ははっと驚いた愛くるしいそぶりを見せながら、唇に指をあて、ジェラールにせがむようなまなざしを投げて駆けもどって行った。

「いま行くわよ、レイ」

ジェラール博士は眉をつりあげて歩きだした。ゆっくり首を振り、眉を寄せた。

第十章

ペトラへ出発する朝だった。

サラが階下へ降りると、木馬のような鼻をした堂々たるかっぷくの女が、ホテルの正面入口の外で、車の大きさについてはげしく抗議しているのが目についた。ホテルで見かけたことのある女だった。

「これじゃ、まるっきり小さいわよ！　お客は四人、それに通訳が一人でしょ。だったら、もっと大きな乗用車でなくちゃ。さあ、この車をとっ払って、適切な大きさの車を持ってきてちょうだい」

キャッスル旅行案内社の者がどんなに声を張りあげて説明してもむだだった。それは通常の大きさで、もっとも乗り心地のいい車だったのだ。もっと大きな車は、砂漠の旅行には不向きだった。

その図体のでかい女は、比喩的にいえば、大きな蒸気ローラーのように彼のほうへ転がって行った。

それから、サラのほうをふり返った。

「あら、ミス・キングですね？　わたくし、ウエストホルム卿夫人です。あの車の大きさが不適当だといってるところなんですけど、そうでしょ？」

「そうですわね」と、サラは慎重に答えた。「もっと大きいほうがらくだろうと思いますわ」

キャッスル旅行案内社の青年は、大きい車なら料金を加算するようになるといった。

「車の料金をふくめて旅費を払ってあるのよ」ウエストホルム卿夫人はきっぱりいった。

「追加料金なんてとんでもない。あなたの社の案内書にちゃんと書いてあるじゃないの、〝乗り心地のいい乗用車で〟と。あなたは約束の条件を守るべきでしょ！」

キャッスル社の青年は敗けを認め、何とかしてみましょうといって、すごすご引きあげた。

ウエストホルム卿夫人は、日焼けした顔いっぱいに勝利の微笑を浮かべ、赤い大きな木馬のような鼻の孔を得意げにふくらませて、サラのほうをふり返った。

ウエストホルム卿夫人は、イギリス政界ではきわめて高名な存在だった。狩猟や魚釣りや射撃しか人生の楽しみのない無邪気な中年の貴族だったウエストホルム卿が、アメリカ旅行の帰途親しくなった旅客の一人に、ヴァンシタート夫人という女性がいた。このヴァンシタート夫人はその後まもなくウエストホルム卿夫人となった。この縁組は、大西洋航海の危険な例の一つとしてしばしば引用された。新ウエストホルム卿夫人は、ツイードの服を着、頑丈な革靴をはき、犬を飼い、村人たちをいじめ、自分の亭主をむりやり公の生活へ駆り出した。しかし、しょせん政治はウエストホルム卿の性分に合わないことを悟ると、彼女は彼がふたたび狩猟道楽にかえることを寛大に許して、彼女みずから議員に立候補し、圧倒的多数の票を得て当選した。ウエストホルム卿夫人はかくして政界に身を投じ、とくに議会でははでな活躍ぶりを示し、大いに名前を売り出した。まもなく新聞に彼女の漫画が現われはじめた（つねに成功の象徴として）。政界人としての彼女は、家庭生活の古風な道徳や、婦人の相互の福祉活動を支持し、国際連盟の熱心な支持者でもあった。農業、住宅、スラム街の解消などの問題についても確固たる意見を発表した。こうして彼女は非常な尊敬を受け、同時にほとんどの人から嫌われた！彼女の属する政党が政権を奪い返したならば、大臣次官の地位を与えられる可能性も大いにあった。ちょうどそのころは、労働党と保守党との連立政権が分裂して、はからずも自由党内閣が勢力をふるっていたのだ。

ウエストホルム卿夫人は、去って行く車を小気味よさそうに見送った。

「男ってやつは、どうも女をなめてかかる癖があってね」と、彼女はいった。

ウエストホルム卿夫人をなめてかかるような男がいたら、それはさぞかし勇敢な男だろうと、サラは思った。彼女はちょうどそのときホテルから出てきたジェラール博士を紹介した。

「ええ、むろんあなたのお名前は存じあげております」と、ウエストホルム卿夫人は握手しながらいった。「わたくし、いつかパリでクレマンソー教授とお話ししました。わたくしは最近貧困層の精神異常者対策の問題にとり組んでおりますの、非常に精力的にね。ところで、べつのいい車がくるまで、中で待ちましょうか」

さっきからそのあたりをうろついていた小柄な中年の婦人は、一行の四人目の客ミス・アマベル・ピアスであることがわかった。彼女もウエストホルム卿夫人に随行して、休憩室へひきさがった。

「あなたは職業婦人ですか、ミス・キング」

「医学士になったばかりです」

「それはたいへん結構なことですわ」と、ウエストホルム卿夫人はわざとらしくへりくだった口ぶりでいった。「わたくしはですね、これからは女性が社会を動かす原動力にならなければならないと思います。そうでしょ」

サラははじめて自分のセックスを重苦しく意識しながら、しんぼう強くウエストホルム卿夫人について行った。

休憩室で待ちながら、ウエストホルム卿夫人はエルサレム滞在中に高等弁務官の公邸に泊まりにきてほしいと招待されたが、それを断わったという話をした。

「わたくしは官僚にじゃまされたくないのですよ。ひとりで視察したいのです」

何を視察しようというのだろうと、サラは内心いぶかった。

ウエストホルム卿夫人は自由に行動するためにソロモン・ホテルに宿泊していることを説明してから、ホテルの支配人に経営の仕方をもっと能率的にやるように若干の指示を与えたといった。

「能率を高めること、それがわたくしのスローガンなんです」

たしかにそうらしい！　十五分ほどして、大きくて乗り心地のよさそうな車が到着すると、ウエストホルム卿夫人が旅行カバンの利用法についての助言をした後、一同は予定どおり出発した。

最初の停留地は死海だった。彼らはエリコで昼食をとった。そのあとで、ウエストホルム卿夫人は旅行案内書を手にして、ミス・ピアスや博士や太った通訳といっしょに古都エリコを見物に出かけたが、サラはホテルの庭に残った。

少し頭痛がしたし、ひとりになりたかったのだ。妙に気がふさいでならなかった――説明のつかない憂鬱さを感じた。急にものうい気分になり、すべてに興味を失って、見物する気もせず、同行者たちがわずらわしくなった。こんなペトラ旅行をするんじゃなかったと、いまさら悔まれた。これからかなり費用もかかり、しかも旅行を楽しめそうになかった。ウエストホルム卿夫人のどら声、ミス・ピアスのたえ間ない冗舌、通訳の反ユダヤ的な嘆きが、彼女の神経をずたずたに裂いた。彼女の気持をよく知っているといわんばかりなジェラール博士のふざけた態度さえも、気に入らなかった。

ボイントン家の人々はいまごろどこにいるのだろう――たぶんシリアへ行ったのだろう――バールベックかダマスカスあたりにいるかもしれない。レイモンドはどうしているだろう。彼女はふしぎなほど彼の顔をはっきり思い浮かべることができた――熱心な――自信のなさそうな――おどおどした顔……。

なんで！――おそらく二度と会えない人のことが、なぜ頭にこびりついて離れないのだろう。昨日あの老女とやり合ったときの情景が思い浮かぶ――あのときどうして老女の前へ行って、あんなばかげた憎まれ口をたたいたのだろう。ほかの人に聞こえたかもしれない。ひょっとしたらウエストホルム卿夫人がすぐ近くにいたんじゃないかしらと、彼女は思った。あのときどんなことをいったのか、いちいち思い出そうと努力した。おそらくずいぶん突拍子のない、気ちがいじみた話のように思われそうなことばかり。まったくばかなまねをしたものだと思った。しかしそれは、彼女の罪でなくて――ボイントン老夫人のせいなのだ。あの老女には何かしら人に常軌を逸したことをさせるものがあるのだ。

博士がやってきて、ひたいの汗を拭きながら椅子にどっかと腰をおろした。

「ちえっ！　あんな女は毒殺すべきだ！」と、彼が叫んだ。

サラはびっくりした。

「ボイントン夫人のことですか」

「えっ、ボイントン夫人？　いやいや、あのウエストホルム卿夫人ですよ！　あんな女が長年の間亭主を持ちつづけてきたとは、信じられませんな。亭主のほうも、よくもいままでくたばらずに生きのびてきたもんだ。あいつの亭主はよっぽど神経が太くできているんでしょうな」

サラは笑った。

「彼は〝狩猟と釣りと射撃〟族ですわ」と、彼女はいった。

「なるほど。心理学的にいえば、まったく健全ですな！（いわゆる）下等動物を殺して、自分の欲望をなぐさめているわけですからな」

「彼は奥さんの活躍ぶりを非常に自慢してるようですわ」

フランス人はそれを受けていった。

「そのおかげで彼女は家を留守にすることが多いからですかね。それなら話はわかりますよ」彼はさらに話をつづけた。「さっきあなたはなんとおっしゃいました？　ボイントン夫人のことかって？　なるほど、彼女を毒殺するというのは、すこぶるいいアイディアですな。そうすれば、あの家族たちの問題は簡単に解決するわけだ！　じっさいのところ、毒殺してしまったほうがましな女がたくさんいますよ。年とった醜い女はぜんぶそうです」

彼は意味ありげな顔をした。

サラは笑いながら叫んだ。

「まあ、フランス人はひどいわ！　若くて魅力的な女以外の女には用がないっていうんですからね」

ジェラールは肩をすくめた。

「われわれはそのことについて正直なだけですよ。イギリス人だって、地下鉄や電車で、器量のよくない女のために席を立ったりしませんよ——いや、これは失礼しました」

「ああ、人生がいやになっちゃいましたわ」と、サラはため息をしていった。

「あなたがため息をつく必要はないでしょう」

「でも、今日は何だか、気がくさくさして」

「ごもっともです」

「ごもっとも? どういうことです?」と、サラは問いただした。

「自分の精神状態を正直に考えてごらんになれば、その理由がおわかりでしょう」

「わたしを憂鬱にしてるのは、連れの人たちだと思いますわ」と、サラはいった。「変な話ですけど、わたしは女が大嫌いなんですの! あのミス・ピアスのようにぐずで白痴みたいな女も腹立たしいし、逆にウエストホルム卿夫人みたいなやり手は、いっそうわたしをいらいらさせるのです」

「あの二人があなたをいらいらさせるのは当然でしょうな。ウエストホルム卿夫人は彼女に適合した生き方をして、りっぱに成功し、幸福です。ミス・ピアスは保母になって長年働いているうちに、いくばくかの遺産が突然転がりこみ、そのおかげで一生の願いであった海外旅行ができるようになった。これまでのところ、その旅行は彼女の期待に添っているらしい。それにひきかえあなたは、自分の求めるものを獲得しそこなったわけですから、あなたよりも人生で成功した人たちの存在があなたにとってしゃくに障るのは、当然ですよ」

「たぶん、そうでしょうね」と、サラは憂鬱そうにいった。「あなたは恐ろしいくらい正確に人の心が読めるのですね。わたしがいくら自分をごまかそうとしても、あなたには通用しませんわ」

そのとき、ほかの同行者たちがもどってきた。三人の中で案内人がいちばん疲れているようだった。彼はアンマンへ行く途中、ほとんど何の説明もしなかった。ユダヤ人について一言もいわなくなった。これはむしろみんなにとってありがたいことだった。エルサレムを出発してからずっと、ユダヤ人の不法行為について立板に水を流すようにしゃべりまくる彼の冗舌が、みんなの気分をそこなっていたのだった。

道はヨルダン川の上流に向かって曲がりくねりながら登って行く。キョウチクトウが道沿いにばら色の花を咲かせていた。

一行は午後遅くアンマンに到着した。そしてグレコローマン劇場をちょっと見物してから、早いうちに就寝した。翌日は早朝に発って、一日がかりで砂漠を横切ってマーンへ行くことになっていた。

翌朝、彼らは八時少しすぎに出発した。みんながほとんど黙りこくっていた。風がなく昼ごろ昼食をとるために少し休んだが、そのころには息苦しいまでに暑くなった。暑い日中にほかの四人といっしょに箱詰めにされているいらだたしさが、みんなの神経を少したかぶらせていた。

やがてウエストホルム卿夫人とジェラール博士は、国際連盟についてやや気短な議論を戦わしはじめた。ウエストホルム卿夫人は国際連盟の狂信的な支持者だった。一方フランス人は、連盟が莫大な経費のかかることを皮肉った。議論はアビシニアやスペイン問題に対する連盟の態度から、サラの聞いたこともないリトヴァニア国境紛争事件や、大がかりな麻薬密輸団を摘発した連盟の活動にまでおよんだ。

「彼らがすばらしい仕事をしてきたことは、認めなきゃなりませんわ。まったくみごとなものです！」と、ウエストホルム卿夫人はどなった。

ジェラール博士は肩をすくめた。

「まあね。あれだけ莫大な費用を使う点も、みごとなものですよ！」

「重大な国際問題を扱っているのですから、金がかかるのは当然ですよ。麻薬取締法の問題にしても――」

議論ははてしなくつづいた。

ミス・ピアスがサラに話しかけた。

「レディ・ウエストホルムといっしょだと、とても楽しい旅行ができますね」

サラはにがにがしくいった。「そうですかしら」しかし、ミス・ピアスはそのにがにがしい調子に気づかずに、得々としてしゃべりつづけた。

「夫人の名前は新聞でたびたび見かけておりましたわ。女の身で政界に出て、女性の立場を擁護するために活躍していらっしゃるのですから、たいへんな才能ですね。あたしは、女性が何かをなしとげた話を聞くと、嬉しくてたまらないんですの」

「へえー、どうしてかしら?」と、サラはいやみたっぷりに訊き返した。

ミス・ピアスはしばらくぽかんと口を開けてから、どもりぎみに答えた。

「なぜって……それは、なんといいましょうか……とにかく、女が何かをやりとげることができるということは、すばらしいことですわ!」

「それは賛成しかねるわ」と、サラはいった。「人間が価値のある仕事をなしとげることは、すばらしいことなんですよ。それが男であろうと女であろうと、そんなことはまったく問題じゃありませんわ。どうしてそんなことが問題なんです?」

「ええ、それはまあ、もちろん、そういう観点からいえば、そうでしょうけど——」

しかし、彼女は少々不満げだった。サラはややおだやかにいった。

「あら、お気にさわったらごめんなさい。でも、わたしはそういうセックスの差別が嫌いなんですよ。現代の女性の人生態度は現実的だといわれたりするようなことですね。それはまちがってますよ。現実的な女性もいるし、そうでない女性もいるわけですからね。男だって、感傷的でにえきらない男もいるし、頭がきれて論理的な人もいる。要するに頭脳の違いなんです。直接的にセックスと関係のある場合以外は、セックスなんか問題にすべきじゃないと思うんですの」

ミス・ピアスはセックスという言葉に少し顔を赤らめて、話題を変えた。「でも、この無人の砂漠はすてきですね。こう暑くちゃ、日陰が恋しくなりますわね」と、彼女はぼやいた。

「こう暑くちゃ、日陰が恋しくなりますわね」

サラは黙ってうなずいた。

実際その無人の砂漠はすばらしかった。そこには心の傷をいやす平和があった……。わずらわしい人間関係を強いる者は一人もいない……。個人的な悩みもなかった。彼女はやっとボイントン家から解放されたのを感じた。自分とはまるで軌道をことにした人たちの生活に干渉したくなるあのふしぎな焦燥感から解放されたのだ。彼女は心のなごむのをおぼえた。

ここには孤独があり、無人の茫漠たる広がりがあった……。

平和そのものだった……。

むろん、ただひとりでそれを楽しむわけにはいかなかった。ウエストホルム卿夫人とジェラール博士は麻薬論議を終え、いまは残酷な方法でアルゼンチンのキャバレーに売り飛ばされた罪のない若い女たちについて論戦を展開していた。ジェラール博士は終始軽口をまじえてしゃべっていたが、根っからの政治屋でユーモアのセンスのないウエストホルム卿夫人には、それはまったく嘆かわしいものでしかなかった。

「さあ、それではまた説明しましょうか」タブーシュ（イスラム教徒の男のかぶるおわん形の帽子）をかぶった通訳がそういって、またユダヤ人の残虐行為について弁舌をふるいはじめた。

一行がやっとマーンに着いたのは、日没の一時間ほど前だった。異様に粗野な顔つきの男たちが車の周りに群がり寄ってきた。一行は少し休んで、また出発した。荒漠たる砂漠を見渡していると、ペトラの岩の要塞はどこにあるのかとまどわされた。おそらくそれは何キロも遠方から見えるにちがいなかったが、しかし、どこにも山一つ、丘一つ見えなかった。それとも一行の旅行の目的地は、まだまだ遠いのだろうか。

彼らは自動車の終着地アイン・ムサという村落に到着した。悲しげな顔をした痩せた馬が何頭かそこで待っていた。乗馬に適しないミス・ピアスの縞模様の木綿のドレスは、彼女をかなり当惑させた。ウエストホルム卿夫人は気をきかしてちゃんと乗馬ズボンをはいていた。彼女の体には似つかわしくなかったが、しかし実用的だった。

馬は村落を出て、石だらけのつるつるすべる道を歩いて行く。道は下り坂になり、馬が何度もつまずいて転げそうになった。日は沈みかけていた。

サラは長い暑苦しい車の旅にすっかり疲れ、めまいがした。夢の中で馬にゆられているようだった。やがて彼女は、すぐ下に地獄の穴があいているような気がした。道は曲がりくねりながら下って行く。さまざまな形をした岩が彼らの周囲に現われはじめた。彼らは赤い崖の間の迷路を通って、地の底へ向かっていた。やがてきり立った崖が両側にそびえたち、サラははてしなくせばまって行く岩の谷間に恐怖を感じ、身をすくませた。

彼女は混乱した頭の中で思った。「死の谷へ——死の谷へと降りて行くのだ……」下へ下へと降りて行くうちに、あたりは暗さを増し、鮮かな岩壁の赤い色がしだいに黒ずんできた。彼らはどこまでも曲がりくねった岩の間の細道をつたって、地の底へ吸いこまれ、幽閉されて行く。

彼女は思った。「ほんとに幻想的な、信じがたい、死の都なのね」そして、さっきの言葉がまた心に浮かんできた。「死の谷……」

ようやくランタンに火がともされた。馬は細い道を曲がりくねって行く。やがて突然広い場所に出た——岩壁が遠のき、はるか前方にひとむらのともしびが見えた。

「あれはキャンプです」と、案内人が説明した。

馬は少し足を早めた——ほんの少し——空腹と疲労で、足を早めることはできなくなっていたのだが、しかし、馬が心を躍らせているのはわかった。やがて砂利の多い川床に沿って道がつづき、ともしびがいっそう近づいてきた。

崖を背にして、一群のテントが立ち並んでいる。崖にほこらが掘られているのも見えた。

そこへ着くとベドウィン人の召使いたちが駆け寄ってきた。

サラはその洞窟の一つを目をこらして見つめた。そこに坐っている人影があった。あれは何だろう？　偶像だろうか。巨大な坐像のように見える。

いや、それをぼうっと大きく見せているのは、ゆらめくともしびの光だった。しかし、たしかにそこに偶像のようなものが身動きもせず坐って、あたりに妖気をただよわせている。

やがて彼女は、突然はっと思いついた。

砂漠が彼女に与えた心の平和も、逃避の安堵も、一瞬にして消えてしまった。自由からふたたびとりこの身につきもどされた。サラは曲がりくねった暗い峡谷を降りてきて、いまそこにボイントン夫人が、まるで忘れられた邪宗の女司教のように、あるいは肥満した奇怪な女の仏像のように坐っているのを見たのだった。

第十一章

ボイントン夫人はここに、ペトラにいたのだ！

サラは問いかけられた質問に、ただ機械的に答えた——食事の用意はできているけれども、すぐ食べるか、それともまず体を洗うか——テントの中に寝るか、洞窟に寝るか。彼女はすぐさまテントと答えた。洞窟という言葉を聞いただけでもぞっとした。あの肥満した奇怪な仏像のような姿が目に浮かんだ（あの女がどこか人間ばなれしているように見えるのは、なぜだろう）。

やがて彼女は、原住民の召使いのあとについて行った。彼はつぎはぎだらけのカーキ色の半ズボンをはき、ぶかぶかのゲートルをつけ、ほとんど衣服の用をなさないほどすり切れた上着をまとっていた。頭には、チエフィヤといわれる頭巾をつけている。その長いひだは首を保護し、黒い絹のひもで頭のてっぺんにしっかり結い合わされている。サラは彼がのびのびと体を左右にゆすって歩くのを——無頓着で気品のある身のこなしを――賛嘆の目で眺めた。彼の服装のヨーロッパ風な部分だけが、安っぽくて似つかわしくなかった。彼女は心の中で思った。「文明がまちがってるんだわ。もし文明がなかったら、ポイントン夫人みたいな人間もいなかっただろう。野性的な種族の中では、彼女のような女はとっくに殺されて、食われてしまっていただろう」

彼女は自分が疲れすぎて神経がいらだっていたことを、半ば自嘲的な思いで気づいた。湯で体を洗い、顔の化粧をすませてやっと人心地がつき、冷静をとりもどしたとき、彼女はさっきのうろたえぶりが恥ずかしく思われた。

小さな石油ランプのゆらめく光の中で、でこぼこな鏡に映る自分の姿をななめに見ながら、彼女は濃い黒髪をすいた。

それからテントの入口の垂れ布を払って夜の外へ出て、下の大天幕のほうへ行こうとした。

「あなたも、ここへ？」

あっけにとられたような、信じられないような、低い叫び声だった。

彼女はくるりとふり返って、そこにあったレイモンド・ボイントンの目をまともにのぞきこんだ。その目はびっくりして大きく見張られていた。そしてその中の何かが彼女を沈黙させ、不安を感じさせた。それは信じられないほどはげしい喜びを示していた。

まるで天国の幻想を見ているようだった——驚嘆し、めくるめき、感謝し、心を謙虚にしている目だった。おそらくサラはそのまなざしを終生忘れられないだろう。まるで地獄の亡霊が天国を見あげているようなまなざしだった。

彼はふたたびいった。

「あなたは……」

その低い震え声が、彼女にある作用をした。彼女の胸の中で、彼女の心臓をひっくり返した。彼女に恥じらいと不安と謙虚を感じさせ、同時に心のおごりたかぶるような喜びを感じさせた。

彼女は短く答えた。「そうよ」

彼はまだあっけにとられながら——まだ半信半疑のまま——近づいてきた。

それから急に彼女の手を握った。

「やっぱりあなただ」と、彼はいった。「ほんもののあなただ。ぼくは最初あなたの幽霊を見ているのじゃないかと思いましたよ——あなたのことをあんまり思いすぎ、慕いすぎたために」彼は間をおいていった。「ぼくはあなたを愛しています。……あの汽車であなたにお会いした瞬間からそうだったのです。ぼくはやっとそれがわかりました。ですから、あなたもそれを知っていてほしいのです——あんな無作法なふるまいをしたのは、ほんとうのぼくではないということをわかってもらうために。でも、ぼくはいまでさえもぼくひとりの意思で約束することはできません。ぼくはどんなことをするか、わからないのです！　また知らん顔で通りすぎたり、あなたから逃げたりするかもしれません。しかし、その責任はぼくに――ほんとうのぼくにあるのではないということを、わかってもらいたいのです。それは、ぼくの神経ですよ。それが頼りにならないからなんです。おふくろがこうしろというと、ぼくはそうしてしまう。ぼくの神経がそうさせるのです！　わかってくれますね。ぼくは軽蔑されても仕方がないけど――」

彼女は彼をさえぎった。彼女の声は低く、意外にもやさしかった。

「わたしはあなたを軽蔑しないわよ」

「いや、やはりぼくは軽蔑に値しますよ。もっと男らしく行動しなければいけないのです」

それに対するサラの返答は、ジェラール博士の助言の影響も多少はあったが、それよりも彼女自身の知識と希望がもとになっていた。そして彼女の声のやさしい調子の中に、確信と意識的な権威の響きがあった。

「あなたはもう、そうなれるわ」

「ぼくが？」彼は弱々しく訊き返した。「しかし、おそらく――」

「あなたはもう勇気を持てるわよ。わたしはそう確信してるわ」

彼は急に胸をはり、頭を後ろへそらした。

「そう、勇気だ。ぼくに必要なのはそれだけなんだ——勇気だ！」

彼は突然頭を下げて彼女の手に唇をふれた。そして、すぐ立ち去った。

第十二章

サラは大天幕のほうへ降りて行った。一行のほかの三人はテーブルをかこんで食事をしていた。案内人はもう一組の旅行者がここにきていることを説明しているところだった。

「彼らは二日前にやってきて、あさって帰るそうです。アメリカ人の家族連れで、母親がものすごく肥っているためにここへくるのにずいぶん苦労したらしいですよ。椅子に乗せて大勢でかついで運んだそうで――たいへんな大仕事だったといってますよ――肩の皮がすりむけたりでね」

サラは急に笑いがこみあげて吹き出した。むろん、だれが聞いてもこっけいな話だったろう。

太った通訳は、嬉しそうに彼女を見た。彼は自分の仕事をいささかもてあましていたのだ。ウエストホルム卿夫人が旅行案内書を楯にとってその日三度も彼に異議を唱え、こんどはまた、割りあてられたベッドの型について、難点を発見したのだった。彼は理由のいかんを問わず上機嫌な人が彼の一行にいることが、嬉しかったのだ。

「まあ！」と、ウエストホルム卿夫人は叫んだ。「それはソロモン・ホテルにいた人たちでしょう？　ここへ着いたとき、わたしはあのおばあさんを見てすぐわかりましたよ。ミス・キング、あなたがホテルで彼女と話していらっしゃるのを、わたし、ちょっと見かけましたよ」

サラは恥ずかしげに顔を赤らめながら、ウエストホルム卿夫人があのときの会話を洩れ聞いていなければいいがと思った。

「まったくわたしはどうかしてたわ！」彼女は自分に腹を立てながら、心の中でつぶやいた。

やがてウエストホルム卿夫人が意見を述べた。

「ぜんぜんくだらない連中ですよ。田舎者ね」

ミス・ピアスは熱心におべっかを使い、ウエストホルム卿夫人は最近会ったさまざまな有名なおもしろいアメリカ人たちの経歴などについてしゃべりまくった。

ここはいまの季節としては例年になく暑かったので、彼らは明日の早朝に出発する手はずを決めた。

翌朝の六時に、四人は朝食に集まった。ボイントン家の人々はだれも姿を見せなかった。果物を添えていないのはけしからんというウエストホルム卿夫人の抗議が一くさりあった後、彼らは極端に塩のきいたベーコンをわきに並べた、油をたっぷり使った卵焼きと、お茶と缶詰のミルクで朝食をすませた。

それからすぐ一行は出発し、ウエストホルム卿夫人はさっそくジェラール博士と、ビタミンの正確な価値や労働者階級の適正な栄養補給の問題について論争をはじめた。

そのときキャンプから突然大きな声で呼びとめるのが聞こえ、一行は立ち止まって、もう一人が加わるのを待った。彼らの後を追いかけてきたのは、ジェファーソン・コープだった。急いで走ってきたので、陽気な顔が紅潮していた。

「おさしつかえなかったら、今朝はいっしょに連れて行っていただけませんか。おはようございます、ミス・キング。あなたやジェラール博士にここでお会いするなんて、まったく驚きましたよ。……いかがです、あれは」

彼は四方にそびえる幻想的な赤い岩を身ぶりで示した。

「すばらしいけど、ちょっと怖いわ」と、サラはいった。「〝ばら色の町《ローズ・レッド・シティ》〟だなんて、どんなにロマンチックな、夢のようなところだろうと思っていたのですけど、思ったよりずっとリアルで——なにやらなまの牛肉みたい」

「とりわけ色がね」と、コープ氏は同意した。

「しかし、すばらしいわ」と、サラは言い直した。

一行は坂道を登りはじめた。ベドウィン人の案内人たちが彼らについていた。動作の軽快な、背の高いそれらの案内人たちは、大きな鋲を打った靴をはき、つるつるすべる山道を確かな足どりでこともなげに登って行く。しかし、まもなく困ったことになった。サラはいくら高いところに登っても平気だったし、ジェラール博士もそうだったが、コープ氏とウエストホルム卿夫人はすっかりおじけづき、ミス・ピアスにいたっては、険しい場所にさしかかると、目を閉じ顔を真っ青にして、やたらにわめきたてた。

「あたし、高いところから下を見ることができないたちなのよ、子供のときから！」

彼女はひき返すといい出したが、しかし下りの坂道をふり返ったとたんに、肌がいっそう青味を増して、結局いやが応でも登らざるを得なくなった。

ジェラール博士は親切に彼女を元気づけた。彼は彼女の後ろについて、持っていたステッキを彼女と険しい急斜面の間に手すりのようにさしのべた。彼女はそれが欄干のような錯覚を感じさせ、めまいを克服するのに大いに役立つと告白した。

サラはやや息をはずませながら、通訳のマーモードにたずねた。彼はかなり肥満型だったが、苦痛の色をまったく見せなかった。

「あなたはお客をここへ案内するのに、苦労したことがある？　年寄りは、やはりたいへんでしょうね」

「ええ、いつだって苦労しますよ」と、マーモードがさりげなく答えた。

「あなたはいつもお客さんにすすめて、ここへ連れてくるわけ？」

マーモードは分厚い肩をすくめた。

「みなさんがここへきたがるのです。こんなものを見るために、高い金を払ってくるのです。ベドウィン人のガイドはとても利口だし――足もじょうぶですからね――だからいつでも案内できるのです」

一行はようやく頂上へたどりついた。サラは大きく深呼吸した。

あたり一面に、そして眼下にも、血のように赤い岩がひろがっている――まったく比類のない、奇怪な、信じがたい風景だった。彼らは澄みきったすがすがしい朝の大気の中に神々のように立って、下界を――狂乱する暴力の世界を――静かに眺めた。

案内人の話のとおり、ここは〝犠牲の地〟であり――〝聖地〟だった。

彼は足もとの平らな岩に彫りこまれた水槽を彼らに指さして見せた。

サラはぶらぶら歩いてみんなから離れ、立板に水のような通訳の弁舌に悩まされるのを避けた。岩に腰をおろし、濃い黒髪の中に両手をつっこんで、下界を眺めていた。

やがて彼女はかたわらにだれかが立っているけはいに気づいた。ジェラール博士の声がいった。

「新約聖書の中の悪魔の誘惑の話が、ぴったりくる感じですな。サタンが主をある山の頂上に連れて行って、下界を見せていう――〝なんじもし降りてわれを崇めるならば、われはすべてをなんじに与えん〟と。肉体的な力をそなえた神に昇格するほど大きな誘惑はないでしょうからな」

サラはうなずいたが、彼女がまったく違う問題を考えていることがあまりにも明白だったので、博士はちょっと驚いて彼女を見つめた。

「何やら瞑想にふけっているようですな」と、彼はいった。

「はい」彼女は当惑した顔を彼へ向けた。「ここに犠牲の地があるなんて――すばらしいアイディアだと思いますわ。ときどきわたしは、犠牲は必要なことじゃないかと思うんです。つまり、わたしたちは生命を尊重しすぎてるんじゃないか。死はわたしたちが考えるほど重大なものじゃないかもしれないということです」

「あなたがそんなふうに思っているとすれば、あなたはわれわれの職業を選ぶべきではなかったでしょうな。われわれにとって、死はつねに敵です――また、そうであるべきでしょう」

サラは身ぶるいした。

「ええ、それはわかっています。しかし、死が問題を解決する場合だってあると思いますわ。もっと充実した生命を意味することさえ――」

「多くの人のために一人が死ぬということなら、われわれにとっては好都合ですがね」と、ジェラール博士はまじめにいった。

サラは驚いて彼をふり返った。

「わたしはそんなことを――」

彼女は話をやめた。ジェファーソン・コープがそこへやってきたからだった。

「ここはじつにすばらしいところですな」と、彼は叫んだ。「まったくすばらしい。見にきて、ほんとによかったと思いますよ。ボイントン夫人はたしかに傑物で、彼女がここへくる決心をしたその勇気には大いに感服しますけど――しかし、彼女といっしょに旅行するのは、いろいろ手間がかかってたいへんですよ。彼女は健康がすぐれないために、ほかの人たちに対する思いやりが欠けがちになるのは、やむを得ないことかもしれないけど、しかし彼女は、家族の者たちがたまには彼らだけで遠足してみたいと思っていることに、ぜんぜん気がつかないらしいんですよ。彼女があまりにもいつも彼らを自分の周りにおいておこうとしすぎるので、わたしは――」

コープ氏は急に話を切った。彼の人のよさそうな顔を、とまどいと不安の表情がよぎった。

「じつは――」彼はやや調子を変えていった――「ボイントン夫人についてちょっとした情報を耳にしましてね。それがどうも気がかりで――」

サラはまた自分の思いにふけっていた――コープ氏の声が遠い小川のせせらぎのように快く耳に届くだけだった。しかし、ジェラール博士は彼の話につりこまれたようにしていった。

「ほう、どんな情報なんです？」

「それはテベリアのホテルで出会ったある女性から聞いた話で、かつてボイントン夫人に雇われていたあるお手伝いの女に関することなんです。その女は、おそらく――」コープ氏はためらってサラに慎みぶかい視線を投げ、声を低めた。「じつは、その女は妊娠していたんですよ。おばあさんはそれに気づいたらしいんですが、表面はとても親切な顔をしていました。そして出産の二、三週間前になって、その女を追い出してしまったのだそうです」

ジェラール博士は眉をつりあげ、

「ほう」と、思慮深げにいった。

「わたしにそれを知らせてくれた女性は、それが事実であることを確信している様子でした。あなたはどうお考えになるかしれませんが、わたしはずいぶん残酷なことをするものだと思います。わたしにはとうてい理解できませんな——」

ジェラール博士は彼をさえぎった。

「いや、それほど難解な問題じゃないと思いますよ。おそらくその事件は、ボイントン夫人をひそかに満悦させたのでしょう」

コープ氏は唖然として博士を見つめた。

「まさか、そんな」彼ははげしく首を振った。「そんなことはとても信じられませんよ」

ジェラール博士は、静かにつぎの言葉を引用した。

「わたくしはさかのぼって、白日の下で行なわれた迫害について考察した。迫害を受けた、何の慰めもない人々の泣き叫ぶ声が聞こえるようだった。圧制者は権力を持っているので、だれも彼らを慰めようとしなかったのだ。わたくしは生に執着している者よりも、すでに命を絶った死者を讃えたかった。いや、死ぬとか生きるとかいうことよりも、はじめから存在しないほうがずっとましだと思った。この地上でたえずくり返される悪を、知らずにすむのだから……」

彼は引用をやめて、話をつづけた。

「わたしは人間の心の中で起こるふしぎなことがらの研究に生涯をささげてきました。人間の生活の美しい面だけを見るのは、よくないことです。日常生活の礼儀作法や体裁や因襲の裏側には、ふしぎなものがたくさん蓄積されているのです。たとえば、残虐行為それ自体が快楽であるというようなことです。しかし、それを追求していくと、もっと根深いものにつきあたる。それは真価を認めてもらいたいという、強いあわれむべき欲望です。そしてもしその欲求が挫折し、性格的な原因からそれが必要とする反応を得ることができなかったりすると、それはほかの方法をとるようになる――どうしても満足させられなければならないからです――こうして、さまざまな異常な形態をとって現われるわけです。残虐行為の習慣も、他の習慣と同様に助長され、ついには抜きさしならないものに――」

コープ氏は咳払いした。

「博士、それは少し大げさじゃないでしょうか。まったく、この山頂の空気があんまりすばらしいんで、わたしにはどうも――」

彼は逃げるようにして立ち去った。ジェラールは苦笑して、サラをふり返った。彼女は眉を寄せていた——若々しい、きびしい顔だった。判決を言い渡そうとしている若い裁判官のようだと、彼は思った。

彼はふと後ろをふり返った。ミス・ピアスがあぶなっかしい足どりでやってきた。

「もうすぐ降りるそうですよ」彼女は身をすくめて体を震わせた。「ああ、ぞっとする！　あたしはとても降りられそうもないんですけど、案内人の話によると、下りはさっきとは違った道で、らくに降りられるそうで——ほんとにそうならいいんですけどね。あたしは子供のときから、高いところから下を見おろすことができないたちなものですから……」

下り道は滝に沿っていた。石がごろごろしていて足首を痛める危険はあったが、めまいを起こすような眺望はぜんぜんなかった。

一行は疲れてはいたが元気にキャンプにたどりついた。遅い昼食は食欲がすすんだ。もう二時すぎだった。

ボイントン家の人々は、大天幕の大きなテーブルを囲んで坐って、ちょうど食事を終えようとしていた。

ウエストホルム卿夫人がわざとへりくだった態度で彼らに丁重に話しかけた。

「今朝はとても楽しかったですわ。ペトラはほんとにすばらしいところでございますね」

キャロルは自分に話しかけられたと思って、すばやく母親を見てから、

「ええ、そうですわね」と、あいまいに答えて、また黙りこくった。

ウエストホルム卿夫人はこれで義理がすんだといわんばかりな顔で、食事にとりかかった。

食事をしながら、一行は午後の計画を話し合った。

「あたしは夕方まで休息させていただきます」と、ミス・ピアスはいった。「あんまりやりすぎないことが肝心だと思いますので」

「わたしはその辺を散歩してみたいと思いますわ」と、サラ。「あなたはどうなさいます、ジェラール博士？」

「あなたのお伴をしましょう」

そのときボイントン夫人がスプーンを落として大きな音を立て、みんなをびっくりさせた。

「わたしはあなたの例に従いますよ、ミス・ピアス」と、ウエストホルム卿夫人はいった。「三十分ばかり読書して、それから横になって少なくとも一時間休みます。その後

で、ちょっと散歩に出るかもしれません」

ボイントン老夫人はレノックスに助けられて、やっと立ち上った。立ってから少し間をおいて、「今日の午後は、みんな散歩に出ていいよ」と、意外に愛想よくいった。

彼女の家族たちの驚いた顔は、むしろこっけいだった。

「でも、お母さんはどうするんです？」

「わたしはだれもいなくてもいいんだ。ひとりで本を読んでいたいの。ただし、ジニーは行かないほうがいいよ。横になって昼寝しなさい」

「お母さん、あたし疲れてなんかいないわよ。みんなといっしょに行きたいわ」

「おまえは疲れてます。頭が痛いといってたじゃないの！　体をだいじにしなくちゃいけません。さあ、行ってやすみなさい。それがいちばんの薬なのよ」

「だって、あたし……」

彼女は胸を張って反抗的ににらんだが、やがて伏目になって——くじけた。

「ばかな子だよ、おまえは」と、ボイントン夫人はいった。「はやくおまえのテントへ行きなさい」

彼女はとぼとぼと大天幕を出て行った——みんながその後につづいた。

「まったく変な人たちですね」と、ミス・ピアスがいった。「あのお母さんの顔色ときたら——妙な色。紫ですわ。たぶん、心臓でしょうね。この暑さは、彼女にはこたえますよ」

サラは考えた。

「彼女は今日の午後、子供たちを自由に行動させようとしてる。レイモンドがあたしといっしょになりたがっていることを、彼女は知ってるはずだ。なぜだろう。わなをかけたのかしら？」

昼食をすませて自分のテントへもどると、サラは新しいリンネルのドレスに着替えたが、その疑問が心を離れなかった。昨夜以来レイモンドに対する彼女の気持は、彼をやさしくかばってやりたいという愛情にまで高まっていたのだ。それは、やはり恋なのだろう——相手のためを思って煩悶すること——あらゆる手をつくして愛する人の苦しみを取り除いてやりたいという欲求——そう、彼女はレイモンド・ボイントンを愛していたのだ。聖ジョージと竜の話がちょうど逆になっている関係だった。救済者は彼女で、囚われているのがレイモンドだった。

そしてボイントン夫人は竜なのだ。しかもその竜が突然愛想よくなったことは、疑念に満ちたサラの心に不吉な影を投げた。

サラが散歩に出かけるために大天幕のほうへ降りて行ったのは、三時十五分ごろだった。

ウエストホルム卿夫人は椅子に坐っていた。日中の暑さがきびしいのに、彼女はまだ調法なハリスツイードのスカートをはいていた。膝の上に議会のある委員会の報告書がのっている。ジェラール博士は、情熱と誤解の織りなすスリルに満ちた物語といううたい文句がカバーに記された、『愛の探求』という題の本をかかえて自分のテントのそばに立っているミス・ピアスと、立ち話をしていた。

「食事のすぐ後で横になるのは、消化のためによくないと思いましてね」と、ミス・ピアスは説明した。「あの大天幕の日陰は、涼しくて気持がよさそうですわ。あら、あのおばあさんはあんな日なたに坐ってますよ。どうかと思うわ」

みんなが前方の岩棚のほうへ目をやった。ボイントン夫人は、昨夜洞窟の入口で仏像のように身動きもせず坐っていたときと同じ恰好で、そこにじっと坐っていた。あたりには人影がなかった。キャンプの従業員たちはみんな昼寝していた。谷づたいに一列になって歩いて行く数人のグループの姿が、少し向こうに見えた。

「あのママははじめて彼らだけで自由に遊ぶのを許したわけですがね」と、博士はいった。「しかし、新手の悪質ないたずらかもしれませんな」

「あら、わたしもそう思いましたわ」と、サラはいった。

「われわれはきわめて疑り深い心を持っているわけですな。さあ、それではあのエスケープした連中といっしょに行きましょう」

二人はスリルに満ちた本を読もうとしているミス・ピアスをおいて、出発した。そして峡谷の曲がり角をまわったところで、ゆっくり歩いている一行に追いついた。ボイントンの家族たちは今度だけはのんびりして楽しそうに見えた。

レノックス、ネイディーン、キャロル、レイモンド、陽気な笑顔のコープ氏、そしていまジェラールとサラを加えた一行は、まもなくにぎやかに笑いさざめきながら歩いていた。

彼らは突然浮き立った陽気な気分に襲われたのだ。やっと手に入れた楽しみを——偶然転がりこんできた解放のひとときを——心ゆくまで味わいたいという気持が、彼らの心を浮き立たせたのだ。サラとレイモンドは、二人だけで一行から離れるようなことをしなかった。彼女はキャロルやレノックスといっしょに歩き、そのすぐ後ろでジェラール博士がレイモンドと談笑していた。ネイディーンとジェファーソン・コープは少し遅れて歩いていた。

しかし、この一団から脱落したのはフランス人だった。しばらくのあいだ彼の言葉がとぎれがちになってきていたが、やがて彼は突然立ち止まった。

「まことに申しわけありませんが、先に帰らしていただきます」

サラは彼をふり返った。

「どうかなさったんですか」

彼はうなずいた。

「熱があるんですよ。昼食のときから、どうも変だと思っていたんですがね」

サラは彼の顔をのぞきこんだ。

「マラリアじゃありませんか」

「そうなんです。帰って、キニーネを飲んでみます。今度の発作が軽くてすむといいんですが。コンゴへ行ったときのおみやげなんですよ」

「わたしもいっしょに行きましょうか」と、サラがたずねた。

「いや、それには及びません。薬は持ってますから。まったくやっかいなしろものですよ。さあ、みなさん、お構いなくいらしてください」

彼は足早にキャンプのほうへひき返して行った。

彼女は心を決めかねてしばらく彼の後ろ姿を見送っていたが、やがてレイモンドと視線が合うと、彼に微笑を投げ、そしてフランス人は忘れ去られた。

しばらくのあいだ彼ら六人は——彼女とキャロル、レノックス、コープ氏、ネイディーン、そしてレイモンドは――いっしょになって歩いていた。

しかしやがて、いつのまにか、彼女とレイモンドはほかの者たちと離れてしまってい
た。二人は岩をよじ登り、岩棚を何度かまわってから、最後に日陰の中で休んだ。

二人はしばらく黙っていたが、やがてレイモンドが話しかけた。

「あなたの名前は？　キングであることは知ってますけど、もう一つの名前は？」

「サラよ」

「サラ、そう呼んでいいですか」

「ええ、もちろん」

「サラ、あなたのことを何か話してください」

彼女は岩にもたれながら、ヨークシャの家での生活や、彼女の犬や、彼女を育てた叔
母のことなどを語った。

それから、こんどはレイモンドが、彼のいままでの生涯をとりとめもなく話した。

それがすむと、二人は長いあいだ黙っていた。二人の手が迷いながら触れ合うと、子
供のように手をとり合って、ふしぎな満足感にひたりつづけた。

陽が傾きはじめたころになって、レイモンドは立ちあがった。

「もう帰ります。いや、あなたといっしょじゃなく、ひとりで帰りたいのです。ぼくは

いうべきことや、やるべきことがいろいろあるのですが、それをやり終えて——つまり、ぼくが臆病者じゃないことをぼく自身に対して証明できたら——そのときこそ、ぼくは堂々とあなたの助力を求めます。そのときはぜひ助けてくださいね。たぶんぼくは、あなたから金を借りなきゃいけないでしょう」

サラはにっこりほほえんだ。

「あなたがリアリストなのが嬉しいわ。ええ、わたしをあてにしていいわよ」

「しかし、まずぼくはひとりでやらなきゃならないことがあるんです」

彼の子供っぽい顔が急にひきしまった。レイモンドはいった。

「何をするの？」

「勇気を試さなきゃならないのですよ。このチャンスを逃がしたら、永久に失ってしまうでしょう」

それから彼は急にきびすを返して、急ぎ足で去って行った。

サラは岩にもたれたまま、遠ざかって行く彼の後ろ姿を見つめていた。彼の言葉の中の何かが、漠然と彼女の胸をさわがせた。彼は異様に緊張していたようだった——無気味なほど真剣で、心がたかぶっているように見えた。一瞬彼女は、彼を追いかけて行きたい気持に駆られた。

しかし、彼女はそれをきびしく思いとどまった。レイモンドは自分ひとりで立ちあがって、新たに発見した勇気を試そうとしているのだ。それは彼の権利だった。

彼女はその勇気が挫けないことを、心から祈った。

彼女がキャンプの見えるあたりまで帰ってきたときは、日が沈みかけていた。夕闇のせまる中を近づいて行くうちに、依然として洞窟の入口に坐っているボイントン夫人の薄気味の悪い姿が目に映った。サラは思わず身震いした。

彼女は急いでその下の道を通り過ぎ、明かりのついている大天幕へ入った。

ウエストホルム卿夫人が首に毛糸の束をかけて、紺色のジャンパーを編んでいた。ミス・ピアスはテーブル・マットに生彩のない青のワスレナグサの刺繍をしながら、離婚法の改革論を聞かされていた。

召使いたちは夕食の準備で出たり入ったりしていた。ボイントン家の家族たちは、大天幕の隅で、デッキチェアに坐って読書している。でっぷり太った貫禄のあるマーモードが現われたが、どうやら腹を立てているらしかった。午後のお茶のあとでいっしょに散歩しようと思っていたところが、キャンプにはだれもいなかったのだ。そのために、ナバテア人の建築を見学するというきわめて有意義な計画が、おじゃんになったというのだった。

サラはみんながそれぞれに愉快な午後をすごすことができたといった。

それから、夕食前に手を洗おうと思って、自分のテントへ出かけた。そしてその途中にあるジェラール博士のテントの前を通りがかりに、低い声で呼んでみた。

「ジェラール博士！」

答えがなかった。彼女はテントの入口をめくって、中をのぞいた。博士はベッドの上に静かに横になっていた。サラは彼が眠っているのだろうと思い、そっと入口を離れた。

そのとき召使いがやってきて、大天幕のほうを指さした。夕食の支度ができたということらしかった。彼女はまたゆっくり下へ降りた。ジェラール博士とボイントン夫人を除いて、全員がテーブルの周りに集まった。召使いがボイントン夫人に夕食の準備ができたことを知らせるために急いで使いに出された。それからしばらくすると、突然外が騒がしくなった。そして二人の召使いがあわてふためいて駆けこんできて、興奮しながらアラビア語で通訳に何かを告げた。

マーモードは急にうろたえてあたりを見まわしてから、外へ駆け出して行った。サラは衝動にかられて彼の後を追った。

「どうしたの？」と、サラは訊いた。

マーモードが答えた。

「あの年寄りのご婦人ですがね、アブダルの話では、病気で——動けないそうなんです」

「じゃ、わたしも行って見るわ」

サラは足を早めた。マーモードにつづいて岩を登り、その先の道を急いで、老女が椅子の中にうずくまっているところまで行き、むくんだ手に触れて脈を見てから、腰をかがめて彼女の顔をのぞきこんだ……。

彼女が体を起こしたとき、その顔は異様に蒼ざめていた。

彼女は大天幕へひき返した。そしてその入口にしばらく立ちどまって、テーブルの奥の端に坐っている一行を見まわした。それから彼女は、自分の声がぎこちなく、不自然に響くのを聞いた。

「あの……お気の毒ですけど」彼女はボイントン家の家族の最年長者であるレノックスに話しかけた。「あなたのお母さまが死んでますよ、ボイントンさん」

そして彼女は、まるではるか遠くから眺めているような奇妙なまなざしで、その知らせが自分たちにとって自由を意味する五人の顔を見守った……。

第二部

第一章

カーバリ大佐はテーブルごしに賓客へ微笑を投げ、グラスをあげた。

「犯罪を祝して、乾杯！」

エルキュール・ポアロはそのうがった祝杯の辞に応えて目をぱちくりさせた。

彼はレイス大佐からカーバリ大佐に宛てた紹介状を持って、アンマンへきた。

カーバリは彼の古い友人であり情報局の同僚でもあった男が、その天賦の才能に惜しみない賛辞をおくっているこの世界的に有名な人物と会って、大いに興味をそそられたのだった。

「そのまことに巧妙な心理学的推理のほんの一例として――」レイスは彼がシャイタナ殺人事件を解決したいきさつを書いていた。

「この地方をできるだけご案内しましょう」カーバリはややぼうぼうとのびた、色のまだらな口ひげをひねりながらいった。彼は半ば頭が禿げあがり、柔和な青い目をした、中背でしまりのないずんぐりした体つきの男だった。どう見ても軍人には見えなかった。とくに敏捷な感じはまったくなくて、これが鍛練主義者であるとはとうてい考えられなかった。しかし彼は、トランスヨルダニアでは有力者だった。

「ジェラッシュといったようなところはいかがですか」と、カーバリはたずねた。

「わたしはあらゆることに興味があります！」

「なるほど。そうでなくちゃ生き甲斐がありませんからな」カーバリは間をおいた。「ところで、あなたの専門のお仕事があなたについてまわったようなご経験はありませんでしたか」

「なんですって？」

「つまり、平たくいえばですな——あなたが犯罪事件にわずらわされないように休暇をとって旅行に出たところが、ひょんなところで死体に出会ったというようなことです」

「それはありますよ、何度も」

「ほう、そうですか」カーバリ大佐はしばらくあっけにとられたような顔になった。

それから彼は急に体を起こした。

「じつは、はなはだ不愉快なことですが、いま、ある死体が転がりこんできたのです」

「へえっ！」

「このアンマンへね。アメリカ人のおばあさんです。家族といっしょにペトラへ旅行したのですが、例年にない暑さでしてね。しかもそのおばあさんは心臓を悪くしていたので、旅の苦労が予想以上にひどく体にこたえたのでしょうな。その疲れが心臓にきて――ぽっくりいっちまったわけなんです」

「ここで――アンマンでですか」

「いや、ペトラでです。そこから今日ここへ死体が運ばれてきたのです」

「ほう」

「すべてがごく自然です。あり得ることです。ほんとうに起こりそうなことです。ただ――」

「ただ、何ですか？」

カーバリ大佐は禿げ頭をかいた。

「わたしは彼女の家族が彼女を殺したのじゃないかという気がするのです」

「ほう！　どうしてそう考えたのですか」

カーバリ大佐はその質問に直接には答えなかった。

「話によると、ひどいおばあさんだったらしいのです。死んでもだれも悲しまないような。周囲の人はみんな彼女が死んでよかったと思っているようです。いずれにしろ、家族が結束して、もし必要なら嘘をついたら、何を立証するのも困難でしょう。めんどうなことになる——国際的な感情問題になる恐れもあります。いちばん無難な方法は——知らん顔をすることです。べつに何も証拠があるわけじゃありませんからね。かつてある医者と知り合ったんですが、彼はわたしにこういいましたよ——患者の死に疑惑をもつことがしばしばある——この患者は少し早目にあの世へ行かされたんじゃないか、なんてね！　しかし、よほどのっぴきならぬ証拠でもない限りは、そっとしておくのがいちばんいい。へたすると、事件が解決されずに評判を落としてしまう。まじめで熱心な一般診療医ほど煙ったがられるというのです。ま、それも一理ありますが、しかし、どうもわたしは——」彼はまた頭をかいた——「きちょうめんな男でしてね」と、意外なことをいった。

カーバリ大佐のネクタイは左の耳の下にあるし、靴下はしわだらけ、上着もしみだらけで、あちこちほころびていた。しかし、エルキュール・ポアロは笑わなかった。彼はカーバリ大佐の内面のきちょうめんさを——心にきちんと記入されている事実や、注意深く整頓された印象などを、はっきり見抜いていたのだ。

「そう、わたしはきちょうめんな男なんです」と、カーバリがいって、漠然と手を振った。「乱雑になっているのが嫌いなんですよ。乱雑になっているのを見ると、それをきちんと整頓したくなる。わかりますか」

エルキュール・ポアロは大きくうなずいた。彼にはわかったのだ。

「向こうに医者はいなかったのですか」と、彼がたずねた。

「いや、二人いました。しかし、一人はマラリアで倒れていたのです。もう一人は女性で——学校を出たばかりなんですよ。しかし彼女はいちおう仕事を心得ているようです。おばあさんの死はべつに不審な点はありませんでした。もともと心臓が弱っていて、かなり以前からずっと心臓の薬を飲んでいたそうです。あんなふうに突然くたばっても、何のふしぎもなかったわけです」

「すると、あなたは何が気になるのです？」と、ポアロはおだやかにたずねた。

カーバリ大佐は当惑した青い目を彼に向けた。

「ジェラールというフランス人をご存じですか——テオドール・ジェラールを」

「知ってますとも。彼の専門の領域では非常に著名な人です」

「精神病院関係のね」と、カーバリ大佐はきめつけた。「四歳のときの日雇いの掃除婦に対する初恋が、三十八歳でカンタベリの大僧正にならせたというような学説を唱えている連中の一人ですよ。なぜそういうことになるのか、わたしにはさっぱりわかりませんが、連中はそれをじつにもっともらしく説明しますな」

「ジェラール博士は内因型の神経症に関する権威なんですよ」ポアロは微笑を浮かべて同意した。「で……、ペトラで起きた事件について、彼はそうした観点から推論しているわけですか」

カーバリは強く首を振った。

「いいえ、そうじゃないんです。もしそうであれば、ぜんぜん問題になりませんよ。いや、わたしはそんなことをすべて信じないというのじゃありません。要するに、わたしには理解できないことの一つなんです――たとえてみれば、ベドウィン人のわたしの部下が広い砂漠のどまん中で車から降りて、地面に手をあてがって、一マイルも二マイルも離れた人に話をすることができる、あれみたいなものですよ。魔術じゃないんですが、ほんとにそんなふうに見えます。ところが、ジェラール博士の話はそうじゃない――まったく単刀直入なのです。明白な事実そのものなのです。いかがです、興味がありますか――もしありましたら――」

「ええ、ありますよ」

「結構。それじゃさっそく電話してジェラールにここへきてもらって、直接彼の話を聞いていただくようにしましょう」

大佐は部下にその趣旨の指示を与えた。それがすむと、ポアロがたずねた。

「その家族は、どういう人たちなんです？」

「名前はボイントン。息子が二人、一人は結婚しています。細君は器量のいい、おとなしい、気のきいた女です。それに、娘が二人。おたがいにまるっきり似ていませんが、どちらも容貌はきれいです。年下のほうはちょっと神経質ですが——あれは一時的なショックのせいかもしれませんな」

「ボイントンですか」と、ポアロはいって、眉をつりあげた。「それは奇妙ですな——まったく奇妙だ」

カーバリはさぐるように彼を見た。しかし、ポアロがそれ以上何もいわないので、彼は話をついだ。

「その母親がひどいやつだったことは、まちがいないようです。家族たちをそば仕えの家来みたいにこき使って、いばりくさっていたそうです。しかも彼女は財布のひもを握って、家族には一銭も持たせなかったのです」

「ほう、それはおもしろい。で、彼女の遺産はどうなるのか、わかっていますか」

「わたしはそれとなく訊いてみました——彼女の遺産は家族で平等に分けることになっ

ているそうです」

ポアロはうなずいた。

「あなたは彼らが全員この事件に関係しているとお考えですか」

「さあ、わかりませんな。そこが難しいところでして。みんながしめし合わせてやったものか、あるいはあの中の頭のいい一人が計画したことなのか——わかりません。もしかしたら、これはとんだ思い違いの、架空の事件かもしれません！　ま、いずれにせよ、あなたの専門的なご意見をうかがいたいと思ってるわけなんです。ああ、ジェラールが見えましたよ」

第二章

そのフランス人は足早に、しかし悠々たる足どりで部屋に入ってきた。彼はカーバリと握手を交わすとき、ポアロに興味深げな視線を投げた。

カーバリはいった。

「こちらは、エルキュール・ポアロさんです。わたしの家にご滞在なさることになりまして。いまちょうど、ペトラの事件について話し合っていたところなんです」

「ああ、そうですか」ジェラールのすばやい視線がポアロの上から下まで見まわした。「で、興味がありますか」

エルキュール・ポアロはさっと両手をあげた。

「悲しいかな、だれしも自分の本職には興味を持たざるを得ないもので」

「なるほど」と、ジェラール。

「一杯いかがです?」と、カーバリはいった。

彼はウイスキーとソーダ水を注いでジェラールのわきにおいた。それから問いただすようにデカンターをポアロのほうへあげたが、ポアロは首を振った。カーバリ大佐はそれを下において、椅子を少しひき寄せた。

「さて、どこから話をはじめましょうかな」と、彼がいった。

ポアロはジェラールにいった。「カーバリ大佐は納得しかねているようですよ」

ジェラールは意味ありげな身ぶりをした。

「それはわたしが悪いのです！　わたしのほうがまちがっているのかもしれないのです。カーバリ大佐、ひょっとすると、あれはわたしの見当違いかもしれませんよ」

カーバリは不満げに鼻を鳴らした。

「ポアロさんに事実を説明してください」

ジェラール博士はまずペトラへ旅行する以前の出来事をかいつまんで話した。ボイントン家の家族一人一人についてその特徴を述べ、彼らが精神的に異常な状態に追い込まれていたことを説明した。

ポアロは興味深げに耳をすましていた。

それからジェラールは、ペトラでの最初の日の出来事の説明に入り、彼がひとりキャンプへもどったいきさつまで話をすすめた。

「悪性の——大脳型の——マラリアがぶり返したのです。で、自分でキニーネの静脈注射をしようと思って、ひきあげたわけです。それは普通の治療法なんです」

ポアロがうなずいた。

「もうかなり熱が出ていました。それで、ふらふらになってテントへ入ったわけです。しかし、だれかがわたしの薬箱をわたしがおいていた場所からほかのところへ移したために、すぐには見つかりませんでした。それから、どうにかそれを探しあてたのですが、こんどは注射器が見あたらないのです。で、しばらく探してみましたが、結局あきらめて、キニーネ剤を多量に飲んで、ベッドへもぐりこんだわけなんです」

ジェラールは間をおいて話をつづけた。

「ボイントン夫人が死んでいるのは、日が暮れるまで発見されませんでした。彼女は椅子の中にうずくまるようにして坐っていて、椅子が死体を支えるような形になっていたために、六時半ごろ召使いの少年が彼女を夕食に呼びに行くまで、だれも気づかなかったわけなんです」

彼は洞窟の位置や大天幕までの距離などを詳しく説明した。

「医師の資格のあるミス・キングが死体を調べました。彼女はわたしが熱で寝ていることを知っていたので、わたしを起こさなかったのです。いずれにしろ、じっさい問題として処置のほどこしようがなかったわけです。ボイントン夫人はすでに死んでいたのですから——死んでから、しばらくたっていたのです」

ポアロがつぶやくようにいった。

「正確にどれくらいたっていたのですか」

ジェラールはゆっくり答えた。

「ミス・キングはその点にあまり注意を払わなかったようです。それが重大なことだとは思ってもみなかったのでしょう」

「しかし、少なくとも彼女が生きているのをだれかが最後に見た時間はわかるでしょう?」と、ポアロはいった。

カーバリ大佐は咳払いをして、調書を参照しながらいった。

「ボイントン夫人に、ウエストホルム卿夫人とミス・ピアスは午後四時すぎに話しかけています。四時三十分には、レノックス・ボイントンが彼女と話しました。それから五分後に、レノックス・ボイントン夫人が彼女とかなり長いあいだ話しています。キャロル・ボイントンは、彼女とちょっと話しましたが、時間の点ははっきり憶えていません——しかし、ほかの者たちの証言から判断して、それは五時十分ごろだったろうと考えられます。

家族の友人であるアメリカ人のジェファーソン・コープは、ウエストホルム卿夫人やミス・ピアスといっしょにキャンプへ帰るとき、彼女が眠っているのを見かけました。しかし、話しかけなかったそうです。これはだいたい六時二十分前でした。結局、生きている彼女と最後に会ったのは、次男のレイモンド・ボイントンだったようです。彼は散歩の帰りに、およそ六時十分前ころ彼女に話しかけています。死んでいるのが発見されたのは、六時三十分で、これは召使いの一人が彼女に夕食の支度ができたことを知らせに行った時刻です」

「レイモンド・ボイントン君が彼女に話しかけた時間から六時半まで、だれも彼女のそばへ行かなかったのですか」と、ポアロが訊いた。

「そうだろうと思います」

「しかし、だれかが行ったかもしれませんよ」と、ポアロはしつこくくり返した。

「そうは考えられません。六時ごろから六時半までは、召使いたちがキャンプの付近を動きまわっていましたし、お客たちはそれぞれのテントから出たり入ったりしていました。しかし、あのおばあさんへ近づいて行く人影を見た目撃者はひとりもいないのです」

「それでは、彼女が生きているのを最後に見たのは、レイモンド・ボイントンだったと断定できますか」と、ポアロは念をおした。

ジェラール博士とカーバリ大佐はすばやい視線を交わした。

カーバリ大佐は指でテーブルをたたいた。

「どうもそのあたりから、われわれはにっちもさっちもいかなくなっているのです」と、彼はいった。「ジェラール博士、説明してください。これはあなたの仕事ですからな」

ジェラールはいった。

「さっきいったとおり、サラ・キングがボイントン夫人の死体を調べたときは、死亡時刻を正確に推定すべき理由は、まったくなかったのです。で、彼女は漠然と、ボイントン夫人が〝少し前〟に死んでいたといったわけです。しかし、翌日わたしがある理由からそのときの情況を整理して調べていたとき、たまたまミス・キングに、生きているボイントン夫人を最後に見たのはレイモンドで、時間は六時少し前だったといったのです。すると驚いたことに、彼女はそんなことはあり得ないと、むきになって否定して、ボイントン夫人はそのときはすでに死んでいたはずだといったのですよ」

ポアロの眉がつりあがった。

「おかしいな。まったくもって奇怪ですな。で、レイモンド・ボイントン君自身はその点についてどういってるのです？」

カーバリ大佐がだしぬけにいった。

「彼の母親はそのときはまだ生きていたと断言しています。彼は彼女のところへ行って、〝ただいま。今日の午後は、ひとりでさびしくありませんでしたか〟と、挨拶をしたそうです。すると彼女は、〝いや、べつに〟と、ぶっきらぼうに答え、彼はそれからすぐ自分のテントへ帰ったといってます」

ポアロは当惑したようにして眉をしかめた。

「奇妙ですな。まったくもって奇妙な話だ。そうすると――そのころはもう夕方で薄暗くなっていたわけでしょう？」

「日が沈みかけていました」

「どうもおかしいな」と、ポアロはくり返した。「で、ジェラール博士、あなたが夫人の死体を見たのはいつですか」

「わたしは翌日になってはじめて見たわけですが、正確にいうと、それは午前九時です」

「死亡時刻についてのあなたの推定は？」

フランス人は肩をすくめた。

「あれだけ長い時間が経過してからでは、正確に推定するのは困難です。数時間の誤差はまぬがれません。ですから、証言しろといわれても、結局、死後十二時間から十八時間以内としかいえないわけです。これじゃぜんぜん参考にもならんでしょう！」

カーバリがいった。「ジェラール博士、さっきの話の残りの部分を彼に説明してください」

「わたしが翌朝起きてからまもなく、注射器が見つかりました」と、博士はいった。

「それは化粧台の上の薬瓶の箱の陰にありました」

彼は上体を乗り出して説明をつづけた。

「あなたは、わたしがその前日それを見落としたのだろうとおっしゃるかもしれません。わたしはものすごい熱で頭から足の先まで震えて、まったく悲惨な状態になってましたし、そうでなくてさえ、探しものをしているときにそこにちゃんとあるが何度見ても見つからない場合だって、しばしばあります。ですから、わたしはただ、あのときは注射器はそこになかったことを確信しているとしかいえません。たしかにあのときはそこになかったんですよ！」

「ほかにまだありましたね」と、カーバリはいった。

「はい。非常に重大な意味をもつ事実が、二つあります。あのおばあさんの死体の手首に傷痕があったのです——注射器で注射したときにできるような傷痕がね。彼女の娘は、あやまってピンを刺したときにできたものだと説明しているのですが」

ポアロははっとしていった。

「どっちの娘ですか」

「キャロルです」

「そうですか。それから？」

「もう一つ重大な事実がありました。それは、わたしがたまたま薬箱を点検していたとき、ジギトキシンの量が非常に減っているのに気がついたことです」

「ジギトキシンというのは、心臓に作用する劇薬でしたな？」

「そうです。これはジギタリス・プルプリア——つまり、俗にキツネの手袋《フォックスグローブ》といわれる植物から採られるもので、それには作用の強い四つの主成分——ジギタリン、ジギトニン、ジギタレイン、それにジギトキシン——がふくまれています。この中で、ジギトキシンが最も毒性の強い成分とみなされています。コップの実験によれば、それはジギタリンやジギタレインより六倍ないし十倍強い。ですから、フランスでは薬局方の薬剤になってますが、イギリスでは公認されていません」

「しかも、かなり多量のジギトキシンを使ったわけですな？」

博士はおごそかにうなずいた。

「多量のジギトキシンを静脈注射によって急激に投入すると、すぐ心臓が麻痺して急死してしまいます。おとなの場合で四ミリグラムが致死量とされているのです」

「しかも、ボイントン夫人は前から心臓病をわずらっていたわけでしょう？」

「そうです。彼女はジギタリスの入った薬を服用していました」

「それは、非常におもしろい」と、ポアロはいった。「つまり、彼女の死は、自分の薬を飲みすぎたことが原因だと見せかけようとしたという意味ですか」

カーバリ大佐がたずねた。

「そうです――が、それだけではありません」

「ある意味では」と、ジェラール博士がいった。「ジギタリスは少量ずつ数回服用してはじめて効果のあるいわゆる漸加薬《ぜんか》だとみなされています。しかも、死体解剖の所見では、ジギタリスの有効成分は、生命を破壊してもこれという形跡を残しません」

ポアロはゆっくり判断を下すようにしてうなずいた。

「なるほど、それは利口だ――まったく利口だ。それを陪審が納得のいくように立証することは、ほとんど不可能でしょうな。もしこれが殺人事件だとすると、まったく巧妙な殺人です！　注射器をもとへもどしているし、劇薬は被害者が前から飲んでいたものであり、あやまって飲みすぎた――つまり、事故である可能性も考えられるわけですからね。なるほど、たしかに知能犯だ。ゆきとどいた計算と、注意と——天才による犯行です」

彼はしばらく黙って考えにふけっていたが、やがて顔を上げた。

「どうも不審な点が一つあるんですが」

「何でしょう？」

「注射器を盗んだことです」

「あれはたしかに盗まれていました」と、ジェラールはすばやくいった。

「盗んで——それから返したのでしょ？」

「ええ」

「奇妙ですな、まったく。そうでなきゃ、すべてつじつまが合うんですがね」

カーバリ大佐はしげしげと彼を見やった。

「ほう？　すると、あなたの専門的なご意見は、どうなんです。これは殺人ですか——そうじゃないのですか」

ポアロは片手をあげた。

「ちょっと待ってください。まだそこまで行っていないのですよ。検討しなければならない証拠が、まだ残っているのです」

「どんな証拠です？　わたしたちはもうぜんぶ出しつくしたのですよ」

「いやいや、それはわたしが――エルキュール・ポアロがあなたたちに提供する証拠のことです」

彼は大きくうなずき、唖然と目を見張る二人に軽く微笑を投げた。

「たしかにこれは奇妙きてれつですな。事件をぜんぜん知らなかったわたしが、それを知らせてくれたあなたたちに、あなたたちの知らない証拠を提供するなんてね。それはこういうわけなんです。ある晩ソロモン・ホテルで、わたしは窓が閉まっているかどうかを確かめるために、そこへ行って――」

「閉まってる？　開けに行ったのじゃなくて？」と、カーバリが訊き返した。

「閉めに行ったのです」と、ポアロははっきり言い直した。「それは当然開いていたのです。で、それを閉めようとして窓の掛け金に手をかけたとき、ある話し声が聞こえたのです――耳ざわりのいい、低い、はっきりした声で、何か不安と興奮に震えていました。もう一度聞いたら、すぐそれとわかるような声だと、わたしは思いました。で、その声が何といっていたと思います？　こうなんですよ――〝いいかい、彼女を殺してしまわなきゃいけないんだよ〟と」

彼は間をおいた。

「そのときは、まさかそれがほんものの殺しの話をしているのだとは思いませんでした。そんなことをいってるのは小説家か、でなきゃ脚本家だろうと考えたのです。しかし、いまになってみると――どうもその考えは怪しくなってきました。つまり、そんななまやさしいものでないことが、はっきりしてきたのです」

ふたたび間をおいて、彼は話をつづけた。

「じつはですな――わたしの確実な知識と確信を申しあげますと――その言葉は、わたしが後でホテルの休憩室で見た一人の青年によって語られた言葉で、しかも、わたしが人にたずねて知ったところによれば、その青年はレイモンド・ボイントンという名前だったのです」

第三章

「レイモンド・ボイントンがそんなことをいったって！」

そう叫んだのはフランス人だった。

「心理学的に見て、ありそうもないことでしょうか」と、ポアロはおだやかにたずねた。

ジェラールは首を振った。

「いや、そんなことじゃないんです。たしかにびっくりしましたが、わたしが驚いたのは、レイモンド・ボイントンはあまりにも容疑者の条件がそろっているからです」

カーバリ大佐がため息を吐いた。「また心理学の話か！」といわんばかりなため息だった。

「問題は、それをどうするかということですよ」と、彼はいった。

ジェラールは肩をすくめた。

「どうしようもないんじゃないですかね。その証拠は決定的なものにはなり得ませんよ。

殺人が行なわれたことはわかってても、それを証明するのは困難でしょう」

「なるほど」と、カーバリ大佐はいった。「われわれはこれが殺人事件である疑いを持ちながら、指をくわえて見すごそうというのですか。どうもそれは気に入らんですな！」彼はまるで弁解するかのように、前にいった奇妙な口実をつけ加えた。「わたしはきちょうめんな男でしてね」

「ええ、それはわかっていますよ」と、ポアロが同情的にうなずいた。「あなたはこれをはっきりさせたいのでしょう。どんなことがどのようにして起きたのかを、正確に知りたいわけですな。ジェラール博士はどうなんです。あなたはいま、これはどうしようもない——決定的な証拠にはなり得ないとおっしゃいましたね。あるいは、そうかもしれません。しかし、このままうやむやになってしまっても、あなたは満足なのですか」

「彼女は運が悪かったのです」と、ジェラールはゆっくり答えた。「どっちみち、もうすぐ——一週間か、一カ月か、せいぜい一年ぐらいで——死んだかもしれませんしね」

「すると、あなたはそれで満足なんですね？」と、ポアロはしつこく訊いた。

ジェラールは話をつづけた。

「彼女の死は——なんといいますか——つまり、社会のために有益だったのです。それは彼女の家族に自由をもたらした。彼らはそれぞれの素質をのばす機会を得たわけです

――彼らはみんな、りっぱな性格で、知能もすぐれているようです。これで彼らは、社会の有能な一員になれるでしょう。ボイントン夫人の死はいい結果だけを生んだのですよ」

ポアロはまたくり返した。

「あなたはそれで満足なんですね？」

「いや」ジェラールはいきなりこぶしでテーブルをたたいた。「わたしは、あなたのおっしゃる意味では〝満足〟じゃありませんよ！　人の生命を救おうとするのが、わたしの本能なんです――死を早めようなどという気持はもうとうありません。わたしはたしかにあの女が死んでよかったと思いますが、その心の底にはそれに反対するものがあるのです！　人間が寿命のこないうちに死ぬということは、感服できないことですよ」

ポアロはにっこり笑った。椅子に深々と坐り直して、しんぼう強く追求したその返答に満足した様子だった。

カーバリ大佐はそっけなくいった。

「博士はやはり人殺しは嫌いですか！　それはあたり前ですよ。わたしだってそうですからね」

彼は立ちあがって自分のグラスに度の強いウイスキーとソーダを注いだ。彼の客のグラスは依然としてたっぷり入ったままだった。

「さて、それでは、当面の問題を検討しましょう」と、彼は話題をもどした。「何か手を打つ方法はないのでしょうか。気がむかないことはたしかですが、しかし、それはがまんしなければならないでしょう。ぐちをこぼしてもはじまらないことですから」

ジェラールは上体を乗り出した。

「あなたの専門的な意見はどうなんです、ポアロさん？　こうなったら、この道の名人であるあなたのご意見を聞く以外にありません」

ポアロは口を開く前に少し時間をおいた。二つの灰皿をきちんと並べかえ、捨てたマッチの燃えさしを山に積んだ。

「カーバリさん、あなたはだれがボイントン夫人を殺したのかということをお知りになりたいわけでしょう？　（むろんこれは、彼女は殺されたのであって、自然死ではなかったという前提に立っての話ですがね）。彼女は正確にいつ、どのようにして殺されたのか――つまり、事件の真相はどうなのかということですな」

「そう、もちろんそれを知りたいのです」と、カーバリ大佐はぶっきらぼうに答えた。

エルキュール・ポアロはゆっくりいった。

「わたしはあなたたちがなぜそれを知ってはいけないのか、その理由がわかりませんよ」

ジェラール博士は自分の耳を疑っているような顔だった。カーバリ大佐は非常に興味をひかれた様子で、

「ほう！　そうですか。それはおもしろい。で、どんな方法でその解明に着手すればいいのですか」

「推理によって、証拠を整然と並べ変えるのです」

「それなら、わたしにうってつけですな」と、カーバリ大佐はいった。

「そして、心理学的な可能性を調べるのです」

「そいつは、ジェラール博士の領分でしょうな」と、カーバリはいった。「それでその後は——つまり、証拠を並べ変えたり、推理をしたり、心理学をかきまぜれば——はい、ごらんのとおり！——といったぐあいに、帽子からウサギが飛び出すわけですか」

「もしわたしがそうすることができなかったら、わたしはそれこそ腰をぬかすほどびっくりするでしょうな」と、ポアロは静かにいった。

カーバリ大佐はグラスのふちごしに啞然と彼を見つめた。一瞬後には、彼のうつろな目はもはやうつろでなくなった——その目は考察し、そして評価した。

彼は鼻を鳴らしてグラスをおいた。

「あなたはどう思います、ジェラール博士?」

「正直にいって、成功するかどうか疑いを持たざるを得ませんが——しかし、ポアロさんは何しろ偉大な力がありますからね」

「そう、わたしは天賦の才に恵まれておりましてね」と、小男はいって、ひかえめな微笑を洩らした。

カーバリ大佐は顔をそらして、咳払いした。

ポアロはいった。

「まず最初に判断すべきことは、この殺人事件が共同謀議によるものかどうか——つまり、ボイントン家の家族がみんなで計画し、実行したものか、それとも彼らの中のただ一人の犯行かという点です。もし後者なら、それをたくらむのにもっともふさわしい家族の一員ということになりますね」

ジェラール博士がいった。

「あなた自身の証拠から判断して、まずレイモンド・ボイントンをあげるのが妥当だろうと思いますが」

「賛成です」と、ポアロはいった。「わたしが洩れ聞いた言葉や、彼の証言と若い女医の証言との食い違いからみて、彼は容疑者の筆頭にあげられるべきでしょう。

彼は生きているボイントン夫人と最後に会った人物です。しかしこれは、彼だけの話であって、サラ・キングはそれを否定しています。二人のあいだには、なんといいますか——つまり、ささやかな愛情《タンドレス》とでもいうようなものがあるんじゃないですか」

フランス人はうなずいた。

「ありますね、たしかに」

「ああ、そうか！　その若い女医というのは、黒い髪をひたいから後ろへやって、目はつぶらなはしばみ色で、態度のはきはきした女ですね？」

ジェラール博士はやや驚いた様子だった。

「そう、そのとおりです」

「すると、わたしは彼女に会ってますよ——ソロモン・ホテルでね。彼女がレイモンド・ボイントンに話しかけたあと、レイモンドはまるで根っこが生えたような——夢を見ているような状態になって、エレベーターの出口を塞いでしまったのです。わたしに三度も、どいてくれといわせてから、やっと気がついて道をあけましたよ」

ポアロはしばらく考えこんでからいった。

「それではまず最初に、ミス・サラ・キングから医学的な証言を聞きましょう——精神的な留保条件をつけてね。彼女は利害関係者の一人なんですから」彼は間をおいて話をつづけた。

「ちょっとジェラール博士におうかがいしますが、レイモンド・ボイントンは容易に殺人を犯すことのできそうな気質の男だと思いますか」

ジェラールはゆっくり答えた。

「それはつまり、計画的な殺人のことですね。そう、そんなところがあると思います——ただし、極度の神経的な緊張状態にあればの話ですが」

「そんな状態になっていたんじゃないですか」

「そのとおりです。こんどの海外旅行は、いままでの神経的および精神的な緊張をいっそう強めたといえるでしょう。自分たちの生活とほかの人たちの生活との違いが、対照的にはっきりと見せつけられたわけです。しかもレイモンド・ボイントンの場合は、その……」

「なんでしょうか」

「サラ・キングに強く心をひかれていたことによって、その症状がいっそう複雑になっていたわけです」

「それは彼に、追加的な動機と、追加的な刺激を与えたことになりますかな」

「それはそうでしょう」

カーバリが咳払いした。

「話の腰を折るようですが、あなたが洩れ聞いたというあのせりふですが――つまり、〝いいかい、彼女を殺してしまわなきゃいけないんだよ〟というせりふは、だれかに向かって語られたのにちがいないと思いますよ」

「いい着眼ですね」と、ポアロはいった。「すっかり忘れてましたよ。そう、レイモンド・ボイントンはいったいだれと話し合っていたのでしょう？　むろん家族の一人でしょうな。しかし、その中のだれでしょうか。あの家族のほかの連中の精神状態を、ちょっと説明してくださいませんか」

ジェラールはさっそく答えた。

「キャロル・ボイントンは、だいたいレイモンドと同じような状態で、はげしい神経的興奮に反抗的なものがともなった状態ですが、彼女の場合は性的な要素が混じって複雑化されてはおりません。レノックス・ボイントンは、反抗の時期をとっくにすぎていて、もうすっかり無感動の状態になっているようです。思考力を集中することすら困難になってるようでした。彼の環境に対する反応も、自分自身に向かって後退して行く形で、完全な内向性です」

「では、彼の細君は？」

「彼の細君は、気疲れの多い不幸な生活を送っているわけですが、精神的な異常の徴候はぜんぜん見られません。おそらく彼女は決断のまぎわになって、ためらっているのではないかと思います」

「どんな決断です？」

「夫と別れるかどうかということです」

彼はジェファーソン・コープから聞いた話を伝えた。

ポアロが納得してうなずいた。

「それでは、年下の娘――ジネヴラといいましたかな、あれはどうです？」

フランス人の顔がひきしまった。

「彼女は非常に危険な状態になっています。すでに精神分裂症の徴候が現われはじめているのです。生活の圧迫に耐えきれなくなって、空想の世界へ逃避しようとしているわけです。迫害妄想にとりつかれていましてね――自分は王族の一人で、まわりを敵にかこまれ、危険にさらされているのだと思っているのですよ――よくあるやつですが」

「で、それが――危険なんですか」

「非常に危険です。この状態から殺人狂になる場合もかなりあるのです。そうした患者は、殺人欲のためでなくて、自己防衛のために人を殺すわけです。自分が殺されまいとしてやるわけです。そういう点ではきわめて合理的なんですがね」

「すると、そのジネヴラ・ボイントンが母親を殺したとも考えられますかな」

「ええ、それは考えられますね。しかし、彼女がそれを実行するだけの知識や思考力を持っていたかどうかは疑問です。被害妄想タイプの狡猾《こうかつ》さというのは、単純で浅薄なのが普通ですから、彼女がやるとしたら、もっと目立つような方法をとるんじゃないかと思います」

「しかし、とにかく彼女は一つの可能性ではあるわけでしょう」と、ポアロがしつこく主張した。

「ま、そうですな」と、ジェラールは認めた。

「では、犯行が行なわれた後のことですが、犯人以外の家族も、だれがやったのかを知っていたと思いますか」

「知ってますとも！」と、カーバリ大佐がだしぬけに横から口を出した。「彼らが何か隠しごとをしていることは、わたしは一目でわかりましたよ！」

「何を隠しているのかを、彼らから聞き出す必要がありますな」と、ポアロはいった。

「きびしい方法《サード・デグリー》で？」カーバリ大佐は眉をつりあげていった。

「いや」ポアロは首を振った。「普通の会話でです。だいたい人間は真実を語るものです。そのほうが気楽だからです。創作機能の負担が少なくてすむからですよ！　嘘の一つや二つは——あるいは三つか四つはいえるでしょうが、しょっちゅう嘘ばかりいっていることはできませんよ！　ですから、だんだんほんとうのことがはっきりしてくるものです」

「それも一理ありますな」と、カーバリは同意した。

それから彼は率直にたずねた。

「あなたが彼らと話をなさるんでしょうね。つまり、これはあなたにお任せしていいんでしょうな」

ポアロは頭を下げた。

「その点についてははっきりしておきたいと思いますが、あなたが要求しているものも、わたしが提供しようとしているものも、事件の真相です。しかし、いいですか、たとえわれわれが真相をつかんでも、証拠はぜんぜんないかもしれないのですよ。つまり、法廷で受け容れられるような証拠がね。おわかりですな」

「よくわかっています」と、カーバリは答えた。「あなたは事件の真相をわたしに知らせるだけで、国際的な事情を考慮して起訴できるかどうかを決定するのは、わたしの責任です。とにかく、きちんと片づけましょう——わたしは乱雑になっているのが嫌いでしてな」

ポアロは微笑した。

「もう一つ」と、カーバリがいった。「わたしはあなたにあまり多くの時間をさしあげることはできないのです。彼らをいつまでもここにひきとめておくわけにいきませんのでね」

ポアロは静かにいった。

「あなたは彼らを二十四時間足留めしておくことはできますね。それではわたしは明日の夜までに、あなたに真相をお知らせしましょう」

カーバリ大佐は驚いて彼を見つめた。

「ずいぶん自信がありますね」と、彼はいった。

「わたしは自分の能力をよく知っているだけです」と、ポアロはつぶやいた。

この非イギリス人的な態度にいささか気をそがれたカーバリ大佐は、顔をそらしてもじゃもじゃの口ひげをひねった。

「ま、あなたにお任せします」と、彼はつぶやいた。「もし成功したら、あなたはたしかに驚異的な天才だ」

ジェラール博士はいった。

第四章

サラ・キングはさぐるような目でじっとポアロを見つめていた。卵型の頭、堂々たる口ひげ、しゃれた服装、染めているかのような黒い髪。彼女の目に疑惑の影がかすめた。

「いかが、マドモアゼル、納得がいきましたかな」

妙におもしろがっているような皮肉めいた彼のまなざしと視線が合ったとき、サラは顔を赤らめた。

「はあ？　なんですか」と、彼女はぎこちなく訊き返した。

「これはどうも《デュー・トゥー》。わたしが最近おぼえた表現を使えば――あなたはわたしをさっと見て《ワンス・オーバー》とったようですな」

サラは軽く微笑した。

「あなたもわたしに同じことをなさったらいかが？」

「ええ、恐縮ですが、それはわたしもぬかりなくやりましたよ」

彼女はじろっと彼を見た。どうも何かいわくありげなそぶりだが――しかし、ポアロは口ひげをひねりながら悦に入っている。サラは思った（これで二度目だった）――

「この男はいかさま師なんだわ！」

彼女は自信をとりもどし、背をいっそうまっすぐにのばして坐り直し、なじるようにいった。

「この会談の目的が、どうもよくわからないんですけど」

「ジェラール博士が説明しなかったんですか」

サラは眉を寄せた。

「わたしはジェラール博士を理解できないんですの。何を考えていらっしゃるのか――」

「たぶん、それはこんなことでしょう――デンマークの国に鼻もちならぬことがござる」と、ポアロは引用した。「わたしだって、あなたの国のシェークスピアを知ってますよ」

サラはシェークスピアを払いのけた。

「いったいなんのためにそんなくだらない話をなさってるの？」と、彼女は問いただした。

「あの事件の真相を知りたいというのが、本音です」

「ボイントン夫人が亡くなったことですか」

「そうです」

「それは無用の大騒ぎということになるんじゃないかしら。もちろんあなたはその道の大家でいらっしゃるから、あなたがそうなさるのは当然かも——」

ポアロは彼女の言葉じりをつかまえて言い直した。

「わたしがあえてそのようなことをするのは、当然何か犯罪の疑いを持っているからですよ」

「それは、ま、そうでしょうね」

「あなた自身はボイントン夫人の死になんの疑惑も持っていないわけですか」

サラは肩をすくめた。

「もしあなたがペトラへ行ってごらんになれば、心臓の状態の思わしくないおばあさんがあそこへ旅行するのは、どんなにたいへんなことか、おわかりになると思うわ」

「つまりそれは、ごくあたり前の出来事だと思っていらっしゃるのですな」

「もちろんそうですとも。わたしはジェラール博士の態度を理解できませんわ。あのときのことを、彼は何も知らないんですのよ。熱病で寝ていたのですから。わたしは彼のすぐれた医学の学識には敬服しています——しかし、この場合は、彼が口出しすべき筋合いのものじゃないと思うわ。もしわたしの判断が納得できなければ、エルサレムで死体を解剖してみたらいいでしょ」

ポアロはしばらく黙っていたが、やがておもむろにいった。

「じつはあなたがまだ知らない事実が一つあるのですよ、ミス・キング。博士があなたにいわなかったことがね」

「どんなことですの？」

「ジェラール博士の旅行用の薬箱に入れてあった薬が——ジギトキシンが——なくなっていたのです」

「えっ！」サラは局面が急変したことをすばやく悟った。同時にまた、疑わしい一点に飛びついた。

「それはたしかな話なんですか」

ポアロは肩をすくめた。

「あなたもご存じのはずですが、医者というものはいつも、陳述する場合は非常に慎重なものですよ」

「ええ、それはいうまでもないことです。でも、博士はあのとき、マラリアの発作を起

中の薬品がぜんぶそっくりそのままになっていたことは、ほぼたしかだといっていま
す」
熱剤を飲んだのですよ。そして翌朝、その解熱剤を元へもどして薬箱の蓋を閉めるとき、
「ペトラに着いた晩、彼はたまたまその薬箱を調べてみたのです。頭痛がしたので、解
「いつ盗まれたのか、彼は心当たりがあるのですか」
「そうです、もちろん」
こしていたんですよ」

「ほぼたしか――」と、サラがいった。

ポアロはまた肩をすくめた。

「そう、疑問はあります。正直な人ならだれでも感じそうな疑問がね」

サラはうなずいた。

「わかりますわ。あんまり自信があるようにいう人は、かえって信用できないものです。

しかし、そんな証拠はとるにたらないことですわ。どうもあなたの――」彼女はためら
った。ポアロが彼女に代わってその後をいった。

「わたしの調査の仕方が軽率すぎると、あなたは思っていらっしゃるようですな」

サラは彼をまともに見つめた。

「率直にいって、そうですわ。ポアロさん、あなたはこれがローマン・ホリデー（他人を苦しめて得られる娯楽）にならない自信があるのですか」

ポアロは微笑した。

「エルキュール・ポアロがくだらない探偵ごっこをして遊ぶために、ある家族の個人生活をめちゃくちゃにひっかき回そうとしていると？」

「わたしはあなたを攻撃するつもりはないけど――しかし、そんなところがあるんじゃないかしら」

「すると、あなたはボイントン家の味方になっているわけですな、マドモアゼル」

「ま、そうね。あの人たちはさんざん痛めつけられてきたのですもの。もうそんな目にあわせるべきではありませんわ」

「しかも、あのおばあさんはひどい独裁者で、底意地が悪くて、死んだほうがましな女だった。それも――あるでしょ《エーン》」

「あら、そんな――」サラは顔を赤らめた。「それとこれとはべつ問題ですわ」

「しかし、結局はそうなります。あなたはそうしている。しかし、わたしはそんなことはしない。わたしにとって、そんなことはどうでもいいのです。被害者が神の善良な使徒の一人であろうと、反対に、極悪非道な鬼であろうと、わたしはそんなことに動かされやしませんよ。事実は事実です。要するに、一つの命が奪われたのです！　いつもいってることですが——わたしは決して人殺しを是認しませんよ」

「人殺しですって！」サラははっと息を呑んだ。「なんの証拠があってそんな？　でたらめにもほどがあるわ！　ジェラール博士のいうことなんか、信頼できるもんですか！」

ポアロはおだやかにいった。

「しかし、ほかにも証拠があるのですよ、マドモアゼル」

「どんな証拠？」と、彼女は鋭く訊き返した。

「あのおばあさんの死体の手首にあった注射の痕です。しかも、エルサレムである静かな晩、わたしは寝室の窓を閉めに行ったとき、ある言葉を聞きました。どんな言葉か、お聞かせしましょうか。わたしはレイモンド・ボイントン君がこういったのを聞いたのです——〝いいかい、彼女を殺してしまわなきゃいけないんだよ〟——」

彼はサラの顔からしだいに血の気がなくなっていくのを見た。

彼女がいった。

「あなたがそれを聞いたのですね？」

「そうです」

サラはややしばらくまっすぐ前を見つめていた。

やがて彼女はいった。

「そんなことを聞くなんて、まったくあなたらしいわ！」

彼はすなおにその意見を容れた。

「そう、いかにもわたしらしいですな。しかも、じっさいその言葉どおりになってしまった。わたしがなぜ調査すべきだと考えたか、もうおわかりでしょう」

サラは静かに答えた。

「よくわかりました」

「では、わたしに協力してくれますね？」

「ええ、もちろん」

彼女の声は事務的で無感動だった。彼女の目が、彼の視線を冷ややかにはじいた。

ポアロは頭を下げた。

「ありがとう、マドモアゼル。それでは、あの日のことを思い出せる限り正確に話していただきましょうか」

サラはやや考えてから語りはじめた。

「わたしは朝早くから遠足に行きました。ボイントン家の人たちはだれもいっしょにきませんでした。昼食のときに彼らに会ったのです。わたしたちが入ったときには、彼らはもう食事を終えるところでした。ボイントン夫人は珍しく機嫌がいいようでした」

「いつもはあまり愛想よくなかったらしいですな」

「それはもう、無愛想なんてものじゃなかったわ」サラは顔をしかめた。

彼女はそれから、ボイントン夫人が家族を解放したときの模様を語った。

「それも異例なことだったのですね」

「はい。彼女はいつもみんなをそばにおいて離さなかったんです」

「彼女は急に良心の呵責を感じたのでしょうか――いわゆる正気に返った《アン・ボン・モマン》のでしょうか」

「いいえ、わたしはそうは思いません」

「じゃ、どう考えたのです？」

「すっかりとまどってしまって――もしかしたら猫とネズミの関係みたいなものじゃないかと思いましたわ」

「もっと詳しくいえば？」

「猫はわざとネズミを放してやって――それからまたそれを捕まえて楽しんでますね。ボイントン夫人もそんな心理状態になっているのじゃないかと思ったのです。そして、何か新しい悪質ないたずらをたくらんでいるのかもしれないと思ったわけです」

「それから、どんなことが起こったのです？」

「ボイントン家の人たちは出かけました――」

「ぜんぶ？」

「いいえ、いちばん末っ子のジネヴラだけが残されました。昼寝をしろといわれてね」

「彼女はそうしたかったのですか」

「いいえ。でも、それはぶじにおさまりました。彼女はいわれたとおりにしたのです。で、ほかの人たちは出かけました。それからジェラール博士とわたしが彼らといっしょになり――」

「それは何時ごろ？」

「三時半ごろでしたわ」

「そのときボイントン夫人はどこにいたのですか」

「ネイディーンが――若いボイントン夫人が――彼女を、洞窟の外の椅子に坐らせておいたのです」

「なるほど、それで？」

「ジェラール博士とわたしは峡谷の曲がり角をまわったあたりで彼らに追いつき、みんなでいっしょに歩いて行きました。それからしばらくしてから、ジェラール博士は帰ってしまいました。少し前から顔色がよくなかったんですの。熱が出ていることも、見ただけでわかりました。で、わたしはいっしょに帰ろうとしたのですけど、先生は聞き入れませんでしたわ」

「それは、何時ごろですか」

「さあ……、四時ごろかしら」

「で、ほかの人たちは？」

「そのまま散歩をつづけました」

「みんながいっしょに揃ってですか」

「最初のうちはね。それから、離ればなれになりましたわ」サラはつぎの質問を予測したかのように、急いで話をつづけた。「ネイディーン・ボイントンとコープさんが一方の道へ行き、キャロル、レノックス、レイモンド、それにわたしの四人は、べつの道へ分かれました」

「で、あなたたちはそのままずっといっしょだったわけですな」

「それは……いいえ。レイモンド・ボイントンとわたしはほかの二人と離れました。そして、平らな岩の上に腰をおろして、景色を眺めていました。それから彼はわたしと別れて帰り、わたしはしばらくそこに残っていました。それからわたしが腕時計を見て、もう帰ろうと思って腰をあげたのは、五時半ごろでした。そしてキャンプに着いたのは、六時でしたわ。ちょうど日が沈みかけていました」

「途中で、ボイントン夫人の前を通り過ぎたわけでしょう」

「彼女がまだ岩棚の上の椅子の中にいるのは、見かけましたわ」

「それを見て、おかしいと思わなかったんですか——彼女は身動きもしなかったのでしょう？」

「ええ。なぜなら、その前の晩にわたしたちが向こうへ着いたとき、彼女がそこに同じような恰好で坐っているのを見ていたからです」

「なるほど。それから？」

「わたしは大天幕の中へ入りました。ジェラール博士をのぞいて、ほかの人たちはぜんぶそこにいました。それから、わたしは手を洗いに行って、またもどってきました。食事が出て、召使いの一人がボイントン夫人を呼びに出かけました。そしてもどってくると、彼女の様子がおかしいというのです。わたしは急いで飛び出しました。彼女はさっきと同じ姿勢で椅子に坐っていましたけど、わたしは彼女に手を触れた瞬間、彼女が死んでいることがわかりました」

「あなたはそれが自然死であることを、まったく疑ってもみなかったわけですね」

「ええ、ぜんぜん。前から心臓の悪いことは聞いていました――病名は知りませんでしたけど」

「椅子に坐ったままで死んだのだと思ったのですね」

「はい」

「救いを求めて叫んだりせずに？」

「そうです。それは往々にしてあることなんです。彼女は眠ったまま死んだということさえ考えられるのですよ。じっさい彼女は居眠りしていたかもしれませんからね。いずれにしろ、キャンプの人たちは午後はほとんど昼寝していましたから、彼女がよほど大きな声で叫ばないと、だれにも聞こえなかったでしょう」

「彼女が死んでからどのくらいたっているか、考えてみましたか」

「あんまり考えませんでしたわ。でも、死んでからしばらくたっていたことはたしかですわ」

「しばらくというのは、どの程度？」と、ポアロは問いただした。

「そうね……ま、一時間、ないしはそれ以上たっていたかもしれません。岩の反射熱が、死体が急に冷たくなるのを遅らせたことも考えられますから」

「一時間以上も前ですか。ミス・キング、あなたはレイモンド・ボイントン君がわずか三十分ほど前に彼女に話しかけ、そのとき彼女が健在であったことを、ご存じないのですか」

彼女は彼から目をそらしていた。しかし、彼女は首を振った。

「きっと、彼はまちがえたのでしょう。彼が話しかけたのは、もっと早い時刻だったのだと思いますわ」

「いや、そうじゃありませんよ、マドモアゼル」

彼女はまともに彼の顔を見た。彼女の口もとがきびしくひき締まっていた。

「わたしは若いし、死体を扱った経験も多くはありません」と、彼女はいった。「しかし、これだけは自信をもっていえます――ボイントン夫人は、わたしが彼女の死体を調べたときから、少なくとも一時間前には死んでいたのです！」

エルキュール・ポアロは唐突な口ぶりでいった。「それはあなただけの説です。あなたがそう思いこんでいるだけですよ」

「いいえ、それは事実ですわ」と、サラは言い張った。

「それじゃ、ボイントン君はなぜ、母親がじっさいはとっくに死んでいたはずの時間に生きていたなどといったのか、あなたは説明できますか」

「それはわかりません。もしかしたら、あの人たちはみんな、あまり時間の観念がないのかもしれませんわ。かなり神経を冒されていますから」

「あなたは彼らと何回くらい話し合ったことがあるのですか」

サラはちょっと眉をひそめてしばらく黙っていた。

「正確にいいますと」と、彼女はいった。「エルサレムへくる途中の寝台車の廊下で、レイモンド・ボイントンに話しかけました。キャロル・ボイントンとは、二度話したことがあります――一度はオマーの回教寺院で、もう一度はわたしの寝室で夜遅く。それから、翌朝レノックス・ボイントンの奥さんと少し話しました。そして、ボイントン夫人の亡くなった日の午後、みんなで散歩に行ったときと、それだけです」

「ボイントン夫人とは、直接話したことがなかったんですね？」

サラは気まずそうに顔を赤くした。

「いいえ、彼女がエルサレムを発つ日に、ちょっと言葉を交わしました」彼女は間をおいてから、だしぬけにいった。「じつはわたし、ばかなことをしちゃったんですの」

「ほう？」

その感歎詞があまりにも独特な調子だったので、サラはついそれにつられて、そのときの会話の内容を打ち明けた。

ポアロは興味をひかれたらしく、さらに細部にわたって彼女を問いつめた。

「ポイントン夫人の心理が、この事件では非常に重要な意味を持っているのですよ」と、彼はいった。「しかもあなたは局外者です——偏見のない観察者です。ですから、彼女についてのあなたの説明は、非常に重大なんです」

しかし、サラは答えなかった。あのときの会談を思い出すと、彼女はいまもなお気持がたかぶり、いらだってくるのだった。

「どうもありがとう、マドモアゼル」と、ポアロはいった。「わたしはこれから、ほかの証人たちに会って話してみようと思います」

サラは立ちあがった。

「それでは失礼します、ポアロさん。でも、ちょっといわせていただきたいことがあるのですけど……」

「どうぞ、どうぞ」

「あなたはなぜ、検死がすんであなたの疑惑が正しいかどうかわかるまで、この尋問を待てなかったのですか。まるで馬の前に馬車をおくようなものじゃないかしら」

ポアロは大げさに手を振った。

「これがエルキュール・ポアロ方式なんですよ」と、彼は答えた。

サラは唇を噛みしめながら部屋を出た。

第五章

ウエストホルム卿夫人はまるでドックに入る大西洋航路の定期船のように悠々と部屋へ入ってきた。

不安定な小型船のようなミス・アマベル・ピアスは、定期船につづいてやってきて、品質の劣るほうの椅子に腰をおろした。

「わたくしは喜んで、わたくしの力のおよぶ限りあらゆる手をつくしてあなたに協力いたしますよ、ポアロさん」と、ウエストホルム卿夫人はどら声をはりあげた。「かねがね考えておったことでありますが、このような種類の問題については、すべての人が進んで協力すべき社会的義務をもっているわけでありまして――」

ウエストホルム卿夫人の社会的義務に関する一席がしばらくつづくうちに、ポアロはやがて巧みに質問をはさんだ。

「問題の午後については、わたくしは完璧な記憶をもっています」と、ウエストホルム卿夫人が答えた。「ミス・ピアスとわたくしは、最善をつくしてあなたをご援助いたします」

「ええ、そうですとも」ミス・ピアスはほとんど恍惚とため息をついた。「ほんとに悲劇的でございますわね。あんなふうに、あっというまに亡くなるなんてねえ！」

「問題の午後に起こったことを、正確に話していただきましょうか」

「申しあげましょう」と、ウエストホルム卿夫人はいった。「昼食をすましてから、わたくしは少し昼寝をすることに決めました。午前中の登山で多少くたびれた感じがしたのでございます。いや、ほんとうに疲れたのではありませんよ——わたくしはめったに疲れません。わたくしは疲労のなんたるかを知らないのです。よく公の席に出ると疲れるなどという人がおりますが、だいたいそういう人たちは——」

ポアロの口からまた巧みなつぶやきが洩れた。

「さっき申しましたとおり、わたくしは昼寝をすることにしたのです。ミス・ピアスもそれに賛同なさいました」

「ええ、そうです」ミス・ピアスはため息をついた。「あたしは午前中の登山でくたくたに疲れましたんですの。なにしろすごく危険な登山でしてね——おもしろいことはおもしろかったんですけど、とにかく完全にへこたれてしまいましたわ。あたしはウエストホルム卿夫人のように丈夫なたちでないもんですから」

「疲労なんてものは」と、ウエストホルム卿夫人はいった。「ほかのあらゆるものと同様に、克服できるものです。わたくしは肉体的な要求には断じて屈伏いたしません」

ミス・ピアスは感歎のまなざしで彼女を眺めた。

ポアロがいった。

「すると、昼食後あなたたちお二人は、それぞれテントにひきあげたわけですな？」

「はい」

「ボイントン夫人はそのとき、洞窟の入口に坐っていましたか」

「義理の娘さんが散歩に出かける前に、彼女に手をかしてそこへ連れて行ったのです」

「お二人とも、彼女の姿を見たのですね？」

「ええ、そうです」と、ミス・ピアスが答えた。「彼女はあたしたちの向かい側にいました――もちろん、ちょっと登りになった場所でしたけど」

ウエストホルム卿夫人がそれに説明を加えた。

「洞窟の入口は岩棚に向かって開いていました。その岩棚の下に、テントがいくつかありました。そして、そこに小川が流れておりまして、その小川を渡ったところに大天幕や、ほかのテントがいくつかあったわけなんです。ミス・ピアスもわたくしも、その大天幕の近くのテントを使っていたのです。彼女のテントは大天幕の右側にあり、わたくしのテントは左側にありました。そして、わたくしたちのテントの入口は、岩棚のほうへ向いていたのです。むろん、その間にはちょっと距離がありましたよ」

「約二百メートルぐらいだったそうですが」

「それぐらいでしょうね」

「わたしは通訳のマーモードの助力で、見取図を作ったのです」と、ポアロはいった。

ウエストホルム卿夫人は、それはとんでもないまちがいだといった。

「あの男は、それはもうひどくいいかげんな男なんですよ。わたくしはためしに彼の説明をいちいち旅行案内書と照し合わしてみました。そしたら、彼の説明のまちがっているところが、いくつも出てくる始末で」

「わたしの見取図によりますと」と、ポアロはいった。「ボイントン夫人の隣りの洞窟には、息子のレノックスと彼の細君が入っていたのですな。レイモンドとキャロルとジネヴラは、それぞれその真下から右のテントに入っていました。これは、ちょうど大天幕のほぼ正面に面しているわけです。ジネヴラ・ボイントンのテントの右側には、ジェラール博士のテントがあり、その隣りがミス・キングのテント。大天幕を中心にして反対側の左手に、あなたとコープ氏のテントがあったわけですな。ミス・ピアスのテントはさっきあなたのお話があったとおり、天幕の右側にありました。そうですね？」

ウエストホルム卿夫人は、自分の知っている限りではそのとおりだったと、しぶしぶ認めた。

「ありがとうございます。これではっきりしました。それではどうぞ、話をすすめてください」

ウエストホルム卿夫人はいんぎんな微笑を彼に投げて、話をつづけた。

「四時十五分前ごろ、わたくしはミス・ピアスが起きていたらいっしょに散歩したいと思って、彼女のテントのほうへぶらぶら歩いて行きました。彼女はテントの入口に坐って本を読んでいました。で、三十分ほどして日が和らいでからいっしょに散歩に出ることに話を決めたのです。そして、わたくしはテントに帰って、二十五分ほど読書しました。それから外へ出て、ミス・ピアスのところへ行き、彼女は用意して待っていましたので、すぐいっしょに出かけたのです。キャンプの人たちはみんな眠っているらしく、あたりには人影がありませんでしたが、わたくしはひとりで坐っているボイントン夫人を見て、出かける前に彼女にちょっと声をかけて、何か用はないかと訊いてみようと、ミス・ピアスにいったわけなんです」

「そうなんですの。ほんとに思いやり深いかただと思いましたわ」と、ミス・ピアスがつぶやいた。

「それがわたくしの義務だと感じたのです」ウエストホルム卿夫人はいかにも満足げにいった。

「ところが、なんて失礼なんでしょう、彼女は！」ミス・ピアスが金切声をあげた。

ポアロは問いただすような表情を見せた。

「わたくしたちはちょうど岩棚の下の道を通りかかったわけなんです」と、ウエストホルム卿夫人が説明した。「で、わたくしは彼女に声をかけて、散歩に行ってきますけど、その前に何かわたくしたちにできるご用がありませんかと訊いたのですよ。ところが、どうでしょう。彼女の返答というのはただ、鼻を鳴らしただけなんですよ！　ふん、とね！　そして、まるでけがらわしいものを見るような目でわたくしたちを見たのです！」

「まったく無礼ですわ！」ミス・ピアスは顔を真っ赤にした。

「じつはですね」ウエストホルム卿夫人はやや顔を紅潮させていった。「わたくしはそのときちょっと過酷なことをしゃべっちゃったんですの」

「いいえ、あなたのほうが正当ですよ」と、ミス・ピアスがいった。「あたり前ですわ――あんな情況では」

「どんなことをいったのです？」と、ポアロは訊いた。

「わたくしはミス・ピアスに、彼女は酔払ってるらしいっていったんですよ。じっさい彼女の態度はどうみてもおかしかったですからね。以前からそうでしたわ。で、それは酒を飲んでるせいじゃないかと思ったわけなんです。アルコール中毒の弊害については、わたくしは数多くの実例を知っておりまして――」

ポアロは巧みにアル中の問題から話題をそらした。

「その日に限って、彼女の様子がとくにおかしかったというようなことがありませんでしたか。たとえば昼食のときなんかに」

「そうですね……」とウエストホルム卿夫人は思案した。「いいえ、むしろ彼女の態度はごく正常だったというべきでしょうね――もっともそれは、ああいうタイプのアメリカ人としてはの話ですけど」と、彼女は軽蔑的につけ加えた。

「召使いに小言ばかりいってましたよ」と、ミス・ピアスがいった。

「どの召使いです？」

「あたしたちが出かける少し前に――」

「ああ、そうそう、思い出しましたよ。あの召使いにはひどく怒っていたようでしたね！」と、ウエストホルム卿夫人がいった。「もちろん英語を片言もわからない召使いに付かれると腹立たしいものですけど、しかし旅行中はがまんしなきゃね」

「それは、どういう召使いなんです？」と、ポアロがたずねた。

「キャンプ専属のベドウィン人の召使いなんです。その男が彼女のところへ行ったんですけど――おそらく彼女があの召使いに何か持ってくるように頼んだところが、どうやらまちがったものを持ってきたらしいのです――それがなんであったのかは知りませんが、とにかくたいへんな怒りようでしたよ。かわいそうに、その召使いはふるえあがって、いちもくさんに逃げて行きました。彼女は彼に向かって杖を振りまわしながら、大声で叫びましたわ」

「どんなことを叫んだのです？」

「遠くにいましたので、聞きとれませんでした。ミス・ピアス、あなたは聞こえた？」

「いいえ、あたしも聞こえませんでした。たぶん彼女は末の娘のテントから何か持ってくるように彼に頼んだのか――あるいは、彼が娘のテントへ入ったのを怒ったのか、どっちかだろうと思いますが――正確なことはわかりません」

「どんな顔の召使いです？」

質問を受けたミス・ピアスはあいまいに首を振った。

「さあ、そういわれても、答えられませんわ。何しろ遠く離れていましたし、それにアラブ人は、あたしにはみんな同じように見えちゃうんです」

「彼は普通より背丈の高い男でしたわ」と、ウエストホルム卿夫人がいった。「そして、現地人がよくかぶってるあの頭巾をかぶっていました。それから、すりきれてつぎはぎだらけになったズボンをはいていました——彼らときたら、失礼もへちまもないんですからね！　それに脚に巻いたゲートルがまたものすごくだらしがなくって——何もかもあきれかえっちゃいますよ。よほど訓練する必要がありますね、ああいう連中は！」

「あなたはキャンプの召使いたちの中から、その男を見分けることができますか」

「さあ、疑問ですね。わたくしたちは彼の顔を見たわけじゃないのですから——遠く離れすぎていたのです。それに、たしかにミス・ピアスのおっしゃったとおり、アラブ人というのはどれもこれも同じように見えますからね」

「いったいボイントン夫人をそんな怒らしたのは、なんだったのでしょうかね」と、ポアロは思案顔でいった。

「彼らを相手にしていると、まったくしゃくにさわってたまらなくなることがありますよ」と、ウエストホルム卿夫人はいった。「ある召使いなんか、わたくしが自分の靴は自分で磨くからといくらいっても——手まね足まねで断わっても聞き入れずに、むりに持って行っちゃうんですからね」

「わたしも、靴みがきの小道具を持って歩いてるんですよ」ポアロはちょっと話題を本筋からそらした。「それに、ほこりはたきもね」

「わたくしもそうしてますよ」と、ウエストホルム卿夫人はしおらしくいった。

「アラブ人は身のまわりのほこりを払おうとしませんからね――」

「全然やらないんですよ！　もっとも、一日に三度も四度も、ほこりを払わなければなりませんけど――」

「しかし、そうしただけのことはありますよ」

「ええ、そうですとも。まったく汚いですからね！」

ウエストホルム卿夫人は好戦的な顔になり、感情をこめてつけ加えた。

「あのハエときたら――そこらじゅうぶんぶんして――ぞっとするわ！」

ポアロはやや鼻じろんだ顔でいった。「いずれまもなくその男に、ボイントン夫人がどうして腹を立てたのかを問いただしてみることができるでしょう。では、話をつづけていただきましょう」

「わたくしたちはぶらぶら散歩に出かけました」と、ウエストホルム卿夫人がいった。

「それからしばらくして、ジェラール博士に出会いました。彼はよろけながら歩いていて、顔色がとても悪く、熱が出てるのが一目でわかりましたわ」

「全身が震えていましたもの」と、ミス・ピアスが口を入れた。

「わたくしはすぐさま、マラリアのぶりかえしだなと思いました」と、ウエストホルム卿夫人。

「それで、いっしょに行ってキニーネをもらってきてあげましょうというと、彼は自分で持っているとおっしゃいました」

「お気の毒に」と、ミス・ピアス。「あたしはお医者さんが病気になっているのを見ると、ぞっとするんですの。なんだか、すべてが狂っちゃったような気がして」

「で、わたくしたちはそのまま散歩して行きました」と、ウエストホルム卿夫人は話をつづけた。

「それから、岩の上に腰をおろして休みました」

ミス・ピアスがつぶやいた。

「何しろ、午前中の遠足で――登山で、すっかり疲れていましたから――」

「わたくしはぜんぜん疲れちゃいませんでしたよ」と、ウエストホルム卿夫人は断言した。「しかし、どこまで行ってもきりがなかったし、まわりの景色がすばらしかったものですから」

「もうキャンプは見えなかったんですね」

「いいえ。わたくしたちはそっちのほうを向いて坐っていたのです」

「とてもロマンチックな眺めでしたわ」と、ミス・ピアスはつぶやいた。「あたり一面がばら色の岩で、その風景の中にキャンプがすっきり浮きあがってましてね」

彼女はため息をついて首を振った。

「あのキャンプは、工夫すればもっとりっぱに運営できると思うんですよ」ウエストホルム卿夫人の木馬のような鼻孔がうごめいた。「さっそくこの問題を政府に進言するつもりですわ。だいいち、飲料水を濾過してさらに煮沸しているのかどうか、怪しいもんですからね。ぜひそうしなきゃいけませんわ。その点ももちろん指摘するつもりでおります」

ポアロは咳払いして、飲料水の問題からすばやく話題をそらした。

「ほかにだれか、一行の人たちとお会いになりましたか」と、彼は訊いた。

「はい、あの長男のボイントンさんと奥さんがキャンプへ帰る途中で、わたしたちに会いました」

「二人いっしょに？」

「いいえ、ボイントンさんが最初やってきました。軽い日射病にかかってるみたいな様子でしたわ。少しめまいがするらしく、ふらふらしながら歩いていましたから」

「首の後ろがだいじなんですよ」と、ミス・ピアスがいった。「首の後ろを保護しなきゃいけないんですよ。ですから、あたしはいつも厚い絹のハンカチを巻いてるんです」

「レノックス・ボイントン君は、キャンプへ帰る途中で何かしましたか」と、ポアロが訊いた。

ミス・ピアスははじめて、ウエストホルム卿夫人の先を越して話すことができた。

「彼はまっすぐ母親のところへ行きましたけど、あまり長くはいませんでしたわ」

「どれくらい？」

「一分か二分でしたわ」

「わたくしは、一分ちょっとだったと申しあげます」と、ウエストホルム卿夫人がいった。「そして彼は自分の洞窟へ入り、それから大天幕へ降りて行きました」

「で、彼の細君のほうは？」

「彼女はそれから五分ばかり遅れてやってきました。そして、ちょっと立ちどまってわたくしたちに声をかけました――非常に丁寧にね」

「とても感じのいいかたですわ」と、ミス・ピアス。「ほんとにいい人ですね」

「ほかの家族たちにはまねができないでしょうね」と、ウエストホルム卿夫人が同調した。

「あなたたちは彼女がキャンプへ帰るのをずっと見ていたわけですな?」

「ええ。彼女は道を上って義理の母親に話しかけました。それから自分の洞窟に入って椅子を持ち出し、あのおばあさんのそばに坐ってしばらく話し合っていましたわ——かれこれ十分ぐらいだったでしょうね」

「それから?」

「それから彼女は椅子を洞窟へ運んで、ご主人のいる大天幕へ降りて行きました」

「つぎに、どんなことがありました?」

「あの風変わりなアメリカ人がやってきたんです」と、ウエストホルム卿夫人が答えた。「コープという名前だったと思います。彼は渓谷の曲がり角をまわったあたりに、堕落した現代建築が模範にすべききりっぱなお手本があるから、ぜひ見なさいとすすめるので、わたくしたちは彼についてそこへ行きました。コープさんはペトラやナバテア人に関するとてもおもしろい論文を持っていましたわ」

「それはすばらしくおもしろいものでした」と、ミス・ピアスが熱狂的にいった。

ウエストホルム卿夫人が話をつづけた。

「わたくしたちはぶらぶらキャンプへ帰りました。だいたい六時二十分ほど前でした。少しうすら寒くなってきていましたわ」

「あなたたちが帰ってくるとき、ボイントン夫人はまだじっと坐っていたのですね？」

「はい」

「あなたたちは彼女に話しかけましたか」

「いいえ。じっさいの話、わたくしはほとんど彼女に目もくれませんでしたわ」

「それから、あなたはどうなさったんです？」

「わたくしはテントへ行き、靴をはき替え、中国茶の袋を取り出して、大天幕へ行きました。そして、そこにいた案内係の男に持ってきたお茶を出して、ミス・ピアスとわたくしにそのお茶をいれてくれと頼みました。お湯をよく煮たててからいれるように注意しましてね。すると案内人は、もう三十分もすれば夕食になりますというんです――事実、召使いたちがちょうどテーブルをしつらえているところでした。しかし、かまわないからお茶をいれてくれと頼みました」

「一杯のお茶ですべてが違ってくると、あたしはいつもいってるんですよ」と、ミス・ピアスがあいまいにつぶやいた。

「大天幕にだれかいましたか」

「ええ、いましたよ。レノックス・ボイントン夫妻が一方の隅で本を読んでましたし、それから、キャロルもいましたわ」

「コープ氏は？」

「彼はあたしたちといっしょにお茶を飲みました」と、ミス・ピアスがいった。「彼の話によりますと、食前にお茶を飲むのは、アメリカの習慣にはないそうですけど」

ウエストホルム卿夫人が咳払いした。

「じつはわたくし、コープさんがやっかいな相手になりそうな気がして、少々心配なんです——しょっちゅうわたくしにつきまとうんじゃないかという気がしましてね。旅の道連れを作るのも、ときには考えものですわ。どうも相手がさしでがましくなりがちでしてね。アメリカ人はとくにひどいですよ」

ポアロはおだやかにいった。

「ウエストホルム卿夫人、あなたはそういう場合の処理が上手なんでしょうな。不用になった道連れをぽいと捨てることに熟達していらっしゃるらしいから」

「ま、たいがいの場合は、うまく処理する自信がありますわ」と、ウエストホルム卿夫人が得意げにいった。

ポアロのまばたきは、彼女にはまったく効果がなかった。

「それからの出来事を、最後まで説明してください」と、彼はいった。

「はい。わたくしの記憶では、その後まもなくレイモンド・ボイントンと赤毛の妹さんが入ってきました。最後にミス・キングがきたわけです。そのころには夕食の支度がすっかりできていました。そこで、ボイントン夫人に夕食の支度ができたことを伝えるために、通訳が召使いの一人を使いにやったのです。ところがその男は、同僚といっしょにあわただしく駆けもどってきて、アラビア語で何やら通訳にしゃべりました。ボイントン夫人が病気だということなんですよ。で、ミス・キングは自分が行って診ようと申し出て、通訳といっしょに飛び出しました。それから、彼女がもどってきて、あのニュースをボイントン家の家族たちに知らせたのです」

「彼女の言い方は、ずいぶん無作法でしたよ」と、ミス・ピアスが口を入れた。「いきなり、死んだっていうんですものね。もっとゆっくり静かにいうべきだったと思いますわ」

「で、そのニュースを、ボイントン家の人々はどんな様子で聞いていましたか」と、ポアロがたずねた。

ウエストホルム卿夫人もミス・ピアスも、はじめてとまどってしまったようだった。やや間をおいてウエストホルム卿夫人がいつもの自信を欠いた声でいった。

「さあ、それはちょっと——難しい質問ですわ。ま、とにかく、彼らはそれを聞いても落ち着いていましたよ」

「呆然としてしまったんですよ」と、ミス・ピアスはいった。

その言葉は、事実というよりも、何か暗示的な響きをもっていた。

「彼らはみんな、ミス・キングといっしょに出て行きました」と、ウエストホルム卿夫人がいった。「しかし、ミス・ピアスとわたくしは、気をきかしてそのまま残っておりましたわ」

そのとき、ミス・ピアスの目にものほしげな表情がかすかに浮かんだ。

「わたくしはいやしい好奇心が大嫌いでしてね」と、ウエストホルム卿夫人がつづけていった。

ミス・ピアスの目のものほしげな表情がいっそう濃くなってきた。どうやら彼女は、やむを得ず同調していやしい好奇心を嫌わなければならなかったらしい。

「それからしばらくして」と、ウエストホルム卿夫人が最後を結んだ。「通訳とミス・キングがもどってきました。わたくしは四人にすぐ夕食を出すように頼みました。ボイントン家の人たちがその後で、外部の人に邪魔されずに彼らだけで食事できるようにと心をつかったわけです。わたくしの提案は容れられ、食事がすむとすぐ、わたくしは自分のテントに帰りました。ミス・キングもミス・ピアスもそうなさいました。コープさんは、たぶん大天幕に残っていたはずです。彼は家族たちの友人であり、彼らを援助したいと思っている人なんですから。わたくしの知っていることは、これだけです」

「ミス・キングがそのニュースを知らせたとき、ボイントン家の人たちはぜんぶ、彼女について大天幕を出たわけですな?」

「ええ……いや、そういわれて思い出しましたよ。あの赤毛のお嬢さんが残っていましたね。憶えていらっしゃるでしょう、ミス・ピアス」

「そうですわ、たしかに彼女は残っていました」

ポアロがたずねた。

「彼女は何をしていたのです?」

ウエストホルム卿夫人はややしばらくぽかんと彼を見つめていた。

「何をしていたかとおっしゃるんですか、ポアロさん。さて……、わたくしの記憶では、彼女は何もしてなかったようですけどね」

「わたしの質問の意味は、つまり、彼女は縫いものをするとか、読書をするとか、心配そうな顔をするとか、何かしゃべるといったようなことをしていたのかということですが」

「さて、それは……」ウエストホルム卿夫人は眉をよせた。「彼女はただ坐っていたようでしたね」

「手をもじもじさせていましたよ」と、ミス・ピアスがだしぬけにいった。「あたし、それに気がついて――かわいそうだと思いました。それが彼女の気持を表わしているような気がしたのです。顔には何も表わしていませんでしたけれど――ただ、手を組んだりいじったりしている小さな動作にね」

ミス・ピアスはさらに話好きな調子でしゃべりつづけた。

「あたし、あんなふうにして、自分で何をしているのか知らないうちに一ポンド紙幣を引き裂いてしまったことがありましたわ。たしか、こんなことをぼんやり考えていたんですよ――〝一番の汽車に乗って、祖母のところへ行こうか、どうしようかしら〟――なんてね(あたしの祖母が急に病気になったのです)。そして心を決めかねて考え迷っているうちに、ふと手もとを見ると、あたしが電報だと思っていたのは一ポンド紙幣で、しかもそれをずたずたに引き裂いていたんです――一ポンド紙幣をですよ！」

ミス・ピアスは劇的に間をおいた。

ウエストホルム卿夫人は、自分の従者が突然脚光を浴びて登場して、人気をさらいそうになったのにたまりかねて、冷ややかにたずねた。

「あの……、ポアロさん、ほかに何か？」

ぼんやり考えに耽っていたらしいポアロは、はっと我に返った。

「いや……もう、もう何もありません。おかげさまで非常にはっきりしましたよ、よくわかりました」

「わたくしの記憶力はすばらしいですからね」と、ウエストホルム卿夫人は満足げにいった。

「ただ、最後に一つだけおねがいがあるんですが」と、ポアロがいった。「どうぞ、そのまま坐っていらしてください——よそ見をしないで。それでは、今日ミス・ピアスがどんな服装をしていらっしゃるか——もしミス・ピアスが反対でなければ、わたしに説明してくださいませんか」

「あら、むろんちっとも構いませんですわ」と、ミス・ピアスはさえずった。「反対する理由がないじゃございませんか、ポアロさん」

「それでは、マダム、どうぞ」

ウエストホルム卿夫人は肩をすくめて、ややしぶしぶ答えた。

「ミス・ピアスは、褐色と白の縞の木綿のドレスを着て、赤と青とベイジュの革のスダン・ベルトをしめています。それから、靴下はベイジュの絹で、つや出しをした褐色のストラップ・シューズをはいています。左の靴下はちょっとほころびています。彼女のネックレスは、紅玉髄と輝かしいブルー玉で、ブローチは真珠のチョウチョウがついています。右手の中指には、模造のコガネムシ型の指環をはめています。頭には、ピンクと褐色のベルトのついたダブルのタライ帽をかぶっています」

彼女は一息ついた――やれやれというように。それから、「まだほかに何か？」と、冷ややかにたずねた。

ポアロは大げさな身ぶりで両手をひろげた。

「いや、まったく感服いたしました。あなたの観察力はじつに最高級ですな」

「細かいところも、めったに見逃しませんよ」

ウエストホルム卿夫人は立ちあがって、首を心もちかしげて部屋を出た。ミス・ピアスがうらめしそうに自分の左脚を見おろしてから、彼女の後について行こうとするのを、ポアロが止めた。

「ちょっと、お待ちください」

「はあ？」ミス・ピアスは微かな懸念を浮かべて、顔を上げた。

ポアロは親しげに上体を乗り出した。

「このテーブルの上に野生の花が一束ありますね？」

「はい」ミス・ピアスはあっけにとられたような顔でいった。

「あなたはこの部屋に入ってからすぐ、わたしが一度か二度くしゃみをしたのに気がつきましたか」

「はい」

「わたしがこの花をかいでいたのも、気づきましたか」

「さあ、それは、ちょっと……」

「しかしあなたは、わたしがくしゃみをしたのは憶えていらっしゃるわけですね？」

「ええ、それは憶えていますわ」

「なるほど——いや、なんでもありません。わたしはただ、この花が枯草熱を起こさせるんじゃないかと思いましてね。いや、なんでもないんですよ」

「枯草熱ですって！」と、ミス・ピアスが叫んだ。「まあ、思い出しましたわ。あたしのいとこがそれで死んでますの。彼女はしょっちゅう、硼酸水で毎日洗浄しなさいと——」

ポアロはやっと彼女のいとこの鼻の治療談義をさえぎって、ミス・ピアスからのがれた。彼はドアを閉めて、眉をつり上げたまま部屋の中へもどった。

「しかし、わたしはくしゃみをしなかったんだぞ」と、彼はつぶやいた。「とんでもないことだ。わたしはくしゃみをしなかったのに」

第六章

レノックス・ボイントンは、早いしっかりした足どりで部屋に入ってきた。もしジェラール博士がそこにいたら、おそらくレノックスの人間が変わったことに驚いただろう。無感動さは影を消していた。明らかに神経質ではあったが、態度は敏捷だった。彼の視線はたえず部屋のあちこちをすばしこく駆けめぐりたがった。

「おはよう、ボイントンさん」ポアロは立ちあがって、いんぎんに頭を下げた。レノックスはややぎこちなくお辞儀した。「この面接を承諾してくださって、どうもありがとう」

レノックス・ボイントンはおぼつかなげにいった。

「あの……カーバリ大佐がぜひとすすめるもんですから……。何か手続き上のことだとか……彼はそういってましたけど」

「ま、どうぞおかけください」

レノックスはさっきウエストホルム卿夫人の坐った椅子に腰をおろした。

ポアロはくだけた調子で話を進めた。

「このたびはたいへんなショックを受けられたことでしょう。お察しいたします」

「はあ、もちろんそうです。いや、しかしあの……、母の心臓の弱っていることは、前から知ってましたから」

「そういう状態で、お母さんに骨の折れる旅行をさせるというのは、あまり賢明じゃなかったですな」

レノックス・ボイントンは顔を上げた。そしてやや悲愴な調子の声でいった。

「母が自分で決めたのです。何ごとにつけても、いったんこうと決めたら、ぼくたちがどんなに反対してもむだだったのです」

彼は言い終わってから、はげしく呼吸した。顔が急に青白くなった。

「老年のご婦人は往々にしてがんこになりがちですからな」と、ポアロはあいづちをうった。

レノックスはじれったそうにいった。

「ぼくをここへ呼んだ目的は、どういうことなんですか。ぼくはまずそれを知りたいですね。どうしてこんな手続きが必要なんですか」

「ボイントンさん、あなたはよくご存じないようですが、急な変死事件があると、当然手続きがややこしくなってくるものなんですよ」

レノックスは鋭い声をあげた。

「変死？　それはどういう意味です？」

ポアロは肩をすくめた。

「いろいろ疑問をふくんでいる場合です。病死だろうか、それとも自殺だろうか、といったようにね」

「自殺？」レノックスが目を丸くした。

ポアロはさりげなくいった。

「とにかく、そういういろんな可能性のあることは、おわかりでしょう。ですから、当然カーバリ大佐は途方にくれてしまったわけです。審問すべきか、死体を解剖すべきか、その他さまざまな処置を決める必要に迫られたわけです。ところが、ちょうどわたしがそこに居合わせました。わたしはこういう問題には多くの経験を積んでいるので、彼はわたしに、二、三調査してみて、どう扱えばいいか助言してほしいと頼んだのです。彼はむろん彼にしても、できればあなたに迷惑をかけたくないのですがね」

レノックス・ボイントンは腹立たしげにいった。

「ぼくはエルサレムのアメリカ領事に電報を打ちますよ」

　ポアロは当たりさわりなく逃げた。

「そうなさろうとなさるまいと、もちろんそれはまったくあなたのご自由です」

　話に間があいた。ややしばらくして、ポアロは両手をひろげていった。

「もしあなたがわたしの質問に答えることを拒否なさるんでしたら――」

　レノックスはあわててさえぎった。

「いや、そんなつもりはありませんよ。ただ……、こんなことは必要ないんじゃないかと思うんです」

「わかりました。ようくわかります。しかし、何もそう難しく考える必要はありませんよ。いわば、きまりきった手続きなんですからね。ところで、ボイントンさん、たしかあなたは、お母さんの亡くなられた日の午後、ペトラのキャンプを出て、散歩にいらっしゃったらしいですね？」

「ええ、みんなで――母と下の妹を除いて、みんなで行きました」

「あなたのお母さんはそのとき、洞窟の入口に坐っていらっしゃったんですね？」

「そうです、入口のすぐ外側ですが。午後はそこにずっと坐っていました」

「なるほど。で、あなたたちは出かけたわけですが――何時ごろですか」

「三時を少しすぎたころだったと思います」

「あなたが散歩から帰ってきたのは——何時ごろです？」

「何時だったか……はっきりわかりませんけど……四時か、五時ごろですね、きっと」

「出かけてから、一時間か二時間たったころだったんですな？」

「そう——だいたい、そうだと思います」

「帰る途中で、だれかとすれ違いましたか」

「えっ？」

「だれかとすれ違わなかったかと訊いているのですよ。たとえば、岩の上に坐っていた二人のご婦人なんかに」

「さあ、わかりません。いや、すれ違ったような気がします」

「おそらくあなたは、何か考えごとにふけっていて、それに気がつかなかったのでしょうな？」

「はあ、そうなんです」

「キャンプへ帰って、お母さんに声をかけましたか」

「ええ、たしかに話しかけました」

「そのとき、お母さんは気分が悪いといったような話はしなかったんですか」

「いいえ、とても元気なようでした」

「お二人で、どんな話をなさったんです？」

レノックスはしばらく間をおいた。

「母がぼくに、ずいぶん帰りが早いねというんで、ぼくは、はいと答えました」彼はまた間をおいて、しきりに頭をまとめていた。「それから、暑いですねとぼくがいい、母はぼくに、時間を訊きました——母の腕時計が止まってるというのです。ぼくはそれを彼女の手首からはずして、ねじを巻き、時間を合わして、またはめてやりました——」

ポアロがおだやかにさえぎった。

「で、そのときは何時だったのですか」

「えっ？」

「あなたがお母さんの腕時計の時間を合わせたのは、何時でした？」

「ああ、そうですか。そのときは……五時二十五分前でした」

「すると、あなたはキャンプへもどった時間を、正確に知ってるじゃないですか」と、ポアロがおだやかにいった。

レノックスは顔を赤らめた。

「はあ……どうもすみません。ぼんやりしてましまして。あんまり心配ごとが——」

ポアロはすばやく調子を合わせた。

「ええ、わかってます、そうでしょう。いろいろ心配ごとが多いでしょうからね。で、つぎにどんなことがあったのです？」

「ぼくは母に、何かほしいものはないか、紅茶やコーヒーか、何か飲みたくないかとたずねました。母はいらないといいました。で、それからぼくは大天幕のほうへ行きました。その辺に召使いが一人もいないようでしたが、ソーダ水がありましたので、それを飲みました。とても喉がかわいていたのです。それから、ぼくはそこに坐って、古いサタデー・イーヴニング・ポストを読んでいました。そうしているうちに、居眠りしちゃったらしいんです」

「あなたの奥さんは、大天幕の中であなたといっしょになったんですね？」

「はあ、家内はしばらくしてからやってきました」

「すると、あなたはそれっきり、生きているお母さんの姿を見なかったわけですね？」

「はい」

「あなたがお母さんと話していたとき、お母さんはいらいらしたり、気が転倒している様子はなかったんでしょう？」

「はあ、ふだんとぜんぜん変わりありませんでした」

「召使いのことで腹を立てたり、苦情をならべたりしませんでしたか」

レノックスは目を見張った。

「いいえ、そんなことはぜんぜんありませんでした」

「あなたがわたしに話せることは、それでぜんぶですかな？」

「はあ、お話しするほどのことはべつにないと思います」

「いや、どうもありがとう、ポイントンさん」

ポアロは面接が終わったというしるしに、頭を軽くさげた。

レノックスはそのまま立ち去るのが何か心残りのする様子だった。そしてドアの前でためらった。

「あの……ほかに何か？」

「いや、もう結構です。すみませんが、奥さんをこちらへ呼んでいただけますね」

レノックスはゆっくり部屋を出た。ポアロはかたわらにあるメモ用紙に、こう書きつけた――〈L・B・午後四時三十五分〉

第七章

ポアロは部屋に入ってきた背の高い気品のある若い女を、興味深げに眺めた。

それから立ちあがって、丁寧にお辞儀した。

「レノックス・ボイントン夫人ですね。わたしはエルキュール・ポアロです」

ネイディーン・ボイントンは腰をおろした。思慮深げなまなざしがポアロの顔に投げられた。「ご愁嘆のさなかにぶしつけなおねがいをして、申しわけありません。悪しからず」

彼女のまなざしは、微動だにしなかった。

彼女はすぐには答えなかった。彼女の目はじっとすわったままだった。やがて、ふっとため息を洩らしていった。

「わたし、あなたに率直にお話しするのがいちばんいいと思います」

「それはわたしも同感ですよ、マダム」

「あなたはいま、わたしが悲しんでいるときにぶしつけなおねがいをしたとおっしゃいましたけど、ポアロさん、正直の話、わたしはそんな悲しみなんかぜんぜん感じませんし、むりにそんなふりをするのは、ばかげていると思いますの。義母に対してはまったく何の愛情も持っていなかったのですから、彼女の死を悲しんでなんかいませんわ」

「はっきりいっていただいて、どうもありがとう」

ネイディーンは話をつづけた。

「しかし、悲しいふうは装えないとしても、ほかの感情は持っておりますわ——後悔の気持を」

「後悔?」ポアロの眉がつりあがった。

「そうです。なぜなら、彼女を死なせたのはわたしなんですもの。わたしが悪かったのです」

「いったいそれはどういうことです?」

「義母の死の原因は、わたしだったといってるのです。わたしは、自分では忠実に仕えてきたつもりですけど、しかし、その結果は不幸なことになってしまったんですの。結局わたしは彼女を殺したのですわ」

ポアロは椅子に深々と坐り直した。

「もう少しわかりやすく説明していただけませんか」

ネイディーンはうなずいた。

「はい、わたしもそうしようと思っていたところです。最初わたしは、自分の個人的な出来事をだれにもいわずにおこうと思いましたけど、そのうちに、何もかも打ち明けるべきときがきたような気がしてまいりました。ポアロさん、あなたはむろんいままでに、立ち入った個人的な話を内密に打ち明けられたことが、何度もございますでしょうね」

「ええ、ありますよ」

「それでは、いままでの出来事を簡単に申しあげますわ。わたしの結婚生活は、あまり幸福ではありませんでした。しかし、それはぜんぶ夫のせいだとはいえません——彼の母親の影響が大きく作用していたのですから。しかし、わたしはだいぶ前から、自分の生活に耐えられない気持になっていたのです」

ネイディーンは間をおいて話をつづけた。

「義母が死んだ日の午後、わたしは決心をしました。わたしには友だちが——とてもりっぱな友だちが一人います。彼はわたしに生涯をともにしようと再三すすめていました。それで、あの日の午後、わたしは彼の申し出を承諾しました」

「あなたは夫を捨てる決心をしたわけですな？」

「どうぞ話をつづけてください」

ネイディーンは声を落として語った。

「いったんそう決心をしてしまうと、できるだけ早くそれを実行したくなりました。で、わたしはひとりでキャンプへ帰りました。義母はひとりで坐っていました。あたりにはだれもいません。そこで、わたしはその話を義母に知らせるのはいまだと心を決めました。わたしは椅子を運んで――義母のそばに坐り、いきなりその話を切り出したのです」

「彼女は驚いたでしょうな？」

「はい。彼女にとっては、非常なショックだったろうと思います。驚き、そして怒りました――かんかんになって怒りましたわ。たいへんな剣幕でした。それで、わたしはまもなく議論をきりあげて、そこを去りました」彼女はいっそう声を落とした。「それが、彼女の生きている姿を見た最後でした」

「はい」

「なるほど」

ポアロはゆっくりうなずいた。

それから、彼はたずねた。

「すると、彼女はそのショックが原因で死んだと、あなたは考えていらっしゃるわけですか」

「はい、それはほぼ確実だと思うんですの。彼女はあそこへの旅行でかなり体を使いすぎていましたし、そこへいきなりわたしがあんな話をして、彼女は猛烈に怒ったわけですから……。それに、わたしはある程度看護婦の訓練を受け、病気に関することを多少心得ているわけですから、こういうことが起こり得ることを当然気づくべきだったのです」

ポアロはしばらく無言で坐っていたが、やがてたずねた。

「彼女のそばを去るとき、正確にいうと、あなたはどんなことをしました？」

「持ち出した椅子を、またわたしの洞窟の中へもどして、それから大天幕のほうへ降りて行きました。夫が、そこにいましたわ」

ポアロは彼女をじっと見つめた。

「あなたはそこで彼にあなたの決心を告げたのですか。それとも、その前に話してしまったわけですか」

間をおいて──ほんのわずかな間をおいて──ネイディーンは答えた。「そのとき、彼にいいました」

「彼はどうしました？」

彼女は静かにいった。

「すっかりあわててましたわ」

「もう一度考え直してくれと頼みましたか」

彼女は首を振った。

「そうむきになってしゃべることはしませんでした。いつかはこうなるだろうということを、わたしたちはうすうす知っていたんですもの」

ポアロがいった。

「失礼ですが――その相手のかたは、もちろんジェファーソン・コープさんでしょうな？」

彼女はうなずいた。

「はい」

長い沈黙がつづき、やがてポアロがそれまでと少しも変わらない調子の声で問いかけた。

「あなたは注射器を持っていますか、マダム」

「はい……いいえ」

彼の眉がつりあがった。

彼女が説明した。

「わたしの持っている旅行用の薬箱に古い注射器がありましたけれど、それは大きな旅行カバンの中に入れてエルサレムにおいてきました」

「なるほど」

少し間をおいて、ネイディーンは気づかわしげにいった。

「なぜそんなことをわたしにおたずねになったのですか、ポアロさん」

彼はその問いに答えずに、逆に質問した。

「ボイントン夫人は、ジギタリスの入った調合剤を飲んでいたのでしょう？」

「はい」

彼女が急に用心深くなったのを、彼ははっきり感じとった。

「それは、彼女の心臓の薬だったのですね？」

「はい」

「ジギタリスはある程度、漸加剤なんでしょう？」

「そうらしいですね、よく知りませんけど」

「もしボイントン夫人がジギタリスを多量に飲みすぎたら――」

彼女はすばやく、断定的な口ぶりで彼の話をさえぎった。

「彼女はそんなことをするはずがありませんわ。非常に用心深い人ですから。わたしも、彼女のために分量を測るときは、慎重にやりますし」

「その特定の薬瓶そのものに、ジギタリスが余計に入っていたのかもしれませんな。調合した薬剤師がまちがえて」

「そんなことは、まずないと思いますけど」と、彼女は静かに答えた。

「そう……ま、分析すればすぐにわかることでしょう」

ネイディーンはいった。

「残念ですけど、その薬瓶はこわれてしまったんです」

ポアロはにわかにはげしく興味をそそられたようにして、彼女を見つめた。

「ほう！　だれが割ったのです？」

「よくわかりませんけど、召使いじゃないかと思います。義母の死体を洞窟へ運び入れるとき、混雑しましたし、ランプも暗かったものですから――テーブルがひっくり返されていたのです」

ポアロはやや長いあいだじっと彼女を見つめていた。

「それは、じつにおもしろいですな」

ネイディーン・ボイントンはものうげに椅子に坐り直した。

「あなたのお話を聞いてますと、わたしの義理の母の死因がショックではなくて、過量のジギタリスのせいだとおっしゃっているみたいですけど……でも、そういうことはまずあり得ないと思いますわ」

ポアロは上体を乗り出した。

「じつは、あのキャンプに泊まっていたフランス人の医者のジェラール博士の薬箱から、かなりの量のジギトキシンの調剤が盗まれていたのですよ――いかがです？」

彼女の顔が蒼白になった。テーブルの上の手が握りしめられるのを、彼は見た。彼女は目を伏せた。静かに、まるで石に彫られた聖母のようにして坐っていた。

「マダム」ポアロは訊き直した。「あなたはそれについて、どう思いますか」

時計の秒針がまわる。彼女は一言もいわなかった。二、三分して、彼女が顔を上げた。その目の色をみて、ポアロははっと息をつめた。

「ポアロさん、わたしは義母を殺しませんでした。それはあなたもご存じのはずです！わたしが彼女のそばを離れたとき、彼女はぴんぴんしていたのです。それを証明できる人はたくさんいますわ！ですから、無実の人間としてわたしはあえてあなたに申しあげます。あなたはなぜこの問題に立ち入らなければならないのですか。もしわたしがあなたに、決して道にはずれたことは行なわれなかったと、わたしの名誉にかけて誓ったら、あなたはこの調査をとり止めてくださるでしょうか。わたしたちは長いあいだたいへんな苦しみを受けてきました――それはあなたにはおわかりにならないでしょうが――そして、いまやっと平和と幸福の可能性が芽生えてきたのです。それなのに、あなたはなぜそれを踏みにじらなければならないのです？」

ポアロは椅子の中で上体をまっすぐにのばした。目が緑色に光った。

「はっきりいってください、マダム。わたしにどうしろというのですか」

「わたしは義母が普通の死にかたをしたのだといっているのです。そして、それを承認していただきたいとおねがいしているのです」

「それは、はっきりいえば、あなたはあなたの義母が計画的に殺されたのだと思っていらっしゃって、わたしにそれを見逃してくれといっておられるわけですね――人殺しを！」

「同情していただきたいと、おねがいしているのですわ」

「なるほど――まったく同情心のないだれかに対してですか」

「あなたはわかっていらっしゃらないのよ――そんなことではないのです」

「それじゃ、マダム、あなた自身が罪を犯したので、あなたは何もかもよく知っているわけですか」

ネイディーンは首を振った。その顔にはやましいかげりがまったくなかった。

「いいえ」と、彼女は静かにいった。「わたしが義母と別れたときは、彼女は元気でしたわ」

「すると、それから――どんなことが起こったのでしょうか。あなたはそれを知っていらっしゃるか、さもなければ、感づいていらっしゃるんですね？」

ネイディーンははげしい口調でいった。

「聞くところによると、あなたはかつてオリエント急行の殺人事件で、陪審の評決をそのまま承諾なさったそうじゃありませんか」

ポアロはけげんな顔で彼女を見た。

「だれがそんなことをいったのかな」

「あれはほんとうですか」

彼はゆっくりいった。

「あの事件は――違いますよ」

「いいえ、いいえ、違いませんわ！　殺された男は悪党だったんですもの――」彼女は声を落とした――「義母と同じように」

ポアロはいった。

「それは被害者の人格とはまったく関係がないのです。個人的な私的な判断によって他人の生命を奪った者は、社会生活を送ることは許されないのですよ。わたしは――エルキュール・ポアロは――そんなことを決して許しませんよ！」

「それは、あんまりですわ！」

「マダム、わたしはある意味では融通のきかない男です。わたしは人殺しを決して許しません！　これがエルキュール・ポアロの最終回答です」

彼女は立ちあがった。彼女の黒ずんだ目が突然炎を発して燃えた。

「じゃ、勝手にしなさい！　罪のない人たちの生活を、破滅と悲惨のどん底へぶちこみなさいよ！　わたしはもう何もいうことがありません！」

「しかし、マダム、あなたは話すべきことがたくさんあるだろうと、わたしは思いますが――」

「いいえ、ありませんわ、なんにも」

「いや、あるでしょう。あなたがボイントン夫人と別れたあとで、どんなことが起きたのです――あなたとあなたのご主人がいっしょに大天幕の中にいたときに？」

彼女は肩をすくめた。

「わたしがどうしてそんなことを知っているとおっしゃるの？」

「あなたは知っているはずです——でなければ、感づいているはずです」

彼女はポアロをまともに見つめた。

「わたしはなんにも知りませんよ、ポアロさん」

彼女はくるりときびすを返して立ち去った。

第八章

ポアロはメモ用紙に〈N・B・四時四十分〉と記してから、ドアを開け、カーバリ大佐が自由に使うようにといっておいて行った、英語をよく話せる当番兵を呼んだ。そしてキャロル・ボイントンを連れてくるようにと頼んだ。

彼女が部屋に入ってきたとき、ポアロはかなり興味ありげな目で彼女を眺めた――栗色の髪、細い首の上に軽くかしげられた頭、美しい形をした手の神経質な動き。

彼がいった。

「おかけください、マドモアゼル」

彼女はすなおに腰をおろした。彼女の顔は、色もなく表情もなかった。

ポアロは機械的に哀悼の言葉を述べたが、彼女はまったく表情を示さずに、黙ってうなずいた。

「さて、マドモアゼル、あなたは問題の日の午後をどのようにすごしたか、説明してください」

彼女は前もって練習してきたのではないかと疑いたくなるほどすらすらと、それに答えた。

「昼食後、あたしたちはみんなで散歩に行きました。キャンプへ帰ってきたのは——」

ポアロはそれをさえぎった。

「ちょっと待ってください。それまで、あなたたちはみんないっしょだったのですか」

「いいえ、あたしは兄のレイモンドやミス・キングと途中までいっしょでしたけど、そのあとあたしひとりで散歩しました」

「ありがとう。で、あなたはいまキャンプへ帰ったとおっしゃいましたが、そのだいたいの時間をご存じですか」

「五時十分ごろだったと思いますわ」

ポアロは〈C・B・五時十分〉と記した。

「それから、どうしました？」

「母はまだ、あたしたちが出かけるときと同じ場所に坐っていました。あたしは母のそばへ行って話をして、それからあたしのテントに入りました」

「そのとき、お母さんとどんな話をしたか、正確に憶えていますか」

「とても暑いわねとか、あたしは少し横になって休むといっただけです。母はまだそこにいたいといってました。それでぜんぶです」

「お母さんの様子が、ふだんと違っていませんでしたか」

「いいえ。少なくとも……あの……」彼女は疑わしげに話をやめて、ポアロの顔をのぞいた。

「わたしの顔に答えが書いてあるわけじゃないでしょう、マドモアゼル」と、ポアロはおだやかにいった。

彼女は顔を赤くして目をそらした。

「ちょっと考えていたんです。あたしはあのときはほとんど何も気がつかなかったけど、いまになって思うと……」

「何か？」

キャロルはゆっくり答えた。

「母の顔色は少し変でした……。いつもより……とても赤くなっていましたの」

「何かのことでショックを受けたのじゃないですか」と、ポアロはさそい水を入れた。

「ショック？」彼女は目を見張った。

「そうです。たとえば、アラブ人の召使いといざこざがあったりして」

「あっ！」彼女の顔が明るくなった。「そうだわ、そうかもしれませんわ」

「お母さんはそんなことを一言もいわなかったんですね？」

「はい、なんにもいいませんでしたわ」

ポアロは話をすすめた。

「それからつぎに、あなたはどうしました？」

「テントに入って三十分ほど横になりました。それから、大天幕へ行ったんです。そしたら、兄夫婦が本を読んでいました」

「あなたはそこで何をしました？」

「縫いものを少しやり、それから、雑誌なんか見てましたわ」

「大天幕へ行く途中で、あなたはもう一度お母さんに話しかけましたか」

「いいえ、まっすぐ降りて行きました。母のほうはぜんぜん見なかったような気がしますわ」

「で、それから？」

「ずっと大天幕にいました——ミス・キングが母の死んだことを知らせるまで」

「あなたの知っていることは、これでぜんぶですか、マドモアゼル」

「はい」

ポアロは上体を乗り出した。あい変わらず気軽な話好きな口ぶりでいった。

「あなたは、どんな感じがしました？」

「どんな感じって？」

「つまり、あなたのお母さんが――いや、ほんとうは継母でしたね――彼女が死んだということを聞いたとき、どんな感じでしたか」

彼女はポアロを見つめた。

「それはどういう意味かしら。わからないわ」

「いや、よくわかっているのだろうと思いますがね」

彼女は目を伏せた。おぼつかなげにいった。

「それはやはり……たいへんなショックでしたわ」

「そうですかね？」

彼女の顔に血が逆上した。彼女は絶望的に彼を見つめた。彼は彼女の目に恐怖を読みとった。

「ほんとにそんな、たいへんなショックだったのですか、マドモアゼル。あなたはエルサレムでのある晩、兄さんのレイモンドと話し合ったあのことを、忘れてはいないでしょうな」

その一撃はみごとに急所をついた。ふたたび彼女の顔から血の気が失せたことで、それがわかった。

「あなたはあのことをご存じなんですか」と、彼女はささやいた。

「ええ、知ってますよ」

「でも、どうして……どうして知ってらっしゃるの？」

「あなたたちの会話の一部が聞こえたのですよ」

「まあ！」キャロル・ボイントンは両手に顔を埋めた。彼女の嗚咽がテーブルを震わせた。

エルキュール・ポアロはしばらく待ってから静かにいった。

「あなたたちは継母を殺すことを計画していたのですね」

キャロルはとぎれとぎれに涙声で答えた。

「あたしたちは気が……気が狂ってたんです……あの晩」

「おそらくね」

「あたしたちがどんな状態になっていたか、説明しても、あなたはとうてい理解できないでしょう」彼女は上体を起こして、顔にかかった髪を後ろへ払った。「空想か夢物語のように聞こえるでしょう。あたしたちはアメリカにいたころは、まだそれほど強く感じなかったんですけど――でも、こんどの旅行でそれを痛切に感じたのです」

「何をそれほど痛切に感じたのですか」と、ポアロは同情的な口ぶりでたずねた。

「あたしたちはほかの人たちと違うのだということです――絶望的なほど。それに、ジニーがいるのです」

「ジニー？」

「あたしの妹です。あなたはまだ会ってませんわ。彼女はだんだん……変になってきたんですの。母が彼女を悪くしたのです。でも、彼女自身はわかってないらしいんです。あたしもレイもジニーがほんとうに気が狂ってしまうんじゃないかと心配してるんです。ネイディーンもそう思ってるんですよ。病人の看護や病気のことをよく知ってるネイディーンまでがそう思っているということになると、よけい気になって」

「なるほど」

「エルサレムのあの晩は、そんなことでたまらなくなってしまったんです。レイは気が転倒していました。あたしも彼も、まるで首をしめられているような気がして、あんな――あんな計画をすることが正しいことのように思えたのです。母は正気じゃないんですもの。あなたはどうお考えになるか知りませんけど、あたしたちには、人を殺すことがまったく正しい――尊いことのように思われたんです」

ポアロはゆっくりうなずいた。

「そう。多くの人がそんなふうに思うらしいですな。それは歴史が証明しています」

「しかしこれは、レイとあたしが、ただ単に思っただけのことなんですよ――あの晩」

彼女はテーブルをたたきつけた。「でも、あたしたちは実行はしなかったんです。もちろんやりませんでしたわ！　あの夜が明けると、そんな計画は、とてつもない、芝居がかった、非常にまちがったことのように思えてきちゃったんです。母はほんとうに心臓麻痺で自然に死んだのです。レイもあたしも、それにはなんの関係もありません」

ポアロは静かにいった。

「あなたは亡くなったボイントン夫人の冥福を祈り、彼女があなたたちの手によって殺されたのではないことを誓いますか」

彼女は顔を上げた。低い落ち着いた声でいった。

「彼女の冥福を祈り、あたしは決して彼女を殺さなかった、と誓います」

ポアロは椅子に深々と坐った。

「やれやれ、これでやっと済んだ」と、彼はいった。

ややしばらく沈黙がつづいた。ポアロは考えにふけりながら堂々たる口ひげをいじっていた。やがて彼はいった。

「正確にいって、どんな計画だったのですか」

「計画とは？」

「あなたと兄さんが共同で、計画を立てたわけでしょう」

彼は心の中で時計を読みながら、答えを待った。一秒、二秒、三秒——

「あたしたちは何の計画も立てていませんでしたわ」と、キャロルがいった。「まだそこまで行かなかったのです」

エルキュール・ポアロは立ちあがった。

「これでお終いです、マドモアゼル。帰ったら、代わりに兄さんをこちらへよこしてください」

キャロルは腰をあげて、しばらくためらいながら立っていた。

「ポアロさん、あなたはあたしを信じてくださいますでしょうね？」

「信じないといいましたか」と、ポアロは訊き返した。

「いいえ、そうはおっしゃいませんでしたけど、でも……」

彼女は黙った。

「兄さんに、ここへくるようにいってくださいよ」

「はい」

彼女はゆっくりドアのほうへ行った。そして、ドアの前で立ちどまって、はげしくふり返った。

「あたしのいったことは、ほんとうですよ――ほんとうなんですよ！」

エルキュール・ポアロは答えなかった。

キャロル・ボイントンは静かに部屋を出て行った。

第九章

ポアロはレイモンド・ボイントンが部屋へ入ってくると、すばやく兄妹の類似点を書きとめた。

彼の顔はひきしまっていた。不安におびえている様子はなかった。彼は椅子に腰をおろすと、きびしい目でポアロをにらみながらいった。

「なんですか」

ポアロはおだやかにいった。

「あなたは妹さんと話し合ったんですね？」

レイモンドはうなずいた。

「ええ、妹がぼくにここへくるようにいったときにね。むろんぼくは、あなたの疑惑は当然だと思いますよ。あなたがあの晩、ぼくたちの話を立ち聞きしたとすれば、ぼくの母がかなり突然死んだという事実は、たしかに疑わしく見えるでしょう。ぼくはあの話については——あの晩は狂気にとりつかれていたのだというよりほかにありません。あのときは、ぼくたちはもういたたまれない気持だったんです。そのために、母を殺すというようなとてつもない計画が——なんといいますか——急になんとなく頭に浮かんできたのです」

エルキュール・ポアロはゆっくりうなずいた。

「そういうこともあり得るでしょうな」

「翌朝になると、もちろんそれはまったく途方もないことのように思われてきました。そして、誓って申しますが、ぼくはそれっきりそんなことを考えてもみなかったんです」

ポアロは答えなかった。

レイモンドが口早にいった。

「ええ、それが言い逃れに聞こえるだろうということは、ぼくも充分承知しています。ぼくは言葉だけであなたに信じてもらおうとは思いません。しかし、ちゃんとした事実があったのです。ぼくは六時少し前に母に話しかけました。そのとき母は生きていたのです。ぼくはそれから自分のテントへ行って手を洗い、大天幕でみんなといっしょになりました。それからずっと、ぼくもキャロルもそこを出なかったんです。ぼくたちはみんながよく見えるところにいたのです。ポアロさん、母は心臓麻痺が原因で死んだのですよ——ほかに考えようがありません。あのあたりには召使いがたくさん行ったり来たりしていました。ほかに原因を考えるなんて、ばかばかしいことですよ」

ポアロは静かにいった。

「あなたは、六時半に死体を調べたミス・キングが、死亡時刻を少なくとも一時間ないしは一時間半前だと推定したことを知らないんですか」

レイモンドは唖然として、目を見張った。

「サラがそういったんですか」と、あえいでいった。

ポアロはうなずいた。

「あなたはそれについてどう答えますか」

「しかし——そんなことはあり得ませんよ！」

「それはミス・キングの証言なんですよ。ところがあなたはミス・キングが死体を調べるたった四十分前に、あなたのお母さんが生きていたといってる」

レイモンドがいった。

「しかし、たしかに彼女は生きていたんですよ！」

「うかつなことをいわないように、気をつけなさいよ、ボイントン君」

「きっとサラがまちがえたのですよ！　彼女がうっかりして計算に入れなかった要因が何かあるにちがいありません。岩の反射熱か何かが。ポアロさん、ぼくは保証します——母は六時ちょっと前にちゃんと生きていて、ぼくは母に話しかけたのです」

ポアロの顔はなんの反応も見せなかった。

レイモンドは熱心に身を乗り出した。

「ポアロさん、ぼくはあなたがどんなふうに思っていらっしゃるかわかりますけど、しかし、どうか公平に見てください。あなたは偏見をもってるんですよ。表面しか見てないんです。犯罪の雰囲気の中で生きてきたあなたには、だれかが突然死ぬと、殺人事件のように見えるでしょう。あなたの感覚はそれほど信頼すべきものでないということがおわかりになりませんか。多くの人たちが毎日死んでるんですよ——とくに心臓が弱いために死ぬ人もたくさんいるはずです——そんな死に方をいちいち怪しんでたら、ばかだといわれますよ」

ポアロはため息をついた。

「あなたはわたしに仕事の仕方を教えようとしているのですか」

「いいえ、もちろんそうじゃありません。しかし、あなたは先入観にとらわれているんじゃないかと思うんです——キャロルとぼくのあいだで交わされた、あの不運なヒステリックな会話のためにね。それ以外には、母の死について嫌疑を受けるようなことは何ひとつないのですから」

ポアロは首を振った。

「あなたはまちがっていますよ。ほかにもある疑わしい事実があがっているのです。じつは、ジェラール博士の薬箱から毒薬が盗まれていたのです」

「毒薬？」レイは目を見張った。「毒薬とは！」彼は椅子を少し後ろへ押しのけた。まったく呆然とした顔だった。「あなたはそれを疑ってるんですか」

ポアロはしばらく待ってから、静かにまるで他人ごとのような口ぶりでいった。

「あなたの計画は、それとは違っていたのかな――どうです？」

「ええ、そうです」と、レイモンドは反射的に答えた。「ですから――いや、まったく妙なことになっちゃったな――何がなんだか、ぼくにはさっぱりわかりませんよ」

「あなたたちの計画はどんなだったのです？」

「ぼくたちの計画？　それは――」

レイモンドは突然話をやめた。警戒の色が急に彼の目をかげらせた。

「もう、何もいいたくありません」

彼が立ちあがった。

「どうぞ、お好きなように」と、ポアロはいった。

彼は青年が部屋を出て行くのを見つめた。

それからメモ用紙を手もとに寄せ、小さなきれいな字で、最後の記入事項を書き入れた。〈R・B・五時五十五分？〉

彼はそれから大きな用紙をとって、書きはじめた。

その仕事が終ると、頭を一方にかしげて椅子の背にもたせながら、それをじっと眺めた。それはつぎのように記されていた。

ボイントン家の人々とジェファーソン・コープがキャンプを出発　三時〇五分（概略）
ジェラール博士とサラ・キングがキャンプを出発　三時一五分（概略）
ウエストホルム卿夫人とミス・ピアスがキャンプを出発　四時一五分
ジェラール博士、キャンプへ帰る　四時二〇分（概略）
レノックス・ボイントン、キャンプへ帰る　四時三五分
ネイディーン・ボイントン、キャンプへ帰り、ボイントン夫人と話す　四時四〇分

ネイディーン・ボイントン、義母と別れて大天幕へ行く　四時五〇分（概略）
キャロル・ボイントン、キャンプへ帰る　五時一〇分
ウエストホルム卿夫人、ミス・ピアスおよびジェファーソン・コープ、キャンプへ帰る　五時四〇分
レイモンド・ボイントン、キャンプへ帰る　五時五〇分
サラ・キング、キャンプへ帰る　六時〇〇分
死体発見　六時三〇分

第十章

「おかしいな……」と、エルキュール・ポアロはいった。

彼は時間表をたたんで部屋の入口のほうへ行き、マーモードを呼んだ。

肥満した通訳は舌がよくまわった。言葉が洪水のように彼の口から流れた。

「いつだって、わたしが叱られるんですからな。何かあると、すぐわたしが悪いってことになっちゃうんだからたまりませんよ。エレン・ハント卿夫人が聖地から降りる途中で足首をねんざしたときも、わたしが悪いことになっちゃったんです――だってね、彼女はハイヒールをはいて、おまけに彼女はもう六十歳以上――いや、七十に手がとどこうとしているおばあさんなんですからね。わたしの人生なんてものは、まったく悲惨ですよ。それに、ユダヤ人のために、どんなに迫害を受けているか――」

ポアロはやっと洪水をせきとめると、自分の問題に入ることに成功した。

「五時三十分ごろですか？　いいえ、そのころはもう、召使いはその辺にいなかったでしょうな。遅い昼食でしたからね――二時でした。彼らはそれからその後片づけをしなきゃいけません。昼食がすむと、彼らは午後ずっと寝てるんですよ。そうです、アメリカ人はお茶を飲みません。わたしたちはみんな、三時半には横になりました。五時になって、わたしはイギリスのご婦人方がお茶を飲みたがることを知ってますので、出て行ったんです。わたしだけは、眠っていたってお客さんにサービスしようという気持が頭から離れませんでしてね。しかし、あのときは、だれもいなかったんですよ。みんな散歩へ出かけちゃって。ま、わたしにとっちゃそのほうがらくはらくです――結構なことでした。さっそくまたもどって寝たわけですわ。ところが、六時十五分ごろになって、ちょっとやっかいなことがはじまったんですよ――あのものすごくでかいイギリス婦人――でっぷり太ったあれ、ね――あれが帰ってきてお茶を飲みたいというんですよ。もうすぐ夕食だっていうのにね！　おまけに彼女はさんざんごたくを並べるんですからね――水を煮沸しなきゃいかんとか――わたしがそれをちゃんと監視しろとかね。まったくうるさいったらありゃしない。まいっちゃいましたよ。わたしは最善以上のことをやってるんですよ――わたしは――」

ポアロはぐち話をさえぎった。

「じつはね、もう一つ小さな事件があるんだ。あの死んだおばあさんは召使いの一人に腹を立てていたんだが、その召使いがだれか、そしてどんなことで怒ったのかを、きみは知っていますか」

マーモードの両手が天へ向かってあげられた。

「どうしてわたしが知っているんですか。知るはずがありませんよ。あのおばあさんはわたしに一言も苦情をいわなかったんですから」

「調べられないですかね？」

「だめですな。それはむりですよ。召使いたちはまちがったって、わたしですとはいいませんからね。おまけに、あのおばあさんは怒ってたんでしょう？　それじゃもう絶対白状しませんよ。アブダルは、それはモハメッドだといい、モハメッドはアジズだといい、アジズはアイサだという、といった具合です。低能のベドウィン人ばかりですからね――ぜんぜん話がわからんのです」

彼は一息ついて、またしゃべった。

「わたしはこれでもミッション・スクールで教育を受けてるんですよ。ひとつ、キーツか、シェリーの詩を暗誦してごらんにいれましょうか――」

ポアロはいささかこれには閉口した。英語は彼の母国語ではなかったが、マーモードの妙な発音のために頭が痛くなる程度には、知っていたのだ。

「うまい、うまい」と、彼はあわててさえぎった。「わたしの友人ぜんぶに、きみを推薦しとこう」

彼は通訳の冗舌からやっとの思いで逃れた。それから、例の時間表をもってカーバリ大佐を事務所に訪れた。

カーバリはネクタイをあらぬほうにやって、たずねた。

「何かつかめましたか」

ポアロは腰をおろした。

「わたしの意見を申しあげましょうか」

「どうぞ」と、カーバリ大佐はいって、ため息をついた。彼はいままでの生涯に、あれやこれやと、無数の意見を聞かされてきたのだ。

「わたしの意見は、およそ犯罪学ほど簡単な科学はないということです！　ただ、犯人にしゃべらせればいいんですからね——そのうち、遅かれ早かれ犯人はすべてを語ってしまうというわけで」

「前にもそんなことをおっしゃってましたな。吐いたのは、だれです？」

「みんなです」

ポアロは午前中の面談の模様を、かいつまんで説明した。

「なるほど」と、カーバリはいった。「たしかにあなたはくさいところを二、三握ったようですな。しかし、みんなちぐはぐじゃないですか。どうでしょう、これでものになりますかな」

「だめですね」

カーバリはまたため息した。

「やっぱりね」

「しかし、日が暮れるまでには、真相を明らかにしてごらんにいれましょう」と、ポアロがいった。

「あなたはむやみにそう約束されますけど、難しいんじゃないですかな。大丈夫でしょうか」

「確信はあります」

「ま、確信をもつに越したことはありませんがね」と、相手がいった。

彼の目がかすかにまばたいたのを、ポアロは気づかぬふうだった。

ポアロは時間表を取り出した。

「きれいにまとめましたね」と、カーバリ大佐がほめた。

彼はその上に上体をかがめた。

しばらくして、彼がいった。

「わたしの考えを述べていいですかな」

「どうぞ、喜んでうけたまわりましょう」

「レイモンド・ボイントン青年は、除外すべきです」

「ほう！　そう思いますか」

「そうです。彼が何を考えていたかは、もう目に見えて明らかです。彼が容疑圏外の人間だということは、それによっても明瞭です。探偵小説によくあるように、彼はもっとも疑わしく見える人間ですからね。彼があのおばあさんをばらしちゃおう、といっていたことを、あなたはちゃんと立ち聞きしてるんですから——それはつまり、彼が無実だということを意味してるわけですよ！」

「あなたは、探偵小説を読んでいらっしゃるんですか」

「ずいぶん読みました」と、カーバリ大佐がいった。そして、なまいき盛りの学生のような口調でつけ加えた。「あなたは探偵小説に出てくる探偵がやるようなことは、しませんかな。たとえば、重要な事項の表を作るといったようなことですが——作ってみると、一見なんでもないことが、じつは非常に重大なことだったりするもんですけど」

「なるほど」と、ポアロは親切に答えた。「そういう種類の探偵小説が好きなんですな。

いいでしょう、ひとつあなたのためにそれをやってみます」
彼は一枚の紙をとって、きちんと、しかもすらすらと書きはじめた。

要点

1 ボイントン夫人はジギタリスをふくむ調合薬を服用していた。
2 ジェラール博士が皮下注射器を紛失した。
3 ボイントン夫人は、自分の家族たちが他人と交際するのを邪魔して楽しんでいた。
4 問題の日の午後、ボイントン夫人は家族たちに、彼女をおいて外出するようにすすめた。
5 ボイントン夫人は精神的サディストだった。
6 大天幕からボイントン夫人が坐っていた場所までの距離は、二百メートル（概略）だった。
7 レノックス・ボイントンは最初、何時にキャンプへもどったのかわからないといったが、あとになって、彼の母親の腕時計を正確な時刻に合わしてやったことを認めた。
8 ジェラール博士とジネヴラ・ボイントンのテントは、隣り合っていた。

9　六時三十分に夕食の支度ができたとき、そのことをボイントン夫人に告げるために、召使いの一人が使いに出された。

大佐は満足げにこれを熟読した。

「うまい！」と、彼がいった。「これが大事なんだ！　ちょっとややこしいし、一見ばらばらですけど——じつに正確そのものですな。しかし、重要な事項が一つ二つ抜けているような気がするんですが……、それはむろん百も承知で、わざととんまの気をひいてみただけのことでしょうかな？」

ポアロはわずかにまばたいたが、何も答えなかった。

「たとえば、二番ですが」と、カーバリ大佐は試みにいった。「ジェラール博士が皮下注射器を紛失したというところですな。彼はジギタリスの濃縮剤か何か——そういった薬も盗まれていたはずですよ」

「あなたのおっしゃった点は、注射器のなくなった重要性に比べれば、とるにたらないことです」

「ほう！」カーバリ大佐は顔を輝かせた。「それはぜんぜん考えなかったですな。注射器よりもジギタリスのほうがずっと大切だとばかり思ってましたよ！　それから、ところどころで顔を出す召使いの話――夕食の仕度ができたことを知らせに行かされたり、午後の早い時刻に夫人が召使いに杖を振りまわしたというような話は、どうなんです。彼女に咬みついた砂漠の野良犬の話は、ぜんぜんとりあげないんですか。そうすれば――」カーバリ大佐は自信たっぷりにつけ加えた――「きっと退屈しのぎになりますよ」

ポアロは微笑したが、答えなかった。

事務所を出たとき、彼はひとり言をつぶやいた。

「まったくどうかしている！　イギリス人はどうしていつまでたっても子供なんだろう！」

第十一章

サラ・キングは丘の頂上に腰をおろして、野生の花をぼんやり摘んでいた。ジェラール博士は彼女の近くのごつごつした石に坐っている。

彼女が突然はげしい口調でいった。

「あなたはどうしてあんなことをはじめたのですか？　あなたさえいなかったら――」

ジェラール博士はゆっくりいった。

「わたしが黙っているべきだったというのですか」

「そうですわ」

「あのようなことを知っていながらですか」

「あなたは知っていなかったのですよ」と、サラがいった。

フランス人はため息をついた。

「知っていましたよ。しかし、たしかに、絶対的な確信が持てるというようなことはあり得ませんからね」

「いいえ、持てますわ」と、サラはむきになっていった。

フランス人は肩をすくめた。

「あなたなら、そうかもしれませんな」

サラはいった。

「あなたは熱で——高熱でふらふらになっていたのですから、情況をはっきりつかむことができるわけがありませんよ。おそらく注射器はずっとそこにあったんですわ。ジギトキシンのことだって、やっぱり思い違いかもしれないし、さもなければ、召使いの一人が薬箱から盗んだのかもしれませんわよ」

ジェラールは皮肉な調子でいった。

「心配することはありませんよ！　どうせそんな証拠は決定的なことにならないに決まっていますからね。あなたのお友だちのボイントン家の人々はみんな、罰を受けずにうまくのがれられるでしょうよ」

サラはいらだたしげにいった。

「わたしはそんなことを望んでいるのじゃありませんよ」

彼は首を振った。

「どうも非論理的ですな、あなたは」

「エルサレムで不干渉主義を大いに唱えたのは、あなただったじゃありませんか」と、サラが問いただした。「それが、いまはこのありさま！」

「わたしは干渉しませんでしたよ。知ってることをしゃべっただけです」

「いいえ、あなたは知っていなかったのだと、わたしはいってるのですよ！　あら、また同じ話になっちゃった。堂々めぐりだわ」

ジェラールはおだやかにいった。

「どうもすみませんな、ミス・キング」

サラは沈んだ声でいった。

「結局彼らはだれも、逃げられなかったのね！　彼女がまだ生きているのだわ！　墓場の中から手をのばして、まだ彼らを抑えることができるのよ。彼女には何か恐ろしい魔力のようなものがあったけど——死んでもなおそれを持ってるのね。彼女がそんなふうにして悦に入っているのが、目に見えるようだわ！」

彼女は両手を握りしめた。しかしそれから、まったく違った快活ないつもの声でいった。

「あら、あの小男が丘を登ってくるわ」

ジェラール博士は肩ごしにふり返った。

「ほう。われわれを探してきたのかもしれないな」

「彼は見かけどおりの薄ばかなのかしら」と、サラはいった。

ジェラール博士はまじめに答えた。

「彼はばかじゃありませんよ、ぜんぜん」

「わたしはそれが心配だったんです」と、サラはいった。

彼女はエルキュール・ポアロが丘を登ってくるのを暗く沈んだ目で見守った。

ポアロはやっと彼らのそばへたどり着くと、ふうっと大きなため息を吐いて、ひたいを拭った。それから、自分のエナメル靴をうらめしそうに見おろした。

「いやはや、まったく石だらけの国ですな！　靴がめちゃくちゃですよ」

「ウエストホルム卿夫人の靴掃除の道具を借りたらいいでしょ」と、サラは無愛想にいった。「ついでに、ほこりはたきもね。彼女は新案特許の掃除道具を一式持って、旅行しているらしいわ」

「そんなもんじゃ、このすり傷は治りませんよ、マドモアゼル」ポアロは悲しそうに首を振った。

「そうでしょうね。そもそもこんな国へそのような靴をはいてくるほうが、どうかしてますよ」

ポアロは首をちょっと横にかしげた。

「わたしはぱりっとした服装が好きでしてね」

「わたしは砂漠へ行くのにそんなことをしようとは思いませんけどね」と、サラがいった。

「女性は砂漠の中では、それぞれの最高に美しい姿にはなれないんですな」と、ジェラール博士は夢見るような口ぶりでいった。「ここにいらっしゃるミス・キングは、いつも身だしなみがよくてきれいですけど、あのウエストホルム卿夫人ときたら、すごくでかくて分厚い上着にスカートや、まるっきり似合わない乗馬ズボンにブーツをはいて――いやはや、まったく恐るべき女ですな。それからあのあわれなミス・ピアス――しなびたキャベツの葉っぱみたいな服を着て、鎖やビーズをちゃらちゃらいわせて！　若いボイントン夫人にしたって、たしかに器量はいいけど、シックとはいえませんよ。着ているものがやぼくさい」

サラはそわそわしながらいった。

「しかし、ポアロさんは衣裳の話をするためにここまで登ってきたわけじゃないでしょう」

「そのとおり」と、ポアロは答えた。「わたしはジェラール博士に相談しようと思ってきたのです——博士の意見はわたしにとってたいへん貴重なんです。それに、あなたにもぜひご相談したい——あなたはお若いし、最新の心理学を研究なさっていらっしゃるわけですからね。そこで、あなたがたがボイントン夫人について精神分析をなさったらどういうことになるのかを、ぜひお聞かせねがいたいのです」

「そんな話はもう、聞かなくてもわかっているんじゃないですか」と、サラはいった。

「いいえ、とんでもない。これはわたしの感じ——というよりもむしろ確信に近いものなんですが、こんどの事件では、ボイントン夫人の精神構造が非常に重大な意味を持っているのです。彼女のようなタイプについては、ジェラール博士はもちろんお詳しいんでしょうな」

「わたしの観点から見れば、彼女はたしかに興味のある研究対象でしたね」と、博士はいった。

「その話を聞かせてください」

ジェラール博士はいやがるどころか、大いに乗り気になって、あの家族に対する彼自身の観察結果を分析し、ジェファーソン・コープとの対話の内容を説明して、コープが事態をまったく誤解している点を指摘した。

「すると、彼はセンチメンタリストなんですな」と、ポアロは思案顔でいった。

「ええ、本質的にそうですよ！　彼は理想を持っているわけですが、それはじっさいは怠惰の根強い本能が土台になっているのです。人間性を美化し、世の中を楽しい場所と考えるのは、もっとも安易な人生航路しか見ていない証拠です。したがって彼は、人間とはどういうものかを、ぜんぜんわかっていないのです」

「それは、ときに危険なことになるかもしれませんな」と、ポアロはいった。

ジェラール博士は話をつづけた。

「彼はこの〝ボイントン状況〟とでもいうべきものを、誤った愛情の問題だと思いこんでいるのです。その底にある憎しみや反抗や奴隷状態や精神的な苦痛について、まったく知らないのですよ」

「まぬけた話ですな、それは」と、ポアロが批評した。

「しかしながら、あれほど強情で鈍感で感傷的な楽天家でも、まったく盲目でおれるはずがありません。さすがのジェファーソン・コープ氏も、ペトラ旅行中に目が開いてきたらしいのです」と、ジェラール博士はいった。

そして、ボイントン夫人が死んだ日の朝、彼がそのアメリカ人と交わした会話の内容を伝えた。

「おもしろい話ですな、そのお手伝いの女に関する話は」と、ポアロは考え深げにいった。「それで、あのおばあさんのやり方がわかってきましたよ」

ジェラールがいった。

「あれはふしぎな、奇妙な朝でしたよ！　ポアロさん、あなたはまだペトラへいらしてないでしょう。もしいらっしゃったら、ぜひ聖地へ登ってごらんなさい。あそこは、なんともいえない雰囲気がありますよ！」彼はその光景を詳しく描写した。そしてこうつけ加えた。「ここにいらっしゃるお嬢さんが、若い裁判官みたいな顔をして、多数を救うためには一人の犠牲者が出てもやむを得ないという議論を展開しましてね。憶えているでしょう、ミス・キング？」

サラは身ぶるいした。

「よしてくださいよ。あの日の話はもうよしましょう」

「いやいや、過去にさかのぼって、いろいろな出来事を話し合いましょう」と、ポアロはいった。

「ジェラール博士、ボイントン夫人の精神状態についてのあなたの分析は、たいへん興味深いのですが、どうもよく理解できない点があるのです――それは、彼女は自分の家族を絶対的な支配下においていたのに、外部との接触や、彼女の権威の弱まる危険が多いこんどの海外旅行を、なぜくわだてたのかということです」

ジェラール博士は身を乗り出して熱心にいった。

「それは簡単なことですよ。年寄りのご婦人がたは、世界じゅうどこの国でも同じようなものなんです。つまり、彼女たちは退屈しているのです！　たとえペイシェンス（トランプのひとり遊び）が得意でも、あんまり知りつくしたペイシェンスにはあきてしまって、新しいペイシェンスの手をおぼえたくなる。それは何人かの人間を支配し虐待することをレクリエーションにしていた（おかしな表現のように思われるかもしれませんが）おばあさんについても、同じことです。ボイントン夫人を猛獣使いだとすれば、彼女は自分の虎たちをずっと飼い馴らしてきたわけです。彼らが思春期をすぎるころは、おそらく多少のスリルがあったでしょう。レノックスとネイディーンの結婚も冒険でした。しかし、やがて急にすべてが退屈なものになってしまったのです。レノックスはすっかりふさぎこんでしまって、彼を苦しめたり痛めつけたりすることが実際的にはできなくなりました。レイモンドやキャロルはぜんぜん反抗しようとしない。ジネヴラは——まったくかわいそうなあのジネヴラは、母親から見れば、ちっとも気晴らしにならない相手でした。なぜなら、ジネヴラは逃げ道を見つけたからです！　彼女は現実から空想の世界へ逃げるのです。母親が彼女をはげしく責めれば責めるほど、彼女はますます容易に、迫害されたヒロインの秘密のスリルを楽しむことができる。それはボイントン夫人から見れば、まったく退屈きわまりなかったのです。そこで彼女はアレクサンダー大王のように、征服すべき新しい世界を求めた。そして、海外旅行を計画しました。そこには、飼い馴らされた猛獣たちが歯向かってくる危険もあるでしょうし、新鮮な苦痛を与える機会もあるでしょう。これはずいぶんばかげた話のように思われるかもしれませんが、そうじゃないのです。彼女は新しいスリルを求めたのですよ！」

ポアロは深く息をのんだ。

「それはじつにみごとな分析だ。ええ、よくわかりました。なるほど、そうだったんですね。それで何もかもつじつまが合います。つまり彼女は好んで危険な道を選び——そして、その罰を受けたわけですな！」

サラは青ざめた知的な顔を緊張させながら身を乗り出した。

「ということは、彼女は犠牲者たちをあんまり苦しめすぎたために、彼らは——あるいは彼らの一人が、彼女に襲いかかったということでしょうか」

ポアロは頭を下げた。

サラはややあえぐようにしていった。

「彼らの中のだれですか」

ポアロは彼女を見た。草花をはげしく握りしめている彼女の手を、蒼白に硬直した彼女の顔を見た。

彼は答えなかった——いや、答えなくても済んだのだ。なぜなら、ちょうどその瞬間ジェラールが彼の肩をたたいてこういったからだ。

「あれをごらん」

一人の少女が、丘の斜面づたいにぶらぶら歩いていた。なぜか彼女が妖精であるかのような印象を与える奇妙にリズミカルな動きで歩いていた。金色をおびた赤毛の髪が陽に輝き、あやしい秘密めいた微笑が、美しい口もとに漂っていた。

ポアロははっと息をつめた。

彼がいった。

「じつに美しい……ふしぎな、動的な美しさだ。オフェリアは、あんなふうに演じられるべきだろう——人間の喜びや悲しみの束縛から逃れて、幸福にひたりながら別世界からさまよってきた若い女神のように」

「そう、そのとおりです」と、ジェラールはいった。「あれは夢の世界の顔ですね。わたしはあれを夢で見たのです。熱にうなされながらふと目を開けると、あの顔が見えました——あのかわいらしい、この世のものとは思えないような微笑を浮かべた顔が。それはすてきな夢でした。わたしは目が覚めるのが残念で――」

それから、彼はいつもの調子にもどっていった。

「あれは、ジネヴラ・ボイントンですな」

第十二章

しばらくして、その少女は彼らのところに着いた。

　ジェラール博士が紹介した。

「ミス・ボイントン、こちらはエルキュール・ポアロさんです」

「あら、そう！」彼女はいぶかしげに彼を見た。彼女は両手の指を組み合わせ、それを落ち着きなくからませた。魔法にかかったあの美少女《ニンフ》は、いまは魔法の国から舞いもどってきて、彼女はもはやちょっと神経質で落ち着きのない、ふつうの内気な少女でしかなかった。

　ポアロがいった。

「ここでお会いできて好運でしたよ、マドモアゼル。わたしはホテルであなたに会おうと思って探したのです」

「あら、そう？」

彼女の微笑はうつろだった。彼女の指はドレスのベルトをつまみはじめた。

彼は静かにいった。

「ちょっとその辺をわたしといっしょに散歩しませんか」

彼女は彼のきまぐれな誘いにすなおに従った。

やがて彼女はややだしぬけに、妙にせかせかした声でいった。

「あなたは——あなたは探偵でしょ？」

「そうですよ」

「非常に有名な探偵ですか」

「世界最高の名探偵です」ポアロはまるでこれ以上わかりきった事実はないといわんばかりな口ぶりで答えた。

ジネヴラ・ボイントンはそっとささやくように、

「あなたはあたしを守るためにここへいらしたのね」

ポアロは考えながら口ひげをなでた。

「するとあなたは、危険にさらされているわけですか、マドモアゼル」

「はい、そうなんですの」彼女は疑わしげな目ですばやくあたりを見まわした。「あたし、エルサレムでそのことをジェラール博士にいったんですのよ。博士はとても利口なかたですね。そのときは何の合図もしないで、知らん顔をしてました。でも、ちゃんとあたしの後をついてきてくれました――あの赤い岩のある怖い場所まで」彼女は体を震わせた。「彼らはあたしをそこで殺すつもりだったんです。あたし、昼も夜もずっと警戒していなくちゃならないんですよ」

ポアロはやさしく寛大にうなずいた。

ジネヴラ・ボイントンがいった。

「彼は親切で――とてもいいかたです。彼はあたしに恋をしてるんですよ！」

「ほう？」

「ほんとです。彼は眠ってるときに、あたしの名前を呼んだりするんですもの――」彼女の顔がほころび――またこの世のものでないような美しさがそこに漂った――「あたしは見たんです――彼があっちこっちへ寝返りを打ちながら、あたしの名前を呼んでるのを。あたしは彼が目を覚まさないようにこっそり立ち去りました」彼女は少し間をおいた。「きっと彼はあなたを呼んできたんですね。あたしはものすごく大勢の敵に囲まれてるんです。ときには、変装してるのもいるんですよ」

「ええ、なるほど」と、ポアロがおだやかにいった。「でも、ここは安全ですよ――あなたの周りには、あなたの家族たちがちゃんとついているのですから」

彼女は誇らしげに胸をそらした。

「彼らはあたしの家族じゃありませんわ！　あたしは彼らとはぜんぜん関係がないんです！　あたしがほんとうはだれなのか、あなたにはいえませんわ――たいへんな秘密なんです。もしあなたが知ったら、びっくりなさるでしょうけど」

「あなたのお母さんの死は、あなたにとってたいへんなショックだったでしょうな、マドモアゼル」

ジネヴラはいらだたしげにじだんだを踏んだ。

「とんでもない。彼女はあたしの母なんかじゃないんですよ！　あたしの敵が彼女を買収して、母のようなふりをさせ、あたしが逃げないように見張らせていたのですわ」

「彼女の死んだ日の午後、あなたはどこにいました？」

彼女は即座に答えた。

「テントにいましたわ……。暑かったけど、我慢して外へ出なかったんです。彼らがあたしを捕えるかもしれませんから……」彼女は少し体を震わせた。「彼らの一人が……あたしのテントの中をのぞいたんですよ。彼は変装してましたけど、でも、あたしは彼を知ってたんです。あたし、眠ってるふりをしてました。彼は首長《シーク》の手下なんですよ。首長《シーク》はあたしを誘拐しようとしていたんですわ、もちろん」

しばらくポアロは黙って歩いた。やがて彼がいった。

「あなたの創作した物語は、なかなかすてきですね」

彼女は足を止めて彼をにらんだ。

「何をおっしゃるの。あれはほんとうなのよ。ほんとうの話なんですよ！」彼女は怒ってまたじだんだを踏んだ。

「なるほど」と、ポアロはいった。「たしかに巧妙な話です」

彼女は叫んだ。

「ほんとですわ！　ほんとだといったら、ほんとですよ――」

彼女は腹立たしげにきびすを返して、丘の斜面を駆け降りて行った。

ポアロは彼女の後ろ姿を眺めながら、その場に立っていた。しばらくして、後ろから声が聞こえた。

「彼女に何をいったのです？」

ふり向くと、ジェラール博士が少し息を切らしながら彼のそばに立っていた。サラも二人のほうへやってくるところだったが、彼女はゆっくり歩いていた。

ポアロはジェラールの質問に答えた。

「彼女のすてきな物語は彼女自身の創作なのだと、彼女にいってやったのです」

博士は考え深げにうなずいた。

「彼女は怒ってましたね！　あれはいい徴候です。まだ完全にはいかれていない証拠ですよ。それがほんとうでないということを、まだちゃんと知ってるんですからね。彼女を治療してやりましょう」

「ほう、あなたがご自分で？」

「そうです。そのことを、若いボイントン夫人と彼女の夫に相談してみました。ジネヴラをパリに連れて行って、わたしの療養所に入れるのです。そして、やがては彼女に俳優の訓練を受けさせようと思うんです」

「俳優に？」

「ええ――彼女は俳優として成功する可能性があります。しかもそれは、彼女に必要なことです――ぜひそうしなければならないんですよ。多くの面で、彼女は母親と同じ性質を持っていますから」

「違います！」と、サラは反抗的に叫んだ。

「あなたにはそう見えないかもしれないけれども、ある基本的な性格の特徴は同じなんです。二人とも生まれつき人にもてはやされたい気持が、自分を売りつけたい欲望が強い性格なのです。あの子はいままでことごとにたたかれ、抑えつけられていて、自分のはげしい野心や人生に対する愛着や、いきいきしたロマンチックな個性を表現したい欲望などのはけ口をふさがれていたのです」彼は軽く笑った。「で、すべてを変えてやろ《ヌ・ザロン・シャン》うというわけです《ジェ・トウト・サ》！」

それから、彼は軽くお辞儀していった。

「では、わたしはこれで失礼させていただきます」そして、彼は急いで少女を追って丘を降りて行った。

サラがいった。

「ジェラールさんは、すごく仕事熱心ですわね」

「彼の熱意には、わたしも感服しました」と、ポアロはいった。

サラは眉を寄せた。

「でも、あの子をあの恐ろしいおばあさんと比較するなんて、ひどいわ――そりゃわたしだって、一度はボイントン夫人を気の毒に思ったこともありますけど」

「いつです、それは？」

「エルサレムで、あなたに話したあのときですわ。わたしは自分のやっていることが何もかもまちがっていたような気がしてきたのです。やることなすことがすべて裏目に出てしまうようなときに、そんな気持に襲われることは、あなたもご存じでしょ。で、わたしすっかりやけくそになって、ばかなことをしちゃったんですの」

「ああ、それはいけませんな」

サラはボイントン夫人との会話を思い出して、顔を赤らめた。

「わたしはすっかりのぼせあがって、何か神聖な使命を持っているような気分になっていたのですわ！　あとでウエストホルム卿夫人がおかしな目つきでわたしを見て、わたしがボイントン夫人と話しているのを目撃したといったとき、わたしは彼女があの話を立ち聞きしていたのではないかと思うと、穴があったら入りたいような感じでしたわ」

ポアロがいった。

「そのときボイントン夫人があなたにどんなことをいったか、正確に憶えていますか」

「はい、よく憶えていますわ。〝わたしは決して忘れませんよ〟と、彼女はいいました。〝よく憶えておいてね。わたしは何一つ忘れていませんよ──どんな行為も、どんな名前も、どんな顔も……〟──」サラは身ぶるいした。「彼女はそれを、何やら怨みのこもったような、呪うような口ぶりでいいました──わたしのほうを見ずに。わたしはいままでも、その声が聞こえるようですわ」

ポアロはやさしくいった。

「よほど印象が強かったのでしょうね」

「はい。わたしはあまりものおじしないほうですけど、しかし、ときどきわたしは彼女がその言葉をいっていた光景を夢に見ます。あの意地の悪い目つきでじっと見つめている、勝ちほこったような顔——思い出すだけでもぞっとするわ！」

彼女の体がまたぶるっと震えた。

やがて、彼女は急に彼のほうへ向き直った。

「ポアロさん、こんなことをおたずねすべきではないかもしれないけど、あなたはもうこの事件の結論に達しているのでしょうか。何か決定的なものをつかんでいらっしゃるのですか」

「はい、そうです」

彼は彼女がつぎの質問をしたとき、唇がけいれんのように震えたのを見た。

「それはどんな？」

「エルサレムでのあの晩、レイモンド・ボイントンがだれと話していたのかがわかったのです。それは、妹のキャロルでした」

「キャロル——そうでしょうね、もちろん！」

彼女はつづけていった。

「あなたは彼に——彼に訊いたのですか——」

しかし、彼女はそのあとをいえなかった。ポアロは同情的なまなざしで彼女を見た。

「それはあなたにとって、重大なことなんですか、マドモアゼル」

「重大ですわ！」と、サラはいって、肩をいからせた。「ぜひ、知りたいですわ」

ポアロは静かにいった。

「彼は、あの話は一時的な感情のたかぶりから、つい口にしてしまったのだが――それだけのことでしかないといっていましたよ。彼も彼の妹もすっかり興奮して、気が転倒していたのだが、翌朝になったら、そんなことはまるで夢みたいに思われたといっていました」

「なるほど……」

ポアロはおだやかな口調でたずねた。

「ミス・サラ、あなたが恐れているのはいったい何なのか、話していただけませんか」

サラは蒼白な絶望的な顔を彼に向けた。

「あの日の午後――わたしたちは二人で話していました。それから彼は帰りがけに、わたしにこういったのです――いま、彼が勇気を持っているうちに、あることをやりたいと。わたしは、彼が母親に思いきったことをいおうとしているだけだろうと思いました。でも、もしかしたら――」

サラの声がとだえた。彼女は内面の動揺を必死にこらえながら、体を硬ばらせて立っていた。

第十三章

ネイディーン・ボイントンはホテルを出た。そして、ぼんやりとためらっているうちに、待ちうけていた男が彼女のほうへ駆け寄った。

ジェファーソン・コープは一瞬のうちに彼女のわきに立った。

「向こうへ行きましょうか。そのほうが気持がよさそうだ」

彼女は黙ってうなずいた。

二人は並んで歩き、コープ氏が話しかけた。彼の言葉は多少単調ながら、とめどもなく口をついて出る。ネイディーンが聞いていないことさえ気づかない様子だった。

彼らが道からそれて、一面に草花におおわれた石の多い丘の斜面へ向かったとき、彼女は彼の言葉をさえぎった。

「ジェファーソン、すまないけど、ぜひあなたに話さなければならないことがあるのよ」

彼女の顔は蒼ざめていた。

「ああ、どうぞ。自分だけでくよくよ考えたりしないで、なんでもざっくばらんにいったほうがいい」

彼女はいった。「あなたは、わたしが思っていたよりも利口なのね。わたしが何をいおうとしているのか、わかってるんでしょ」

「ま、事情が変わったことはまぎれもない事実だからね。いまのような事情では、あの約束をもう一度考えなおす必要があるかもしれないね」彼はため息をついた。「とにかく、ネイディーン、あなたはまっすぐに前進して、自分の思うとおりにしなければならないよ」

彼女が感動をこめていった。

「あなたって、ほんとにいい人ね。がまん強いわ！　わたしはあなたにとても悪いことばかりしてきたような気がするわ。じっさい、あなたに意地悪をしてきたのだものね」

「ネイディーン、率直な話をしよう。ぼくはあなたとの関係に限界のあることはよくわかっている。ぼくはあなたと知り合ってからいままでずっと、心からあなたを愛し、尊敬してきた。ぼくが望んでいるのは、あなたの幸福だけなんだ。それは昔もいまも変わりない。あなたが不幸なのを見ると、たまらないんだ。だからぼくはレノックスを非難してきたのさ。彼はあなたをもっと幸福にできない限り、あなたを自分のものにする資格はないと、ぼくはそう思っていた」

コープ氏は一息入れてから、語りつづけた。

「しかし、ぼくはあなたたちといっしょにペトラへ旅行した後、レノックスはぼくの思っていたほど非難すべき人でないような気がしてきた。彼は母親に対してわがままをいわなかったように、あなたに対してもそれほど利己的じゃなかったんだね。死んだ人を悪くいいたくはないけど、あなたの義母は異常なほど気むずかしい女だったからな」

「ええ、あなたのおっしゃるとおりだわ」と、ネイディーンはつぶやいた。

「とにかく、あなたは昨日ぼくのところへきて、きっぱりレノックスと別れる決心をしたといった。ぼくはよく決心してくれたとほめた。あなたのいままでの生活はまちがっていたからね。あなたはぼくにとても正直だったよ。あなたはぼくがなんとなく好きだということよりも、もっと深い気持を持っているふりをしなかった。ぼくはそのほうがよかったんだよ。ぼくが求めていたのは、あなたの世話を見たり、あなたをいたわってやる機会を得ることだったのだからね。あの午後は、ぼくの生涯のもっとも幸福な午後だった」

ネイディーンは叫んだ。

「申しわけないわ、ほんとに」

「いや、いいんだよ。ぼくはそれからずっと、あの約束は夢だったような気がしていたのだから。翌朝になったらあなたの気が変わるような予感がしていたのさ。いまはもう事情が変わっちゃったんだ。あなたとレノックスは、二人だけの生活を送ることができるようになったのだ」

ネイディーンは静かにいった。

「そう。わたしはやっぱりレノックスを捨てることができないわ。許してね」

「許すも何もないよ」コープ氏はきっぱり答えた。「あなたとぼくはまた古い友だちにもどろう。あの午後のことは、きれいさっぱりと忘れてね」

ネイディーンは彼の腕にやさしく手をやった。

「ジェファーソン、ありがとう。わたしはこれからレノックスを探しに行くわ」

彼女はきびすを返して彼と別れた。コープ氏はひとりで丘を登って行った。

ネイディーンはグレコ・ローマン劇場のてっぺんに坐っているレノックスを見つけた。彼はぼんやり考えていて、彼女が息をはずませて彼のそばへ腰をおろすまで気づかなかった。

「ねえ、レノックス」

「ああ、ネイディーンか」彼は半ばふり返った。

「いままで話すことができなかったけど、わたし、あなたと別れるのをやめたわ」

彼はまじめな声でいった。

「きみは本気であんなことをいったのかい、ネイディーン」

彼女はうなずいた。

「そうよ。もはやそうする以外にないと思ったわ。あなたがわたしについてきてくれることを期待していたんだけど。でも、ジェファーソンには、ほんとにひどいことをしちゃったわ」

レノックスは短く笑った。

「いや、そんなこと気にする必要はないさ。コープのような思いやりのある人は、もっと広い気持を持ってるはずだからね。ネイディーン、きみも正しかったよ。きみがぼくを捨てて彼といっしょになると聞いたときには、ぼくはショックのあまり心臓が止まってしまいそうだったよ。正直にいって、ぼくは最近どうも頭がおかしくなっていたような気がする。きみがぼくに家を出ようといったとき、ぼくはなぜおふくろの鼻先でぱちっと指を鳴らして飛び出さなかったんだろうな」

彼女はやさしくいった。

「あなたにはできなかったのよ、むりだったんだわ」

レノックスはおもしろがっているような口ぶりでいった。

「おふくろはまったく風変わりな人だったね。ぼくらはみんな、彼女に半ば催眠術をかけられたみたいになっていたんだ」

「そうなのよ」

レノックスはしばらくぼんやり思いに耽っていたが、やがていった。

「あの午後、きみからあの宣告を受けたとき――ぼくは頭をがんとなぐられたような気がした。そして、半ば呆然としてキャンプへもどって行ったとき、自分がばかだったことにやっと気がついた。急に目が覚めたんだ。そして、もしぼくがきみを失いたくなかったら、取るべき処置はただ一つしかないことがわかった」

彼は彼女がはっと体を硬ばらせたのを感じた。彼の声が陰惨な調子をおびてきた。

「ぼくは行った。そして――」

「そ、そんな……」

彼は彼女にすばやい視線を投げた。

「ぼくは行って、そして――彼女と議論した」彼はまるっきり調子を変えていった――

慎重な、しかも抑揚のない声で。「ぼくはおふくろかきみかどちらかを選ばなければならないことになった――そして、ぼくはきみを選ぶことにしたのだといってやったんだ」

やや沈黙がつづいた。

それから彼は自分だけで納得しているような奇妙な口ぶりでくり返した。

「そう、ぼくは彼女にそういってやったのさ」

第十四章

ポアロは帰る途中で二人に会った。最初の一人は、ジェファーソン・コープだった。

「エルキュール・ポアロさんですね。わたしはジェファーソン・コープです」

二人は儀礼的に握手した。

それからコープ氏は、ポアロと並んで歩きながらいった。

「さっき耳にしたのですが、あなたはわたしの古い友だちのボイントン夫人の死亡事件を調査しているそうですね。あれには、たしかに驚きましたよ。もちろん、あのおばあさんはこんな疲れる旅行をするのはむりな体でした。しかし、気性が強いんでね、家族たちはどうしようもなかったのです。家庭の独裁者といった形で——少し度がすぎていましたよ。彼女の言葉はおきてそのものでした。そう、まったくそのとおりだったのです」

やや間をおいて、彼はしゃべりつづけた。

「じつは、わたしはボイントン家の家族たちの古い友だちなんです。こんどのことで、みんなが気が転倒しちゃってます。彼らはそうでなくとも、もとから少々神経質で、頭の調子がだいぶおかしくなっているものですから、さまざまな手続きや葬式の準備や、エルサレムへ死体を運ぶといった後始末は、わたしができるだけ彼らに代わってやるつもりです。もし用事がありましたら、いつでもわたしを呼んでください」

「あの人たちはきっとあなたの思いやりに深く感謝していることでしょう」と、ポアロはいってから、つけ加えた。「あなたはあの若いボイントン夫人の特別な友人なのだそうですね」

ジェファーソン・コープはやや顔を赤らめた。

「そのことについては、あまり触れたくありません。あなたが今朝レノックス夫人と面接したとき、彼女はもしかしたらわたしたちのあいだのことをほのめかしたかもしれませんが、しかし、あれはもうお終いです。彼女はたいへんりっぱな女でして、悲嘆に暮れている夫を救うのが自分の第一の義務だと、心を決めたのです」

彼は間をおいた。ポアロは頭の微妙な身ぶりでその通告を受け容れた。それからつぶやくような声でいった。

「わたしは、あのボイントン夫人が死んだ午後についてはっきりした説明をつけてくれと、カーバリ大佐に頼まれているのです。あの日の午後について、あなたの知っていることを話していただけませんか」

「はい、わかりました。昼食後少し休んでから、わたしたちはあの辺を散策に出かけました。うるさい通訳がついてこないように、うまくまきましてね。あの男はユダヤ人のことになると、気ちがいみたいになってしゃべりまくる癖があるんですよ。その問題になると、正気を失ってしまうらしくて。とにかく、わたしたちは出かけました。わたしがネイディーンと話したのは、そのときでした。そのあとで、彼女はこれからすぐその問題をひとりで夫に話すというのです。で、わたしはキャンプのほうに帰って行きました。ところが、その途中で、二人のイギリスのご婦人――一人はたしか貴族だそうですが――とにかく二人に会ったんです」

ポアロはたしかに彼女は貴族だといった。

「彼女はなかなかりっぱな女性ですな。非常に頭がいいし、また知識の広いひとです。もう一人は少し弱々しい感じで――ひどく疲れている様子でした。午前中の登山は中年のご婦人にはちょっと骨でしたからね――とくに高いところに登るのが嫌いなかたにはね。で、いま申しあげたように、わたしは彼女たちに会って、ナバテア人のことを少し説明してあげました。それからわたしたちはその辺を少しぶらついて、六時ごろキャンプにもどったのです。ウエストホルム卿夫人はすぐ強引にお茶をいれさせ、わたしもそのお相伴をしました——弱いお茶ですが、香りが変わっていてなかなかおいしかったです。それから召使いたちが夕食のテーブルをととのえ、あのおばあさんを呼びに行ったのですが、彼女は椅子に坐ったまま死んでいたというわけです」

「テントへ帰るとき、彼女を見かけましたか」

「あそこにいるのは見ました——彼女はいつも、午後も晩もそこにいたのですが、しかし、わたしは特別注意しては見ませんでした。わたしはちょうど、アメリカの最近の株式市況の暴落状態について、ウエストホルム卿夫人に説明していたところでしたし、ミス・ピアスのほうへも気をつかわなければならなかったんですよ。彼女はあんまり疲れてしまって、いまにもぶっ倒れそうな恰好で歩いていたものですから」

「なるほど。それから、これははなはだぶしつけな質問ですが、ボイントン夫人は相当な遺産を残したんじゃないでしょうか」

「かなりな額ですね。しかしそれは、厳密にいうと、彼女の遺産じゃないのです。彼女はその終身財産権は持ってましたが、彼女が死ぬと、それは故エルマー・ボイントンの子供たちに分けられることにはじめから決まっていました。そう、彼らはみんなかなり裕福に暮らせるでしょう」

「お金はとかく争いのもとになりがちでしてね」と、ポアロはいった。「そのために、どれだけ多くの犯罪がおかされているかわかりませんよ」

コープ氏はやや驚いた様子だった。

「ええ、ま、そうでしょうな」と、あいづちをうった。

ポアロはにっこり笑っていった。

「しかし殺人の動機は、ほかにもたくさんありますが……。いやどうも、協力していただいてありがとうございました、コープさん」

「ご用の節は、どうぞいつでもご遠慮なく」と、コープ氏はいった。「あそこに坐っているのは、ミス・キングですな。わたしはこれからちょっと向こうへ行って、彼女と話をしようと思います」

ポアロは丘の道を降りつづけた。

彼はまもなく、それをふらふら登ってくるミス・ピアスに会った。

彼女は息をはずませて彼に挨拶した。

「まあ、ポアロさん、あなたに会えてよかったですわ。あたしさっき、あのふしぎなお嬢さんと話してたんですよ——ボイントンの下のお嬢さんと。とてもふしぎなことばかりしゃべっていましたよ——敵が大勢いるとか、どっかの首長が彼女を誘拐しようとしているとか、スパイに取り囲まれているとかね。でも、なかなかロマンチックな話でしたわ。ウエストホルム卿夫人はばかげた話だといってましたけど。彼女は同じような嘘をいう赤毛のお手伝いさんを使ったことがあるんだそうです。しかし、あたしはウエストホルム卿夫人はちょっと点がきびしすぎると思うんですよ。そりゃま、嘘かもしれないけど、もしかしたらほんとうかもしれないでしょう、ポアロさん。あたし数年前に、ロシア皇帝の娘の一人が革命の難を逃れて、ひそかにアメリカに渡ったという話を本で読んだことがありますわ。タティアーナ公爵夫人とかいう人でしたわ。もしそれがほんとうなら、あの子は彼女の娘かもしれない、ということだって考えられるんじゃないでしょうか。あの子は、王族だといってましたし——彼女の顔も、それにふさわしい顔ですよ。スラブ的ですわ——ほお骨のあたりが。もしそうだとしたら、すごい話ですわ!」

ミス・ピアスはものほしげな、しかも興奮した顔だった。

ポアロは説教めいた口ぶりでいった。

「人生には、ふしぎなことがどっさりあるものですよ」

「あたしは今朝は、あなたがどなたなのか、うっかりして知らずにいたんですの」と、ミス・ピアスはもみ手をしながらいった。「そしたら、あなたはかの有名な名探偵じゃありませんか！　もちろんあたしはＡＢＣ殺人事件を、はじめから終わりまで読みましたよ。すごくスリルがありましたわ。あたしはそのとき、じっさいにドンカスターの近くで家庭教師をしていたのです」

ポアロが何かつぶやいた。ミス・ピアスはだんだん調子に乗ってしゃべった。

「ですから、あたし、今朝はまちがっていたような気がするんです。ああいうときには、何もかもぜんぶしゃべらなくちゃいけないんでしょう。どんなに小さいことでも、たとえ無関係に見えることでもね。だって、あなたがこの事件に乗り出す以上、ボイントン夫人はむろん殺されたに決まってますもの。あたし、いまやっとわかりましたわ！　あのマームードとかいう――よく名前を憶えてませんけど――要するにあの通訳ですね、彼はひょっとしたら、共産党《ボルシエヴイーク》のまわし者かもしれませんよ。ミス・キングだって、どうかしら。高等教育を受けた良家のお嬢さんは、案外あの恐ろしい共産党員であることが多いんだそうですものね！　だから、あたしはあなたに話すべきだったと思うんですの――考えてみると、ちょっと奇怪なことなんです」

「なるほど。で、あなたはそれをぜんぶわたしに話してくださるわけですな」

「はい、でも大したことじゃありませんのよ。ボイントン夫人が死んだ翌朝、あたし、少し早起きして日の出を見にテントを出ました。ところが日の出どころか、もう一時間も前に日が昇ってしまっていましたわ。しかし、まだ早朝で――」

「なるほど。あなたは何かを見たのですね？」

「それが妙なことなんですの――そのときは、それほどには思いませんでしたけど。じつは、あのボイントンのお嬢さんらしい人がテントから出てきて、何かを小川に投げ捨てたのを見たのです――そのこと自体はもちろん何でもないことですが、しかし、それが朝日にきらっと光ったんですの、投げられたときに。わかりますね、きらっと光ったんですよ」

「どっちのお嬢さんです、それは？」

「あたしはキャロルというお嬢さんだと思いました――とてもきれいな顔をした――兄によく似ていて、まるで双子みたいなお嬢さんですわ。でも、もしかしたら妹のほうかもしれないとも思いました。ちょうどまともに朝日が目に入って、よく見えなかったんですの。でも、あの髪はたしか赤じゃなくて――青銅色《ブロンズ》でしたわ。あたし、ブロンズの髪って、大好きですの！　赤い髪を見ると、なんだか人参を思い出しちゃって」彼女はくすり笑いをした。

「彼女は何かきらきら光るものを投げ捨てたわけですね？」

「そうです。さっき申しあげたとおり、そのときは大して気にとめませんでしたわ。しかし、あたしが小川に沿って行くと、そこにミス・キングがいました。そして、ブリキ缶などいろんながらくたが捨てられてある中に、あたしは小さなぴかぴかした金属の箱を見たのです――真四角じゃなくて、一種の長方形のね。おわかりになりますかしら」

「ええ、ようくわかりますよ。ちょっと細長い感じでしょう」

「ええ、ええ、あなたはほんとにわかりがいいですわね。それで、あたしはこう思ったんです――ボイントンのお嬢さんが捨てたのは、あれだろうってね。ほんの好奇心から、それを拾って開けてみました。すると、中に注射器が入っていたんです――腕に腸チブスの予防接種の注射をするときに使うあれと同じような注射器でしたわ。しかし、それは割れても傷がついてもいないようなので、捨てるなんて変だなと思いました。そして、あたしが首をかしげていると、ミス・キングが急に後ろから声をかけました。あたし、彼女が近づいてきたのにぜんぜん気がつかなかったんですの。彼女はこういいました――『あら、どうもありがとう。それ、わたしの注射器ですの。ちょうど探してたところでしたのよ』で、あたしはそれを彼女に渡し、彼女はそれを持ってキャンプのほうへもどって行きました」

ミス・ピアスは一息ついて、また急いで話をつづけた。

「もちろん、大したことじゃないだろうとは思いますけど――でも、キャロル・ボイントンがミス・キングの注射器を捨てるっていうのは、ちょっとおかしいんじゃないでしょうか。あたしは、変だと思うんですよ。そりゃ、ま、何かうまい説明があるかもしれませんけど」

彼女は期待の目でポアロの顔をのぞきこんだ。

ポアロの顔は重々しかった。

「ありがとう。あなたのお話は、それ自体は重要じゃないかもしれませんが、これだけはいえます。おかげで、わたしの事件は完結しました！　すべてがはっきりし、きちんと整理がつきました」

「まあ、ほんとですか」ミス・ピアスの顔がぱっと上気し、彼女は子供のようにはしゃいだ。

部屋に帰ると、彼はメモ帳に一行書き加えた。「第十——わたしは決して忘れませんよ。よく憶えておいてね。わたしは何一つ忘れていませんよ」

彼はうなずいた。

「そう、これですべてがはっきりした！」

第十五章

「さあ、準備完了だ」と、エルキュール・ポアロはいった。

彼はほっとため息をして、二、三歩さがり、このホテルの空き部屋の中に家具をどう配置するかについて構想をねった。

カーバリ大佐は壁ぎわのベッドにだらしなくもたれて、パイプをくゆらしながら微笑した。

「あなたって人は、まるで道化師ですな」と、彼がいった。「芝居じみたことが好きですね」

「ま、そうでしょうな」と、小柄な探偵は認めた。「しかし、これはべつに気まぐれじゃありませんよ。芝居をやるには、まず舞台装置が必要ですからな」

「これは、喜劇ですか」

「いや、たとえ悲劇でも、舞台装置はちゃんとしなきゃ」

カーバリ大佐は好奇の目を輝かした。

「ま、あなたにお任せしましょう。あなたが何をいってるのか、わたしにはさっぱりわからんのですが、何かつかんでいらっしゃるんですね」

「わたしはあなたがわたしに求めたもの――つまり、真相を提供する光栄に浴するでしょうよ」

「断罪ができるということですか」

「それは、約束しなかったはずですよ」

「いかにも。約束してくれなくて、かえってこっちが助かるかもしれませんな。時と場合によりますからね」

「わたしの説明は、主として心理学的なものになるでしょうな」と、ポアロはいった。

カーバリ大佐はため息をした。

「そうなるんじゃないかと、心配してましたよ」

「しかし、あなたにも充分納得がいくでしょう」と、ポアロはなだめた。「そう、あなたも納得できるはずです。わたしがいつもつくづく思うことですが、真相というやつはじつに奇妙で、しかも美しいものですよ」

「ときには、まったく不愉快なものでもありますがね」と、カーバリ大佐はいった。

「いや、いや」ポアロは熱心にいった。「あなたは個人的な目で見るからですよ。抽象的な、私心のない見方をしてごらんなさい。そうすれば、事件の論理が非常に魅力的でかつ整然と見えてくるものです」

「そういう見方をするように、努力してみましょう」と、大佐はいった。

ポアロは彼の大きなグロテスクな銀時計を見た。

「先祖伝来の代物ですな」カーバリは興味深げにたずねた。

「ええ、わたしの祖父のものなんです」

「もう年期がきちゃってるんじゃないですかね」

「そろそろ行動に移る時間ですな」と、ポアロがいった。「あなたは、わが大佐殿《モン・コロネル》は、このテーブルの後ろに、主席の位置についてください」

「ほう、そうですか」カーバリは不満げに鼻を鳴らした。「まさかわたしに制服を着ろというんじゃないでしょうな」

「いいえ。ただし、もしさしつかえなければ、わたしがあなたのネクタイをまっすぐ締めてあげましょうか」

彼はそれをすぐ実行に移した。カーバリ大佐は苦笑して指定された椅子に腰をおろしたが、そのとたんに無意識にネクタイをまた左の耳の下へやってしまった。

ポアロは椅子の位置を少し変えながら、話をつづけた。

「ここにボイントン家の家族が坐ります。そして向こうには」と、彼はそっちへ行った。「この事件に利害関係のある三人の局外者が坐ります。この事件が起訴できるかどうかの鍵を握る証人のジェラール博士。この事件に個人的な利害関係を持ち、かつ、検死者というもう一つの関係を持っていたミス・サラ。ボイントン家の家族たちと親交があり、したがって確実に利害関係者の中に入ると考えられるコープ氏の三人——」

彼が突然話をやめた。

「ああ——やってきましたよ」

彼はドアを開けて一行を迎えた。

まずレノックス・ボイントンと彼の妻が入り、レイモンドとキャロルがつづいた。ジネヴラは唇に淡い雪のような微笑を浮かべて、ひとりで入った。ジェラール博士とサラ・キングがしんがりだった。ジェファーソン・コープ氏は数分遅れて、詫び言を並べながらやってきた。

彼が席に着くと、ポアロは前に進み出た。

「みなさん、これはまったく非公式な集まりであります。わたしがアンマンにおりましたときの事件のためにお集まりねがった次第であります。じつは、カーバリ大佐からこ

のだ

ポアロは話をさえぎられた。その邪魔は、思いがけないほうから飛びこんできたのだった。レノックス・ボイントンが突然けんか腰で叫んだのだ。

「なぜです？　なぜ彼はあなたをこの事件に連れてきたのですか」

ポアロはいんぎんに手を振った。

「わたしは、こういう変死事件にはたびたび呼ばれるのです」

「心臓麻痺の事件があると、いつでも医者があなたを呼ぶのですか」

カーバリ大佐は咳払いした。それは職務的な音だった。彼は職務的な口ぶりでいった。

「それをはっきりさせる必要があったからです。死亡の事情はわたしのほうに報告されています。きわめて自然な出来事です。例年にない暑さといい、体の悪い老人にはかなりむりな旅行といい、すべて筋が通っていました。しかし、そこへジェラール博士がやってきて、新事実を発表したのです……」

彼はさぐるようにポアロを見た。ポアロがうなずいた。

「ジェラール博士は、世界でも有数なすぐれた医学の大家です。その博士の供述なら、注目するのが当然でしょう。博士の供述は、だいたいつぎのようなものでした。ボイントン夫人の死んだ翌朝、彼は心臓に強烈な作用を及ぼす薬品の一部が、彼の薬箱から紛失していることを発見したのです。彼はなお、その前の午後、皮下注射器が失くなっているのに気づいています。その注射器は夜のあいだにもどされていました。最後に――夫人の死体の手首に、皮下注射器の針によるものと思われる傷痕があったのです」

カーバリ大佐は少し間をおいた。

「このような事情を聞いた以上、その事件を調査することは当局の義務であると、わたしは考えたわけです。エルキュール・ポアロ氏はわたしの賓客として、好意的にその卓越した才腕を揮ってくださることになりました。そこで、わたしは彼に事件の調査を全面的に委任したのです。そしていま、彼から事件調査の報告を聞くために、みなさんにお集まりねがった次第です」

部屋がしんと静まった――いわゆる、針一つ落ちる音も聞こえるほどの静けさだった。じっさい、隣りの部屋のだれかが、靴らしいものを落とした。それはひっそりした空気の中で、まるで爆弾が炸裂したようにひびいた。

ポアロは右側の小さなグループにすばやい一瞥を投げ、それから左側の五人――おびえた目をしたグループに視線を移した。

ポアロは静かにいった。

「カーバリ大佐からこの事件を聞いたとき、わたしは専門家としての意見を述べました。

こういったのです。この事件は、法廷に持ち出せるような証拠をつかむことはできないかもしれないが、事件に関係のある人たちに質問することによって、真相をつかむことはできるだろうと。なぜなら、犯行を調べるには、犯罪を犯した人、あるいは複数の人人に、ただしゃべらせるだけでいいのです——彼らは結局はこちらの知りたいことをしゃべってくれるものです！」

彼は一息入れた。

「この事件でも、あなたたちはわたしに嘘をいいましたが、知らずしらずにほんとうの事も話してくれたのです」

彼は右のほうで、かすかなため息と椅子のきしる音がしたのを聞いたが、見むきもしなかった。ずっとボイントン家の家族たちを見ていたのだった。

「まず、わたしはボイントン夫人の死が自然死である可能性を検討しました——その結果、そうではないと判断を下したのです。薬や注射器の紛失したことや、なかんずく死んだ老人の家族たちの態度は、すべてその仮定を支持することをできなくさせたのです。ボイントン夫人は殺されたばかりか、彼女の家族たちはぜんぶその事実を知っていたのです！ 彼らは共同して犯罪者側についたのです。

しかし、罪にはさまざまな程度があります。わたしはあの老婦人の家族によって犯されたこの殺人事件の——そうです、これは殺人事件なのです！——この事件の主謀者はだれであるかを知るために、証拠を慎重に検討しました。

たしかに、目に見えて明らかな動機がありました。みんながみんな、彼女の死によって得をする立場にあったのです。財政的な意味でも——彼らはすぐ経済的に独立でき、かなり莫大な富を楽しむことができるという利得があった上に、また、ほとんどたえられなくなっていた圧制から解放されるという意味でも、そうだったわけです。

しかし、わたしはすぐ、共同謀議という説は当たらないと判断しました。ボイントン家の家族たちのいう話は、めいめいの口裏がきちんと合っていないし、また系統だったアリバイ工作も講じられていないのです。この事実は、この犯行は家族の一人、あるいは二人の共謀によってなされ、その他の者は事後従犯にすぎないのではないかという推測を強めたのであります。

わたしはつぎに、ではその特定の一人、あるいは組合わせはだれだれかということを考えました。ここで、じつはわたしの頭には、わたしだけの知っているある証拠が先入観として入っていたのです」

ポアロはエルサレムでの彼の経験を語った。

「当然そのことから、レイモンド・ボイントン君がこの事件の主導者として浮かびあがってきました。そして、家族を査問しているうちに、その晩彼が打ち明けた相手は妹のキャロルであるという結論に到達しました。彼らはおたがいに顔も気質も似ておりますから、おそらく心も通じ合いやすいでしょうし、また二人ともこういうことを考え出すのに必要な神経質で反抗的な気質を持っていました。彼らの計画がある程度他人のためだったということ――つまり、家族全部を、とくに彼らの味方を救うためだったということは、その犯行計画に恰好の口実を与えたというべきでしょう」

ポアロはしばらく口をやすめた。

レイモンド・ボイントンの唇が半ば開きかかったが、すぐまた閉じた。彼の目は、言語障害者の煩悶に似たものを浮かべて、ポアロをにらんでいた。

「わたしは、レイモンド・ボイントンの問題に入る前に、今日の午後、わたしが書いてカーバリ大佐に提出した重要事項のリストをみなさんに読んで聞かせたいと思います。

1　ボイントン夫人は、ジギタリスをふくむ調合薬を服用していた。

2　ジェラール博士が皮下注射器を紛失した。

3　ボイントン夫人は、自分の家族たちが他人と交際するのを邪魔して楽しんでいた。

4　問題の日の午後、ボイントン夫人は家族たちに、彼女をおいて外出するようにすすめた。

5　ボイントン夫人は精神的サディストだった。

6　大天幕からボイントン夫人が坐っていた場所までの距離は、二百メートル（概略）だった。

7　レノックス・ボイントンは最初、何時にキャンプへもどったのかわからないといったが、後になって、彼の母親の腕時計を正確な時刻に合わしてやったことを認めた。

8　ジェラール博士とジネヴラ・ボイントンのテントは、隣り合っていた。

9　六時三十分に夕食の支度ができたとき、そのことをボイントン夫人に告げるために、召使いの一人が使いに出された。

10　エルサレムで、ボイントン夫人はつぎのようなことを語った。〝わたしは決して忘れませんよ。よく憶えておいてね。わたしは何一つ忘れていませんよ――〟

わたしはこれらの諸点を個々べつべつに並べましたけれども、偶然にこれらは、それぞれ二つずつ対にできるようになっています。たとえば、最初の二つ。ボイントン夫人はジギタリスをふくむ調合薬を服用していた、と、ジェラール博士が皮下注射器を紛失した、という二つの点は、わたしがこの事件を調べて最初に目についたものであり、また非常に異様なしかもぜんぜん両立しないもののような気がしたのでした。その意味がおわかりでしょうか。いや、わからなくても結構です。いずれその点は説明いたします。とにかく、この二つの点は充分納得できる説明が絶対必要であることだけ申しあげておきましょう。

さてそれでは、レイモンド・ボイントンが有罪である可能性を検討した結果をまとめてみます。これには、つぎのような事実があります。彼はボイントン夫人を殺す計画を話しているのを立ち聞きされました。また彼は非常に激しやすい精神状態にありました。さらに彼は――マドモアゼル、失礼いたします――」彼は詫びるようにサラへ頭を下げた。「彼はちょうど大きな情緒的危機を迎えたばかりでした。つまり、恋に落ちていたのです。この有頂天の状態は、彼を駆っていくつかの道の一つを選ばせる可能性がありました。彼は母親をふくめた世間一般に対して、和解的な親しみのある態度をとるかもしれませんし――あるいは、彼女に反抗してその干渉をふりきる勇気をふるい起こすかもしれませんし――あるいはまた、いっそう拍車をかけられて、彼の犯行計画を実行に移すかもしれません。これは、心理学です！　では、事実はどうだったのでしょう。

レイモンド・ボイントンは、ほかの者たちといっしょに三時半ごろキャンプを出ました。ボイントン夫人はそのときには生きていたのです。それからまもなくレイモンドとサラ・キングは、水いらずで語り合いました。それから彼は彼女と別れました。彼の証言によれば、六時十分前にキャンプへ帰ったわけです。そして母のそばへ行って、二、三言葉を交わしてからテントへもどり、その後大天幕へ降りて行きました。彼は六時十分前にはボイントン夫人は生きていたといっています。

しかし、わたしはここで、その証言と矛盾する事実に逢着したのです。六時半に、ボイントン夫人の死が召使いによって発見されました。そして医学士の学位をもつミス・キングがその死体を調べ、そのときには死亡時間について格別な注意は払わなかったけれども、少なくとも六時より一時間前（あるいはそれ以上前）に死んだことはほとんど確定的だと証言しているのです。

ここに矛盾する二つの供述が行なわれたわけです。むろん、ミス・キングの判断がまちがっているかもしれないという可能性を除外しての――」

サラが彼をさえぎった。

「わたしの判断にまちがいはありません。もしあったら、わたしはとっくにそれを認めていますわ」

彼女はきびしい、はっきりした口調でいった。ポアロは丁寧に頭を下げた。

「すると、二つの可能性しかありません――ミス・キングかボイントン君か、どちらかが嘘をいってるのです！　まず、レイモンド・ボイントンが嘘をいう理由を考えてみましょう。ミス・キングがまちがいをやってもいず、また故意に嘘もついていないと仮定してみるわけです。すると、それにはどういういきさつがあったのでしょう。レイモンド・ボイントンはキャンプへ帰り、母親が洞窟の入口に坐っているのを見て話しかけ、彼女が死んでいるのを発見する、としたら、彼はどうするでしょう。助けを呼ぶでしょうか。すぐキャンプの人たちに事件を知らせるでしょうか。いや、彼はややしばらく待って、それからそのまま彼のテントへ行き、さらに大天幕で家族といっしょになって、しかも何一ついわないでいるかもしれません。こういう行動は、あまりにも奇妙すぎるというべきでしょうか」

レイモンドは神経質な鋭い声でいった。

「むろん、ばかげてますよ。当然母は生きていたということになるはずです。ミス・キングは、ぼくが前にもいったように、すっかりめんくらって、まちがえたのですよ」

ポアロは静かに語りつづけた。「しかし、はたしてこのような行動をとるべき理由があったかどうか、ということが問題になってきます。一見レイモンド・ボイントンは罪を犯し得なかったように見えます――あの日の午後、彼がただ一度だけ母親に近づいたと考えられているその時刻には、彼女は少し前にすでに死んでいたのですから。もしこのことからレイモンド・ボイントンが無実だとすれば、彼の行動をどう説明することができるでしょう。

彼が無実だと仮定すれば、わたしはその説明ができます！　なぜなら、わたしはあの洩れ聞いた会話の断片を――彼女をぜひ殺してしまわなくちゃいけないんだという言葉を――憶えているからです。彼は散歩から帰ってきて彼女が死んでいるのを発見し、同時に、彼の罪深い記憶がある可能性を想い起こさせます。あの計画が、彼ではなくて、彼の共謀者の手によって実行されたのだという……。彼は、ごく単純に、妹のキャロル・ボイントンが犯人だと考えたわけです」

「嘘ですよ、そんなことは」と、レイモンドが低い震え声でいった。

ポアロはつづけた。

「それでは、キャロル・ボイントンが犯人である可能性を検討してみます。彼女に不利な証拠は、どんなものがあるでしょう。彼女もやはり非常に激しい気性をもっています――そういう行為を英雄主義で色づけて見やすい気性なのです。また、レイモンド・ボイントンがエルサレムでの晩、あの話をした相手は、彼女でした。しかも、彼女は五時十分にキャンプへもどっています。彼女自身の話によると、彼女は母親のそばへ行って話しかけました。そのときの彼女をだれも見ていません。キャンプには人影がなかったのです——召使いたちはみんな眠っていました。ウエストホルム卿夫人とミス・ピアス、コープ氏の三人は、キャンプの見えない場所にある洞窟を見物して歩いてました。キャロル・ボイントンの行動については、一人も目撃者がいないのです。時間の点はぴったり合っています。したがって、キャロル・ボイントンが犯人である可能性は濃厚であるというべきです」

彼は間をおいた。キャロルが顔を上げた。その目は悲しげにじっと彼の目を見つめた。

「また、ほかにまだ一つあります。キャロル・ボイントンは翌日の早朝、小川にあるものを投げ捨てたのを目撃されているのです。そのあるものが皮下注射器であると信ずべき理由も、あるわけです」

「何ですって？」ジェラール博士が驚いて顔を上げた。「しかし、わたしの注射器はちゃんともどっていたのですよ。そうですとも、わたしはいまそれを持ってるんですからね」

ポアロは大きくうなずいた。

「そう、そうです。この第二の注射器、これは非常に奇妙で——興味のある代物です。わたしは、その注射器はミス・キングのものだと考えておりますが、いかがでしょうか」

　サラは一瞬ためらった。

　キャロルがすばやくいった。

「ミス・キングのではありません、あたしのです」

「それじゃ、あなたはそれを投げ捨てたことを認めますか、マドモアゼル」

　彼女はちょっと躊躇した。

「は、はい。もちろんそうですわ。当然じゃありませんか」

「キャロル！」ネイディーンだった。彼女は身を乗り出し、もだえるようにして目を見張った。

「キャロルったら……どうしてそんな……わたしにはわからないわ――」

　キャロルは彼女をふり返った。その目に敵意に似たものがあった。

「わからないことなんかないでしょ！　あたしはただ、古い注射器を捨てただけなんだもの。あたし、毒薬なんかには、ぜんぜん手も触れませんでしたからね！」

　サラの声が割って入った。

「ミス・ピアスがあなたにいったことは、事実ですわ、ポアロさん。あれはわたしの注射器だったのです」

ポアロは微笑した。

「まったく混乱してますな、この注射器事件は。しかし、たぶんこれは説明がつくでしょう。とにかく、わたしたちはいままで二つの場合を検討してきました――レイモンド・ボイントンが無実の場合と、妹のキャロルが有罪の場合です。しかし、わたしは慎重に慎重を重ねて公正に見たいと思います。わたしはいつも、両面を見ることにしているのです。で、これから、もしキャロル・ボイントンが無実だとしたら、どういうことになるかを考えてみましょう。

彼女はキャンプにもどり、継母のそばへ行き、そして――やはり、彼女が死んでいるのを発見します！　キャロルは、まずどんなことを考えるでしょうか。おそらく兄のレイモンドが殺したにちがいないと思うでしょう。彼女はどうすればいいのか迷う。で、黙っています。やがて一時間ほどして、レイモンド・ボイントンがもどり、母親に話しかけるふりをしてから、ぐあいの悪いことを何もいわずにいる。そしたら、彼女の疑惑はもう確定的なものになってしまうと思いませんか。おそらく彼女は彼のテントへ行き、そして注射器を見つけたのでしょう。これで、はっきりわかったわけです！　彼女はそれを持ち出して、隠します。そして翌朝早く、できるだけ人目につかないところに捨てたのです。

キャロル・ボイントンが無実であることを示すもう一つの事実があります。じつはわたしが彼女に質問したとき、彼女も兄もあの計画を実行に移すつもりはまったくなかったといいました。わたしがそれを誓いますかと彼女にたずねると、彼女は即座に、しかも非常に厳粛に、自分は犯行に関係しなかったことを誓いました！　彼女はそういったのです。わたしたちは罪を犯さなかったとは誓いませんでした。兄のことは言わずに、自分のことだけを誓い――しかも、わたしがそんな代名詞に特別な注意を払うだろうとは、思ってもみなかったわけです。

これはキャロル・ボイントンが無実の場合です。では、こんどは一歩後退して、レイモンドが犯人である場合を考えてみましょう。ボイントン夫人が五時十分には生きていたというキャロルの言葉が事実だと仮定します。どういう条件の下に、レイモンドは犯行をおかすことができたでしょう。彼が母に話しかけた六時十分前に殺したと想像することはできます。あたりに召使いたちがいたことはたしかですが、もう薄暗くなりはじめていました。なんとかうまくやれたかもしれません。しかし、そうなるとミス・キングが嘘をいったことになります。彼女がレイモンドよりたった五分遅れてキャンプへ帰ってきたことを考えてごらんなさい。その距離なら、彼女は彼が母のそばへ行くのを見ることができたはずです。そうだとすれば、後になって夫人が死んでいるのを発見したとき、ミス・キングは同時に、彼女を殺したのはレイモンドだということがわかるでしょう。で、彼を救うために、彼女は嘘をいう――ジェラール博士がマラリアで寝ていて、その嘘を見抜くことができないのを勘定に入れましてね」

「嘘なんかつきませんわ！」と、サラがはっきりいった。

「まだほかに一つの可能性があります。さっき申しあげたように、ミス・キングはレイモンドより数分遅れてキャンプへ帰ったわけですが、もしレイモンドが彼の母の生きてる姿を見たとすれば、命を奪う注射をうったのはミス・キングであったかもしれません。彼女はボイントン夫人を根っからの悪魔だと思っていました。で、自分を死刑執行人に見なしたのかもしれないのです。彼女が死亡時間を偽ったことも、これで説明ができます」

サラは真っ青になって、低いきびしい声でいった。

「多くの人を救うためなら、一人を犠牲にしても構わないと、わたしがいったことは事実ですわ。そんな気持がしたのは、あの聖地でした。しかし、わたしは決してあのいやらしいおばあさんを殺さなかったし――だいたいそんな考えなんか一度も頭に浮かばなかったことを、わたし、はっきり誓えますわ」

「しかしながら」と、ポアロはおだやかにいった。「あなたたちのどちらか一人が、嘘をついているはずですよ」

レイモンド・ボイントンは、思わず腰を浮かした。はげしい勢いで叫んだ。

「あなたの勝ちですよ、ポアロさん！　ぼくが嘘をいったのです。ぼくが母のそばへ行ったときには、母は死んでいました。ぼくは愕然としました。ご存じのとおり、ぼくは彼女にけんかをふっかけてやろうと思って行ったのです。家を飛び出して自由になると話そうと、決心をしたのです――おわかりでしょう。ところが、彼女は――死んでるじゃありませんか！　彼女の手は冷たく、ぐにゃぐにゃしていました。で、ぼくは考えました――あなたのおっしゃったように、キャロルだと思ったのです――手首に、痕があったんですよ――」

ポアロがすばやくいった。

「その点は、わたしはまだ完全に納得できません。あなたはその犯行の手口を、どう推測したのです？　あなたはある方法を知っていた――そしてそれは、やはり注射器と関係のあるものだったはずです。それはわたしにはわかってます。もし自分を信じてもらいたいなら、残りをわたしに話してください」

レイモンドはせきこんでいった。

「ある本で読んだ方法です――イギリスの探偵小説で、空っぽの注射器を刺して、トリックを作る話なんです。非常に科学的な方法だと思いました。で、ぼくはそれをやろうとしてたんです」

「ああ、なるほど、よくわかりました。それで、あなたは注射器を買ったんですね？」

「いや。じつはネイディーンのを拝借したんです」

ポアロはすばやく彼女のほうを見た。

「エルサレムの旅行カバンの中に入れてあった注射器ですな？」

彼女の顔に、かすかな動揺の色が見えた。

「わたしは、それがどうして失くなったのか、ふしぎに思っていたんですの」と、彼女がいった。

ポアロはつぶやいた。

「あなたはじつに機転のきく人ですな、マダム」

第十六章

一息入れて、きどった咳払いの音を立ててから、ポアロは話をつづけた。

「さて、これで第二の注射器事件とも呼ぶべき事件の謎が解けました。それは、レノックス夫人の所有物で、エルサレムを発つ前にレイモンド・ボイントンに盗まれ、さらにボイントン老夫人の死体が発見されたあとに、レイモンドからキャロルの手に移り、彼女がそれを投げ捨てるのをミス・ピアスに目撃され、ミス・キングがそれを自分のものだといって横取りしたわけです。たぶんそれはいまミス・キングが持っているでしょう」

「持ってますわ」と、サラがいった。

「あなたはさっき、それをあなたのものだといったのですから、あなたはわたしたちに絶対しないといったことをしてるのですよ——つまり、嘘をついたのです」

サラは静かにいった。

「それは、嘘の種類が違いますわ――職業上の嘘じゃありませんからね」

「なるほど、ごりっぱです。その気持はよくわかりますよ、マドモアゼル」

「どうもありがとう」

ポアロはまた咳払いした。

「それでは、われわれの行動時間表を読んでお聞かせしましょう。こういうことになります。

ボイントン家の人々とジェファーソン・コープがキャンプを出発　三時〇五分（概略）
ジェラール博士とサラ・キングがキャンプを出発　三時一五分（概略）
ウエストホルム卿夫人とミス・ピアスがキャンプを出発　四時一五分
ジェラール博士、キャンプへ帰る　四時二〇分（概略）
レノックス・ボイントン、キャンプへ帰る　四時三五分
ネイディーン・ボイントン、キャンプへ帰り、ボイントン夫人と話す　四時四〇分
ネイディーン・ボイントン、義母と別れて大天幕へ行く　四時五〇分（概略）

キャロル・ボイントン、キャンプへ帰る　五時一〇分
ウエストホルム卿夫人、ミス・ピアスおよびジェファーソン・コープ、キャンプへ帰る　五時四〇分
レイモンド・ボイントン、キャンプへ帰る　五時五〇分
サラ・キング、キャンプへ帰る　六時〇〇分
死体発見　六時三〇分

お気づきでしょうが、四時五十分にネイディーン・ボイントンが義母と別れたときから、キャロルが帰ってくる五時十分までは、かなり間があいています。したがって、もしキャロルがほんとうのことをいっているとすれば、ボイントン夫人はこの二十分の間に殺されたにちがいありません。

では、だれが彼女を殺せたでしょう？　そのころは、ミス・キングとレイモンド・ボイントンはいっしょに話をしていた。コープ氏――（これは彼女を殺す動機らしいものをぜんぜん持っていないわけですが）――彼にはアリバイがあります。ウエストホルム卿夫人やミス・ピアスといっしょにいたわけですから。レノックス・ボイントンは妻といっしょに大天幕にいました。ジェラール博士はテントで熱にうなされていた。キャン

プには人影がなく、召使いたちは眠っています。犯行にはもってこいの時刻でした！　はたしてそれをやれた人がいたでしょうか」

彼の視線が、考え深げにジネヴラ・ボイントンのほうへそそがれた。

「一人いました。あの午後、ジネヴラ・ボイントンはテントにいた。しかし、それはわれわれがそう聞いているだけです――つまり、彼女がずっとテントにいたのではないという証拠が、じっさいわれわれの手に入っているのです。ジネヴラは非常に重大なことをいいました。ジェラール博士が熱にうなされて彼女の名前を呼んだといったのです。ジェラール博士もまた、熱にうなされていたときジネヴラの顔を夢うつつに見たと語っています。しかし、これは夢ではなかった！　博士はそれを熱のせいに思っているようですが、しかし、それは事実だったのです。彼が見たのは、彼のベッドの横に立っていたほんものの彼女の顔でした。ジネヴラはジェラール博士のテントに入ったのです。彼女は注射器を使ったあとでそれを返しにきたのでしょうか」

ジネヴラ・ボイントンは金色をおびた赤毛の冠をいただいた頭をあげた。つぶらな美しい目が、じっとポアロを見た。それは無表情そのものだった。ぼんやりしている女神のようだった。

「それは違います《アー・サ・ノン》！」と、ジェラール博士が叫んだ。

「心理学的にみて不可能だというわけですか」と、ポアロがたずねた。

フランス人は目を伏せた。

ネイディーン・ボイントンが鋭くいった。

「まったく不可能ですわ！」

ポアロの目がすばやく彼女へ移った。

「不可能ですって、マダム」

「そうですとも」彼女は唇を嚙みしめてから話をつづけた。「わたしは義妹に対してそんな不当な言いがかりをつけられるのを、黙って聞いておれません。わたしたちはみんな、それが不可能であることを知っているのです」

ジネヴラは椅子の中で軽くうごめいた。口の線がほころびて微笑になった――無邪気な少女らしい、半ば放心したような淡い微笑だった。

ネイディーンはふたたびいった。

「不可能ですわ」

彼女の柔和な顔が決断の線を描いてこわばっていた。ポアロの目と視線の合った彼女の目は、少しもたじろがなかった。

ポアロはお辞儀するような形に身を乗り出した。

「あなたはたいへん聡明ですね、マダム」と、彼がいった。

ネイディーンは静かにいった。

「それはどういう意味ですの？」

「あなたがすばらしい頭脳を持っていらっしゃることは、前から存じあげておりましたよ」

「おだてるのもいいかげんにしてください」

「いや、決しておだてているわけじゃありません。あなたはずっと、冷静にかつ総合的に事態を眺めていらっしゃった。表面はあなたの夫の母親と仲良くしていました。それが最善の道だと考えたからでしょう。しかし、内心は彼女を裁き、刑を宣告していたのです。あなたはかなり前から、あなたの夫は家を飛び出す努力をする以外に、彼が幸福になれる機会はないと判断していたようですね。生活がいかに苦しく、貧乏に耐えなければならないとしてもそうすべきだと思い、あなたはあらゆる危険を冒して彼にそうさせるために努力を重ねました。しかし、あなたは失敗しました――レノックス・ボイントンはもはや自由への意志を持っていなかった。彼は無感動と憂鬱の淵に自分を沈めることに、満足していたのです。

あなたが夫を愛していたことは疑いありません。しかし、彼を捨てようという決心は、もう一人の男に対するいっそう大きな愛情のために決定的な段階にまで盛りあがってきました。それは、最後の希望を賭けた絶望的な冒険だったと思います。あなたのような立場におかれた女性がとれる道は、三つしかありません。相手の心情に訴えること、これはさっき申しあげたように失敗しました。つぎは、別れようといって夫をおどかすことですが、これさえもレノックス・ポイントンの心を動かすことはできないかもしれません。彼をさらに悲嘆の底へ突き落とすことはできても、それによって彼を奮起させることはおそらくできないでしょう。あなたには最後の絶望的な賭けが残されているだけでした。ほかの男といっしょに逃げることです。嫉妬と所有欲の二つは、男の心にもっとも深く根ざした基本的な本能です。あなたの知恵は、この深い、原始的な本能に訴える道を選びました。もしレノックス・ポイントンが平気であなたをほかの男のもとに走らせたなら——彼はもはや人間の力ではいかんともしがたい者であり、したがってあなたは、新しいべつの人生を送る以外に道はないでしょう。

いまかりに、この最後の絶望的な救済法さえも失敗したとしましょう。あなたの夫はあなたの決心を聞いて狼狽はしたものの、彼はあなたが望んだような、もっとも原始的な男でさえ示すだろうと思われる所有本能の片鱗をも見せなかったかもしれません。ここに至っては、そこなわれた精神状態から夫を救う方法があるでしょうか。ただ一つありました。もし彼の母親が死んだら、まだ手遅れにならずにすむかもしれないのです。彼は自由な人間として新しい生活をはじめ、独立した個性を築きあげ、もう一度男らしさを取りもどすことができるかもしれません」

ポアロは間をおいて、静かにくり返した。

「もし彼の母親が死んだら……」

ネイディーンの目はじっと彼にそそがれていた。彼女は動揺のひびきのない、おだやかな声でいった。

「あなたはわたしがあの事件をたくらんだとおっしゃるんですの。それはむりですわ。わたしはボイントン夫人にそのさし迫った離婚話を打ち明けてから、まっすぐ大天幕へ行き、レノックスといっしょになりました。彼女が死んだという知らせを聞くまで、わたしはずっとそこにいたのです。彼女にショックを与えたという意味では、わたしは彼女の死に責任があるかもしれません――しかし、それはあくまでも自然死のはずです。直接の証拠がなく、検死がすむまでは断定できないだろうとは思いますが、たとえあなたのおっしゃるとおり彼女は殺されたのだとしても、わたしには犯行の機会がぜんぜんありませんわ」

ポアロがいった。

「あなたは彼女の死が発見されるまで、大天幕を出なかったんですか。しかし、それはあなたがそういっているだけですよ。この事件のもっとも奇怪な点の一つは、それなんです」

「どういう意味ですか」

「それは、わたしの表にちゃんと載っています。第九番目ですな。六時半に夕食の支度ができたとき、そのことをボイントン夫人に告げるために召使いが使いに出された、という事実です」

レイモンドがいった。

「なんのことやらさっぱりわからないよ」

キャロルがいった。

「あたしもわからないわ」

ポアロの目がその二人を見比べるようにして眺めた。

「わかりませんかね、召使いをやった意味が。なぜ召使いなんかやったのです。あなたたちはいつもお母さんに親切に仕えていたじゃないですか。食事のときは、いつもあなたたちのだれかが彼女についていたのでしょう。体が不自由だったのですからね。椅子から立つときもだれかに手伝ってもらわなければならなかったのですから、夕食を知らせるときには、家族の一人が行って彼女に手を貸すのがあたり前でしょう。しかし、あなたたちはだれもそうしようとしなかった。おそらくみんなが、どうしてだれも行かないのだろうと思いながら、あっけにとられてたがいの顔を見合わせていたのでしょう」

ネイディーンがにげしく反駁した。

「とんでもありませんわ、ポアロさん！　あの晩わたしたちはみんな疲れていたのです。もちろん行かなきゃいけなかったんです――けど、あの晩は――ただ、行きそびれてしまっただけなんです！」

「あの晩に限ってですか！　あなたは、ほかのだれよりも先に行くべき人だったはずじゃありませんか。あなたは機械的にその義務を引き受けていたはずですよ、いつも。しかし、あの晩に限って、あなたは彼女の面倒を見るために出かけようとしなかったのです。なぜです？　わたしは自分自身に何度もそう訊いてみました――なぜだろうとね。それに対するわたしの答えを申しあげましょう。それは、あなたたちが彼女の死んでいることをよく承知していたからなんです……。いや、いや、話の腰を折らないでください、マダム」

彼はゆっくり手をあげて彼女を制した。

「わたしの、エルキュール・ポアロの話を聞いてください！　あなたが彼女と話し合っていたことについては、ちゃんと証人がいるのですよ。それが見えたけれども、聞くことのできなかった証人がね。ずっと離れたところに、ウエストホルム卿夫人とミス・ピアスの二人がいたのです。彼女たちはあなたが義母と話しているのをちゃんと見ていましたが、そのとき何が起こっていたのか、その証拠があるでしょうか。わたしはその代わりに、ある簡単な推理を申しあげましょう。あなたはすぐれた知恵の持ち主です。もしあなたらしい冷静な、決してあわてないやり方で夫の母親を消してしまおうと決心したとすれば、あなたはあらゆる知恵をしぼり、周到な準備をととのえてそれを決行するでしょう。ジェラール博士が午前中登山に行ったすきをねらって、彼のテントへ忍びこみます。そこに適切な薬のあることを、あなたは充分承知している。看護婦の訓練を受けていたことが、ためになったわけです。で、あなたはジギトキシンを選ぶ——老婦人がいつも飲んでいた薬と同種の薬です。それから、皮下注射器も盗みます——なぜなら、あなたの知らないうちに自分のやつが失くなっていたからです。博士が気づかないうちに、それをもとへもどしておくつもりでした。

あなたの計画を実行に移す前に、あなたは夫の奮起をうながす最後の試みをしてみました。ジェファーソン・コープと結婚するつもりだと語ったわけです。しかし、夫は狼狽したけれども、あなたの希望したような反応は示さなかった——そこで、あなたは殺人計画を実行せざるを得なくなりました。あなたはキャンプへ帰り、途中でウエストホルム卿夫人やミス・ピアスとすれ違ったときは、ごく愛想のいい挨拶を交わしました。それから、義母の坐っているそばへ行きました。あなたの手にした注射器にはちゃんと薬が入っています。彼女の手首をつかむのはごく簡単です――特にあなたは看護婦の訓練を受けているのですから、そのこつを心得ています。そして、義母の気づかないうちに、あなたは目的を果してしまいました。遠くの谷間から眺めていた二人には、あなたが彼女の上に体をかがめて話し合っているとしか見えませんでした。それから、あなたはわざと洞窟から椅子を持ってきて、そこに腰をおろし、しばらく仲良く話し合っているふうを装います。彼女の死は、おそらくきわめて瞬間的なものだったのでしょう。あなたが坐って話しかけていた相手は、死人だったのですが、そんなことはだれひとり想像もつかなかったでしょう。それからあなたは椅子をしまって大天幕へ降りて行き、そこで読書している夫に会います。そして、それ以後は大天幕を出ないように用心します。ボイントン夫人が心臓の障害で死んだと考えられることには、あなたは絶対の確信があった。しかし、あなたの計画をだいなしにしそうなものが、一つだけある。ジェラール博士がマラリアで寝こんでしまったために、あなたは注射器をもとへもどすことができなかったことです――しかも、あなたは知らなかったが、博士はすでにその注射器が紛失しているのに気がついていたのでした。この弱点がなければ、これは完全犯罪になっていたはずです」

一瞬、死のような沈黙が部屋をとざし——やがてレノックス・ボイントンが立った。

「違います！」と、彼が叫んだ。「でたらめですよ、それは。ネイディーンは何もしていません。何もできなかったはずです！　なぜなら、母は——ぼくの母は——とっくに死んでいたのですから」

「ほう！」ポアロの目が静かに彼のほうへ移った。「そうすると、結局、彼女を殺したのはあなたですか」

ふたたび部屋は静寂にかえり——レノックスはまた椅子にどっと腰をおろして、震える手で顔をおおった。

「そ、そうです——殺したのは、ぼくです」

「あなたは、ジェラール博士のテントからジギトキシンを盗んだのですか」

「はい」

「いつ？」

「あなたのおっしゃったとおり——午前中です」

「注射器も？」

「注射器って？……ああ、そうですとも」

「なぜ殺したのです？」

「訊く必要があるんですか」

「だからお訊きしてるのですよ、ポイントン君！」

「しかし、あなたは知ってるじゃありませんか――家内がぼくを捨てて、コープと――

――」

「なるほど。しかしあなたは、あの日の午後にはじめてそれを知ったんですよ！」

レノックスはまじまじと彼を見つめた。

「それはそうですけど、ぼくたちが出かけたとき――」

「しかし、毒薬と注射器は、午前中に盗んだのですか――それを知る前に？」

「そう質問攻めにされたら、答える暇もないじゃないですか」彼は震える手でひたいをぬぐった。

「だいたい、そんなことはどうでもいいでしょう」

「いや、重大な問題です。レノックス君、ほんとうのことをおっしゃい」

「ほんとうのこと？」

レノックスは目を見張った。

ネイディーンが椅子に坐ったまま急に夫をふり返り、彼の顔をじっとのぞきこんだ。

「それはわたしのいったことなのよ——ほんとうの話は」

「とんでもない。ぼくがいうよ」レノックスは深く呼吸した。「ぼくがこういってもあなたは信じてくださらないかもしれないけど、じつはあの午後、ネイディーンと別れてから、ぼくの心はもう完全にぶちのめされていました。家内がぼくを捨ててほかの男といっしょになるなんて、ぼくは夢にも思いませんでした。ぼくはもう、気が狂いそうだったんです！　まるで酔ったように、病み上りのように、足がふらつきました」

ポアロがうなずいた。

「あなたが通り過ぎて行く恰好を見たウエストホルム卿夫人もそういっていました。だからこそわたしは、あなたの奥さんがキャンプへ帰ってきてあなたといっしょになってからはじめてそれを打ち明けたというのは嘘だと思ったわけです。どうぞ、話をつづけてください」

「ぼくは、どうしていいのかわからなくなっちゃいました……。しかし、キャンプに近づくにつれて、だんだん頭がさえてきました。そして突然、ぼくが悪かったことに、責められるべきなのはぼく自身であることに、気づいたのです。ぼくはまったく虫けらみたいな男でした！　とっくにまま母に反抗して家を飛び出すべきだったのです。しかし、まだ手遅れじゃないかもしれないという考えが、ぼくの頭にひらめきました。赤い崖を背にして醜い偶像みたいな恰好で坐っている悪魔のような老女の姿が目に映りました。ぼくは彼女にいってやろうと思って、まっすぐ近づいて行きました。自分の気持を思いきりぶちまけて、家を飛び出すつもりだといってやるつもりだったんです。その晩さっそく逃げ出して――ネイディーンといっしょにそこを出て、その晩のうちにマーンまで行こうと、夢中でそんなことを考えていました」

「まあ、レノックス――あなた――」

それは、長い甘いため息になった。

彼がつづけた。

「それから……ぼくは思わずあっと叫んで、呆然と立ちつくしました。彼女は死んでいたのです。坐ったまま――死んでいたのですよ。ぼくはどうしていいのかわからず、ただあっけにとられていました。声をあげようとしましたが、喉がつかえて――鉛のようになって――どうもうまく説明できませんけど――そう、石です、石がつかえたようになってしまいました。ぼくは反射的に手を触れました――彼女の腕時計を手に取り（それは彼女の膝の上においてあったのですが）、それからそれを彼女の手首にはめました――身の毛のよだつような、ぐにゃぐにゃの、死んだ手首に……」

彼は身ぶるいした。

「まったく、ぞっとしました！　ぼくはすぐ転げるようにして坂を降りて、大天幕へ駆けこみました。だれかを呼ぶべきだったと思いますが――できなかったんです。ぼくはただ、ぼおっとしてそこに坐って本をめくり――待っていました――」

彼は間をおいた。

「そんなことを、あなたは信じないでしょう。しかし、なぜぼくはだれも呼ばなかったのか――ぼくにはわかりません」

ジェラール博士が咳払いをした。

「あなたのおっしゃることは、たしかにあり得る話です」と、彼はいった。「あなたは極端に不安な状態にあった。つづいて二度もはげしいショックを受けたのですから、そのような状態になることは充分考えられます。いわゆるヴァイセンハルター反応で――よく小鳥が頭を窓にぶつける、あの例がそうなんです。たとえその状態が直っても、本能的にすべての行動がそれによって制約を受けます――中枢神経が回復するまでに時間がかかりますから――どうも英語ではうまく説明できませんが、要するにこういうことです――あなたはそれ以外にいかなる行動もできなかった、ということです。はっきりした考えで行動することは、まったく不可能だったでしょう！　精神的な麻痺状態にあったわけです」

彼はポアロをふり返った。

「これは、わたしが保証しますよ」

「むろんわたしはそれをいささかも疑ってはおりません」と、ポアロはいった。「わたしがすでに注目していた事実は、ポイントン君が母親の腕時計をはめてやったという事実です。これは二つの説明ができます――それは犯行をごまかすためであったかもしれません。でなければ、彼の妻がそれを見て誤解することを計算に入れたのかもしれません。彼女は夫よりわずか五分遅く帰ってきました。ですから、彼女はその行動を目撃していたにちがいありません。したがって、もし彼女が義母のそばへ行って死んでいるのを発見し、そして手首に注射の痕があることがわかったら、当然彼女は犯人は夫だと思いこんでしまうでしょう――そしてまた、別れる決心をしたと彼に告げたことが、彼女の期待していたものとまったく違った反応を生じてしまったのだと思うにちがいありません。じっさいその予測どおり、ネイディーン・ボイントンは夫をかりたてて殺人を犯させてしまったと思ったのです」

彼はネイディーンを見た。

「そうでしょう？」

彼女は頭を下げた。それからこうたずねた。

「あなたはほんとうにわたしを疑っていたのですか、ポアロさん?」

「可能性があるとは思っていました」と、ポアロが答えた。

彼女は身を乗り出していった。

「で、いまは? いったいほんとうは何が起きたのですか、ポアロさん」

第十七章

「ほんとうは何が起きたのでしょう？」と、ポアロはくり返した。

彼は後ろへ手をのばし、椅子を引き寄せてそれに腰をおろした。彼の態度はいまや非常に友好的で、くつろいでいた。

「それが問題なんですよ。なぜなら、ジギトキシンは盗まれている——注射器も紛失しました——そしてボイントン夫人の手首には注射の痕があったのですから。

たしかにそれは、あと、三日もすれば完全にわかるでしょう——死体解剖の結果が出て、ボイントン夫人の死因が定量以上のジギタリスであったかどうかがわかるわけですから。しかし、それではもう遅い！　今晩のうちに、犯人がまだわれわれの手のとどくところにいるうちに、真相をつきとめたほうがいいでしょう」

ネイディーンははっと顔を上げた。

「それはつまり、わたしたちの一人が——この部屋の中にいるだれかが——」彼女の声がとだえた。

ポアロはゆっくり自分自身にうなずいた。

「真相――わたしがカーバリ大佐に約束したのは、それです。これでわれわれの道は明るくなりましたから、また前へもどって、わたしがあの行動表を作っていたときのように、ある二つの矛盾した事実に目を向けることにいたしましょう」

カーバリ大佐がはじめて口を開いた。

「それが何であるのか、聞かせていただけるわけですね」

ポアロは重々しい口ぶりでいった。

「申しあげようとしているところです。まず、わたしの行動表の最初の二項目を、もう一度読んでみましょう。ボイントン夫人はジギタリスの調合薬を服用していた。それから、ジェラール博士は皮下注射器を紛失したということです。これらの事実を、わたしが直面した否定しがたい事実――すなわち、ボイントン家の家族たちが明らかに犯罪者的な反応を示したという事実と、照し合わせてごらんなさい。すると当然、ボイントン家の家族たちの一人が犯人にちがいないということが考えられるでしょう。ところが、いまあげた二つの事実は、その推理と食い違っているのです。ジギタリスの溶液を盗むことは、たしかに賢明な着想です――ボイントン夫人はすでにその薬を飲んでいたのですから。しかし、彼女の家族たちなら、それからどうするのが普通でしょうか。そう、うまい方法が一つあります。その毒薬を彼女の薬瓶に入れるのです！　これは、ちょっと気のきいた、しかも多少薬について知っている人間なら、だれでもやりそうなことです。

やがて、ボイントン夫人はその薬を飲んで死にます――が、たとえそれが瓶の中に残っているのを発見されたとしても、調合した薬剤師の誤りだったろうといえば、それですんでしまうでしょう。なんらの証拠もあげることができないはずです。

それでは、注射器が盗まれたのは、いったいどうしたわけでしょう？

それには、ただ二つの説明があるだけです――つまり、盗まれていなかったのにジェラール博士がそれを見落としたか、さもなければ、ボイントン夫人の薬瓶を手に入れることのできない者によって盗まれたか――つまり、犯人はボイントン家の家族以外の人間であるか、このいずれかです。この二つの事実から、犯人は局外者であるという疑いが濃くなってくるわけです！

わたしは、それはわかっていました――しかし、ボイントン家の家族たちがいかにも犯人らしいかずかずの行動をとっていることに、いささかとまどわされたのです。犯罪意識があるにもかかわらず、ボイントン家の家族が無実であるということは、あり得るだろうか。そこで、わたしは立証しはじめました——波らの有罪をでなく——無実であることを！ それは、いまやっとすみました。犯人は外部の人間なのです。つまり、ボイントン夫人とそれほど親しくなくて、彼女のテントに入ったり、薬瓶をいじることのできないだれかだったわけです」

彼は一息入れた。

「強いていえば局外者ではあるけれども、しかし、事件と非常に密接な関係のある人がここに三人います。

まず、コープ氏があげられるでしょう。彼はかなり前からボイントン家の家族とは親密な交際をしていました。いったい彼には犯行の動機と機会があったでしょうか。ないように見えます。ボイントン夫人の死は、むしろ逆に彼に不利益をもたらしました——ある希望がふいになってしまったのです。コープ氏が他人の利益のためにつくしたいというわば狂信的な欲求でも持っていない限り、ボイントン夫人の死をねがう理由は考えられません。むろん、われわれのぜんぜん知らない動機でもあれば話はべつです。コープ氏がなぜボイントン家の家族たちと交際していたのか、その点はまだ正確にはわかっておりませんし——」

コープ氏があらたまった口調でいった。

「それはどうでもいいことじゃないですか。だいたい、わたしには犯行の機会なんかぜんぜんなかったんですからね。それに、わたしは人間の生命の尊さをいつも強調している男なんですよ」

「あなたの場合は、どうみてもけちのつけようがありませんな」と、ポアロはいった。「小説なら、そのためにかえって疑われるでしょうけど」

彼は椅子に坐ったまま、向きを変えた。

「では、ミス・キングにうつりましょう。彼女はたしかに相当な動機があり、必要な医学的知識もあり、決断力に富んだ性格ですが、しかし彼女は、三時半にみんなとキャンプを出てから六時まで帰っていませんから、犯行の機会があったとは考えられません。

つぎにジェラール博士を考えてみましょう。ここで犯行時刻を考えてみなければなりません。レノックス・ボイントンの最後の供述によれば、彼の母親は四時三十五分に死んでいます。ウエストホルム卿夫人とミス・ピアスの話によると、彼女は二人が散歩に出かけた四時十五分まで生きていました。すると、正確に二十分の間隔があります。ところで、その二人がキャンプから出かける途中で、帰ってくるジェラール博士とすれ違いました。したがって、博士がキャンプに着いたときにどんな行動をしたかについては、だれも知らないのです。なぜなら、二人のご婦人はそっちへ背を向けていたからです。そこから遠ざかって行くところだったからです。ですから、ジェラール博士が犯人である可能性は充分にあります。マラリアを装うことも容易にできたでしょう。動機もある程度考えられます。医者ですから、博士は、理性が危地に陥れられている人たち（これは生命を失うよりも、もっと大きな損失でしょう）を救いたいと思うでしょうし、人生の残り少ない人をそのために犠牲にしてもやむをえないと考えるかもしれません」

「ひどいですよ、それは」と、博士はいった。

そして愛想のいい微笑をみせた。

ポアロはそれには目もくれずに話をつづけた。

「しかし、もしそうだとすれば、ジェラール博士はなぜわざわざ人の関心をそそるようなことをしたのでしょう。殺人の可能性を最初に指摘したのはジェラール博士でした。たしかに、カーバリ大佐に対する彼の供述があろうとも、ボイントン夫人の死は自然であったとされることはほぼ確実だったでしょう。しかし、これはどうみても常識はずれです」と、ポアロはいった。

「まあそうでしょうね」と、カーバリ大佐がぶっきらぼうにいった。

そしてふしぎそうにポアロを見た。

「もう一つの可能性があります」と、ポアロはいった。「レノックス夫人はさっき、義妹の有罪の可能性を強く否定しました。その反論の根拠は、彼女の義母があの時間にすでに死んでいたという事実なのですが、しかし、ジネヴラ・ボイントンは、午後ずっとキャンプにいました。そしてウエストホルム卿夫人とミス・ピアスがキャンプから散歩に出かけて、しかもジェラール博士がまだもどってこないあいだのわずかな時間があったのです」

ジネヴラがせわしく体を動かした。身を乗り出すようにして、ふしぎそうな、無邪気な、とまどった目でポアロの顔を見つめた。

「あたしがしたの？　あたしが人殺しをしたとおっしゃるの？」

彼女は突然敏捷な美しい動きで椅子から飛び立ち、部屋をさっと横切って、ジェラール博士の前にひざまずき、彼にすがりついて熱狂的に彼の顔を見つめた。

「おねがい、助けてください。みんながあたしを、また閉じこめようとしてるんです。あれは嘘です。あたし、なんにもしませんでしたわ。あの人たちはあたしの敵なんです——あたしを監獄へ入れようとしてるんです——幽閉しようとしてるんです。助けてください！　ねえ、おねがいです」

「よしよし、いいんだよ」博士は彼女の頭を軽くなでた。それからポアロにいった。

「あなたは何をくだらんことをおっしゃるんです——でたらめすぎますよ」

「被害妄想ですか」と、ポアロがつぶやいた。

「そうです——しかし、彼女はあんなことをするはずはありませんよ。もし彼女がやるとすれば、もっと芝居がかった、はなばなしいものになるでしょう。こんな冷静な、論理的な犯行になるはずはありませんよ、そうでしょう？　これは知能的な犯罪なんです——正気の犯行です」

ポアロは微笑して、ふいに頭を下げた。「わたしもまったく同感ですよ《ジュ・スイ・アンティエルマン・ド・ヴォトル・アヴィ》」と、なだめるようにいった。

第十八章

「さて」と、エルキュール・ポアロはいった。「まだ少し検討を進めなければなりません。ジェラール博士は心理学の大家です。ですから、これから事件の心理学的な面を考察してみましょう。わたしたちは事実をつかみ、その推移を時間的に並べ、証言を聞きました。残っているのは——心理学です。とくに死んだ女性に関する心理学的な重要な証言が残っています——この事件でもっとも重要なのは、ボイントン夫人の心理なのですから。

さっきあげた重要事項の第三番と四番から、それを考えてみましょう。ボイントン夫人は家族たちが他人と交際するのを邪魔して楽しんでいた。それから、ボイントン夫人は問題の日の午後、家族たちが彼女をおいて外出することをすすめた。

これらの二つの事実は、たがいにまったく矛盾しています。いったいなぜこの特別な午後に、ボイントン夫人は急にいつもの方針とは完全に逆なことを突然やりだしたのでしょうか。彼女は急に心が暖まり、慈悲の本能に目覚めたのでしょうか。それはわたしが聞いたことから判断して、きわめてあり得ないことのように思われます。しかし、それにはもちろん、理由があったのでしょう。どういう理由だったのでしょうか。

ここでボイントン夫人の性格について詳しく考察してみましょう。彼女についてはさまざまな意見があります。冷酷な独裁者であったとか、精神的なサディストであったとか、悪魔であったとか、気ちがいであったとか。それらの意見の中でどれが正しかったのでしょうか。

わたしはサラ・キングがエルサレムで、霊感がひらめいて、あの老女があわれむべき存在に見えてきたというのが、もっとも真実に近いと思います。彼女はあわれな存在であったばかりでなく、なんの役にも立たない女だったのです。

もしできればわたしたちはここで、ボイントン夫人の心理状態に立ち入ってみたいと思います。あくなき野心をもって生まれつき、他人を支配して自分の個性を強く印象づけようとする欲望の強かった女。彼女ははげしい権力欲を昇華させようとせず、またそれを克服しようともせずに、ただそれを増長させたのです！　しかし、その結果どうなったでしょう。彼女は広い世間からは恐れられも、憎まれもせず、ただ孤立した一家庭のみみっちい暴君でしかなかったのです。しかも——ジェラール博士がわたしにいったように――彼女はほかのおばあさんたちと同じように自分の趣味に飽きて、活動範囲を広め、彼女の支配的な状態を危険にさらして楽しもうとしました。しかし、それはまったく見当ちがいなことになってしまったのです。海外旅行をすることによって、彼女は自分がいかに無意味な人間であるかをはじめて知ったのでした。

さて、わたしたちはまっすぐ第十番へ進みましょう――エルサレムで彼女がサラ・キングにいった言葉です。彼女はボイントン夫人がまったく存在価値のないあわれむべき女であることを、あからさまにあばいてみせたのです。それに対して彼女がミス・キングになんといったかを、注意して聞いてください。ミス・キングの話によれば、ボイントン夫人は〝敵意に満ちた口ぶりで――わたしを見もしないで〟こういったのです――〝わたしは決して忘れませんよ――どんな行為も、どんな名前も、どんな顔も〟と。

これらの言葉はミス・キングに強い印象を与えました。その言い方の異常なはげしさと、咬みつくような調子が彼女を驚かせました。しかし、彼女に与えた印象があまり強かったために、これが非常に大きな意味を持っていることに、彼女はぜんぜん気がつかなかったようです。

その重大な意味が、おわかりですか」

彼はしばらく待った。

「わからないかもしれませんね。しかし、これらの言葉が、ミス・キングのいったことに対する答えとしては、ちょっと見当はずれな答えだという気がしませんか。〝わたしは決して忘れませんよ――どんな行為も、どんな名前も、どんな顔も〟たしかにこれはおかしい！　もし彼女が、〝わたしは無礼な行為を決して忘れません〟とでもいうならまだしもですが――しかし、そうじゃなかったのです――彼女は、顔を忘れないといったのです」

ポアロは両手をぽんと打った。

「さあ、ぱっと見えてきました。あの言葉は一見、ミス・キングに向かっていわれたようですが、彼女に対する言葉ではなかったのです。それはミス・キングの後ろに立っていただれかほかの人に対していわれたのです」

彼は間をおいて、みんなの表情をうかがった。

「そう、ぱっと見えてきましたよ。それはボイントン夫人の生涯のいわば心理学的な瞬間だったのです。彼女は知的な若い女性によって、自分をさらけ出したのです！　彼女は困惑し、怒りに燃えていた――そのとき、ある人の姿を見て、それがだれであるかを思い出したのです――それは過去からきた顔でした――おあつらえむきに彼女の手に飛びこんできた犠牲者だったのです！

わたしたちはここでふたたび局外者に対面しました。そして、ボイントン夫人があの午後にふいに愛想よくなった意味がいま明らかになったのです。俗な言葉でいうと、彼女は料理すべき魚を一匹捕えたので、家族たちを追い払おうとしたのです。つまり、新しい犠牲者と会見するために、邪魔者を一掃しようとしたわけです。

さて、わたしたちはこの新しい見地から、あの日の出来事を検討してみましょう。ボイントン家の家族たちが出かけました。ボイントン夫人は洞窟の入口に坐ります。ここでウエストホルム卿夫人とミス・ピアスの証言を慎重に考えてみましょう。後者はあまりあてにならない証人です。観察がざつで、しかも多分に想像がまじるからです。それに反して、ウエストホルム卿夫人は事実に対してきわめて正確で、細心な観察者です。ところが、この二人のご婦人の証言は、ある一つの事実については完全に一致しているのです。アラブ人の召使いの一人がボイントン夫人に近づき、どういうわけか彼女を怒らして逃げるようにして帰ったというのです。ウエストホルム卿夫人は、その召使いが最初ジネヴラ・ボイントンのテントへ入ったといっています。憶えていらっしゃるでしょう――ジェラール博士のテントはジネヴラのテントの隣りにありました。ですから、そのアラブ人が入ったのは、ジェラール博士のテントであったかもしれないということも、充分考えられるわけです」

カーバリ大佐がいった。

「ということは、わたしの仲間であるベドウィン人の一人が、注射で彼女を殺したというわけですか。それはちょっと空想じみていますな」

「いや、待ってください。カーバリ大佐、話はこれからなんです。たしかにそのアラブ人は、ジネヴラ・ボイントンのテントからでなくて、ジェラール博士のテントから出てきたかもしれないのです。で、つぎに問題になるのは何でしょう。彼女たちは二人とも、彼を確認できるほどはっきり彼の顔が見えなかったし、何をいっているのか聞こえなかったといっています。大天幕から岩棚までは、約二百メートルあります。ところが、ウエストホルム卿夫人は、ズボンがつぎはぎだらけだったとか、ゲートルの巻き方がだらしなかったとか、彼の服装の細部までよく説明しているのです」

ポアロは上体を乗り出した。

「これははなはだ奇妙じゃないでしょうか！　顔も見えず、話も聞こえなかったら、ズボンやゲートルの状態なんか見えるはずがありませんよ！　二百メートルも離れていたのですからね。

これは失策だったのです！　それはわたしにある奇妙な考えを思いつかせたからです。

おんぼろのズボンやだらしのないゲートルなどを、なぜそんなに強調するのか。ひょっとしたらそれは、ズボンはやぶけていなくて、ゲートルは架空のしろものだったからではなかろうか。ウエストホルム卿夫人とミス・ピアスは、二人ともその男を見たといっています――しかしそれは、彼女たちがおたがいの姿が見えないところに坐っていたときでした。これはウエストホルム卿夫人が、ミス・ピアスが目を覚ましているかどうかを見にきたとき、彼女はテントの入口に坐っていたという事実から明らかです」

「ほう！」カーバリ大佐は急に上体をまっすぐに起こした。「そうすると――」

「つまり、ウエストホルム卿夫人はミス・ピアスが何をしているかを確かめた上で（彼女はそのとき目を覚ましているただ一人の証人だったでしょうから）、自分のテントへもどり、乗馬ズボンをはき、カーキー色の上着を着てチェックのダスターコートを材料にしてアラブ人みたいな頭巾を作り、うまく変装してジェラール博士のテントに忍びこみ、薬箱を見つけて目的に合う薬を選び出し、注射器をとり、薬を入れて、めざす相手のところへ勇敢に歩いて行ったわけです。

ボイントン夫人は居眠りしていたのかもしれません。ウエストホルム卿夫人はすばやく彼女の手首をつかんで、薬を注射しました。ボイントン夫人は半ば叫び声をあげ――いや、あげようとしましたが、声が出なかったのでしょう。その〝アラブ人〟はぺこぺこして、ばつの悪そうな恰好で逃げるようにしてひっ返しました。ボイントン夫人は杖を振りあげ、立ちあがろうとしてから、椅子の中に崩れてしまったわけです。

それから五分後に、ウエストホルム卿夫人はミス・ピアスに会うと、彼女の創作した目撃談をして、相手にその光景を印象づけたのです。それから二人は散歩に出発し、岩棚の下でちょっと足をとめ、ウエストホルム卿夫人がボイントン夫人に大きな声で話しかけました。ボイントン夫人はもう死んでいるのですから、返事があるはずもありません――が、彼女はミス・ピアスにこういうのです。〝まあ失礼な人ね、鼻を鳴らしただけよ〟ミス・ピアスはその暗示にひっかかりました――彼女はボイントン夫人が返事の代わりに人をこばかにしたようにふんと鼻を鳴らすのを、前にも何度か聞いていたのです――ですから、そのことを質問されたら、彼女はほんとうに聞こえたと断言するにちがいありません。ウエストホルム卿夫人はたびたび議会の委員会でミス・ピアスのようなタイプのご婦人たちを相手にしていて、あくの強い尊大な彼女の個性がそのご婦人たちにかなり影響を与えることをよく知っていたのでしょう。彼女の計画が頓挫をきたしたのは、注射器をすぐもとへもどしておけなかったというただ一つの点からだったのです。ジェラール博士が予想外に早く帰ってきたことが、せっかくの計画をだいなしにしてしまったわけです。彼女はそれが紛失していることに博士が気づかないでくれるか、あるいは自分の見落としだろうと思ってくれることを期待して、夜になってからそれをもとへもどしておきました」

ポアロは間をおいた。

サラがたずねた。

「でも、なぜ？　ウエストホルム卿夫人はなぜボイントン夫人を殺さなければならなかったのですか」

「エルサレムであなたがボイントン夫人に話しかけたとき、ウエストホルム卿夫人がそのすぐそばにいたと、あなたはいったでしょう。ボイントン夫人があの言葉を投げた相手は、ウエストホルム卿夫人だったのです。〝わたしは決して忘れませんよ——どんな行為も、どんな名前も、どんな顔も〟——という言葉と、ボイントン夫人がかつて刑務所の女看守だったことを結び合わして考えたなら、簡単に真相がつかめるでしょう。ウエストホルム卿は、アメリカから帰る船の中で彼女と親しくなったのですが、彼女は彼と結婚する前に、犯罪をおかして刑務所に服役していたことがあったのです。

彼女がどんなに恐ろしい窮地に陥ったか、想像できるでしょう。彼女の輝かしい社会的地位も、野心も、経歴も——すべてがだめになってしまうのです。彼女の前科がなんであるか知りません（もうすぐわかるでしょう）が、おそらくそれは、もしそれが一般に知れたら、彼女の政治生命を一挙に奪うだけの力のあるものでしょう。しかも、ボイントン夫人は普通のゆすりや脅迫をしようというのではなかったのです。金なんかほしくなかった。彼女の望んでいたのは、まず自分の餌食をさんざんなぶり苦しめて、それからその真相をもっともはなばなしいやり方で暴露することだったのです！　そう。ボイントン夫人が生きている限り、ウエストホルム卿夫人は安心しておれません。彼女はペトラで会おうというボイントン夫人の指示に従ったものの（わたしはウエストホルム卿夫人のように自分の地位を鼻にかけている人が、単なる観光客として旅行しようとするのはちょっとおかしいと思っていましたが）、しかし、彼女は心の奥で殺人計画を考えめぐらしていたにちがいありません。彼女はそのチャンスをつかんで、勇敢にやってのけたのです。しかし彼女は、失敗を二つやっています。一つはあまり大したことではないというべきですが——例のすりきれたズボンの話です。これが最初にわたしの注意をひきました。二番目は、ジェラール博士のテントをまちがえて、ジネヴラの寝ているテントをのぞきこんだことです。ジネヴラは半睡状態だったので、そこから、変装した首長の話が出てきたわけです——それは彼女の妄想ではありますが、そう妄想させるだけの事実はあったわけです。彼女は事実を曲げてドラマチックな話をでっちあげようとする本能的な欲望につられて、何やらおかしい話をしたわけですが、わたしはそこに重要な事実が指摘されていると思いました」

彼は間をおいた。

「いずれにせよ、わたしたちはもうすぐ真相がわかるでしょう。じつは今日、ウエストホルム卿夫人に気づかれないようにして、彼女の指紋を手に入れました。もし彼女が、かつてボイントン夫人が女看守をしていた刑務所の囚人だったことがあったら、その指紋を照合することによってまもなくその事実がわかるでしょう」

彼は話をやめた。

その一瞬の静寂さを破って、鋭い音が鳴りひびいた。

「何でしょうか、あれは」と、ジェラール博士が訊いた。

「銃声らしい」カーバリ大佐はぱっと立ちあがった。「隣りの部屋ですよ。だれがいるんです、隣りには」

ポアロがつぶやいた。

「ちょっと考えがありましてね――ウエストホルム卿夫人の部屋なのです……」

エピローグ

イーヴニング・シャウト紙の記事の抜萃。

下院議員ウエストホルム卿夫人は、悲劇的な事故で逝去された。辺境を旅行することの好きだった卿夫人は、つねに小さな拳銃を身につけていたが、その手入れをしていた際に暴発して即死したものである。ウエストホルム卿に心から同情するとともに――云々。

それから五年たったある暖かい六月の夜、サラ・ボイントンと彼女の夫は、ロンドンのある劇場の特別席に坐っていた。芝居は『ハムレット』だった。オフェリアのせりふが照明の光の中を漂うように聞こえてきたとき、サラは思わずレイモンドの手を握った。

いずれを君が恋人と
わきて知るべき術やある。
貝の冠とつぐ杖と
はける靴とぞしるしなる。
彼は死にけり、わが姫よ、
彼は黄泉へたちにけり。
頭のほうの苔を見よ、
裾のほうには石立てり。

サラは胸にこみ上げてきた。たとえようのないその白痴美、この世のものとは思われない妖しげな微笑、それは苦悩も悲哀も越えて、幻影だけが真実である世界の人のものだった……。

サラは心の中でつぶやいた――「彼女はきれいだわ……美しいわ……」

余韻のある快活なその声は、響きの美しさは前から持っていたが、いまは鍛えられ調整されて、完全な楽器のそれになっていた。

幕が降りたとき、サラは断言した。

「ジニーはほんとに名優ね――名優だわ！」

その後で、彼らはサヴォイで夕食のテーブルを囲んだ。ジネヴラはほのかな微笑を浮かべて、かたわらのあごひげを生やした男に話しかけた。

「あたしの演技、どうだった、テオドール？」

「すばらしかったよ！」

彼女の唇に幸福な微笑が浮かんだ。

「あなたはいつもあたしを信じていたのね――あたしがすばらしい演技で大勢の観客を酔わせることができることを、あなたは知ってたのね」

近くのテーブルで、今夜のハムレットが憂鬱そうにいった。

「彼女のマンネリズムはひどいよ！　もちろん最初は観客にもてるだろうが――ありゃもう、シェークスピアじゃないぜ。彼女のために、ぼくの退場のせりふがかたなしさ」

ジネヴラの向こう側に坐ったネイディーンがいった。

「ジニーが有名になって、ロンドンでオフェリアを演じるのが見れるなんて、ほんとにすばらしいことだわ」

ジネヴラがしんみりいった。

「よくきてくださったわね」

「定例の家族パーティなんだもの」ネイディーンは微笑して、あたりを見まわしながらいった。

「家の子供たちもマチネへ行くでしょう。もう芝居のわかる年だし、ジニー叔母さんの舞台姿を見たいでしょうからね！」

ユーモラスな目をした、幸福で健康な顔のレノックスは、彼のグラスをあげた。

「ほやほやのコープ夫妻に乾杯しよう！」

ジェファーソン・コープとキャロルがその乾杯を受けた。

「あの不誠実な恋人！」と、キャロルは笑いながらいった。「ジェフ、あなたの向こう側に坐っている初恋の人のために乾杯してやればいいわ！」

レイモンドが陽気にいった。

「ジェフの顔が真っ赤になったぜ。昔を思い出すのがつらいらしいね」

彼の顔が急に曇った。

サラが彼の手を握ると、その雲は晴れた。彼は彼女を見て苦笑した。

「ほんとに悪夢のようだったね！」

ぱりっとした服装の小柄な男がテーブルのそばで足を止めた。エルキュール・ポアロだった。寸分のすきもなく装いをこらした彼は、得意げに口ひげをひねって、いんぎんにお辞儀をした。

「マドモアゼル」と、彼はジネヴラに話しかけた。「じつにすばらしい演技でしたぞ！」

彼らは喜んで彼を迎え、サラの隣りの席をすすめた。

彼は目を輝かしてみんなを眺めまわし、やがてななめ横へ身を乗り出してサラに言葉をかけた。

「ボイントン家は、いまやすべてがうまく行ってるようですな」

「はい、おかげさまで。キャロルとジェファーソン・コープがやっと式を挙げたことをご存じですか、それに、レノックスとネイディーンはかわいらしい子供が二人できたんですの――ほんとにかわいらしいんですのよ。ジニーについていえば――彼女はやはり天才でしたわ」

彼女はテーブルの向こう側の金色をおびた赤毛の冠と美しい顔を眺めてから、はっと息をつめた。

一瞬彼女の顔が厳粛な表情になった。彼女はグラスをゆっくり唇へあげた。

「乾杯するのですか、マダム」と、ポアロが彼女にたずねた。

サラはゆっくりいった。

「彼女のことをふと思い出したんですの。ジニーを見ていたら——よく似ていることに、はじめて気がつきましたわ。そっくりですね——ただ、ジニーは明るいけど——彼女は暗かったわ」

すると、向かい側のジネヴラがだしぬけにいった。

「お母さんて……変だったわ。みんなが幸福になったいま思うと——なんだか、かわいそうに思えてくるわ。お母さんの人生の望みは、かなえられなかったのね。それはお母さんにとってもむずかしかったんでしょうね」

それから——ほとんど間をおかずに——彼女は声をふるわせながら静かに『シンベリン』の一節をくちずさんだ。みんなが魅せられたようにしてその音楽のような声に聞きほれた。

太陽の熱も恐れず、
きびしい冬の嵐にもひるまず、
畢生の業を成し遂げた汝は、
家庭を失いて、その報いを得たり……

だって、彼女は殺されるんでしょ?

翻訳家
東野さやか

多くのミステリ愛好家の例に漏れず、わたしもクリスティーで海外ミステリの世界に足を踏み入れたクチだ。今でこそ、通ぶって少しばかりクセのあるミステリを楽しんだりもするが、それもこれもクリスティーがこの世界に引っぱりこんでくれたおかげ。クリスティーをきっかけにクリスチアナ・ブランドやクレイグ・ライスを知り、さらにはルース・レンデル、そこで大きく方向転換してハードボイルドへと世界は広がった。

と言っても、運命的な出会いをしたわけではない。わたしがミステリを読み始めた当時は、選択肢が限られていた。海外ミステリを出していた出版社は今ほどなかったし、しかもわたしは田舎住まいの中学生で、他に趣味を同じくする友人もいなかった。書店や図書館のミステリの棚で、いちばん場所を取っていたのがエラリイ・クイーンとクリスティーで、おのずとそこに手が伸びただけのことだ。他に読んでいた作家とくらべて格段に好きだと思っていたわけでもないのに、気がついてみれば、著作のほぼ全部を読み通していた。あれ、わたしってクリスティーが好きだったんだ。そう気がついたのはかなりあとのことだ。隣の男の子みたいな感じとでも言おうか。いつもいつも一緒にいながら、なかなかその価値に気づかず、あとになって振り返って初めて、「ああ、この人はわたしにとって大事な人だったんだ」としみじみ思う、そんな存在なのだ。

思い返してみれば、初めて原書で読み通したのもクリスティーだった。ひょっとすると、クリスティーがいなかったなら、ミステリの翻訳なんかやっていなかったかもしれない。

クリスティーの作品には、印象的な科白《せりふ》や表現がいくつもある。たとえば『メソポタミヤの殺人』で、ポアロが口にする「殺人は癖になる」という科白。この場面を読むたびに、そしていろいろなミステリに触れるたびに、この言葉の深さを実感する。「世界最高の名探偵です」なんて自分で言ってしまう、謙虚さのかけらもない嫌みなおじさんだが、さすがに犯罪に関する洞察力はピカイチだと納得させられるひと言だ。『葬儀のあとで』の中である人物が言う、「だってリチャードは殺されたんでしょう？」という科白も印象深かった。テレビ・ドラマならここで効果音でも入りそうなこの科白を境に、物語の様相は一変する。しかもこの科白とそれが発せられた状況は、最後の謎解きにまでからんでくるのだ。『鏡は横にひび割れて』に出てくるテニスンの詩も、暗記するほど好きだった。こんなのはほんの一例で、数え上げれば枚挙にいとまがない。

しかし、いちばん強烈に印象に残っている言葉と言えば、本書『死との約束』の冒頭だ。なんと言ってものっけから、「いいかい、彼女を殺してしまわなきゃいけないんだよ」なのだ。たしかに、いきなり死体の描写や殺害の場面から始まるミステリもあるけれど、読書量の少なかった当時のわたしにとって、殺人予告で幕を開けるこの本は衝撃的だった。発言の主の正体も、殺されなきゃならない〝彼女〟とは誰かもすぐにわかるのだが、いったいいつ、どのようにして殺されるのか、そもそも本当にその〝彼女〟が殺されるのか、そういうもろもろが気になって、ページをめくるのももどかしかった記憶がある。

だが、こちらの期待に反して事件はなかなか起こらない。そのかわりに、物語で主要な位置を占めるアメリカ人家族のことが、あれこれと書かれる。専制君主のような絶対的な力を持つ母親と、彼女に唯々諾々《いいだくだく》と従うだけの子どもたち。〝子どもたち〟と言っても、末娘以外は皆いい年をした大人で、長男にいたっては結婚までしている。そんな家族が何を思い立ったか、わざわざ中近東くんだりまで旅行に来ているのだが、他の旅行客とは口をきこうともせず、自分たちだけの殻に閉じこもっている。当然のことながら周囲は好奇の目を向け、ある女性などは「わたしの力でなんとかしてみせる」と息巻いて、その家族に接触をはかる。実はこの過程でさりげなく伏線が張られているのだが、なにしろ冒頭のあの言葉があまりに強烈で、そこに気を取られて見逃しがちだ。そういうふうに、読者の気をそらすやり方も本当にうまいなあと、今回あらためて読んで感心した。この解説から先に読んでいる方はぜひ、はやる気持ちをおさえ、第一部をじっくり読んでみてほしい。まあ、それで犯人を言い当てられるとは保証しないけど。

本書は、同じくポアロを主人公とした『ナイルに死す』の翌年に刊行された、いわゆる中近東シリーズの一作である。ご存知の方も多いと思うが、クリスティーは一九三〇年に考古学者のマックス・マローワンと再婚し、その後、夫の発掘調査に同行してしばしば中近東を訪れている。その経験が、一連の中近東シリーズを書く原動力になっているのはよく知られた話である。裕福な中流階級出身のクリスティーが描くアラブ世界にはおのずと限界があるが、それでも一種独特のエキゾチシズムにあふれた中での殺人事件は、読む者をわくわくさせてくれる。そもそも旅行というもの自体が非日常であり、そこへもってさらに、普段の生活では目にすることのない遺跡や風景が、異国情緒に拍車をかけ、冒険心を刺激する。

そのせいだろうか、『ナイルに死す』と同様、この『死との約束』も一九八八年に《死海殺人事件》というタイトルで映画化された。監督はマイケル・ウィナー、主人公のポアロを演じるのは、《ナイル殺人事件》《地中海殺人事件》に続いて起用されたピーター・ユスチノフ。その他、ローレン・バコール、キャリー・フィッシャー、デヴィッド・ソウルらが共演しているが、単なるご当地映画に終わってしまった感があり、評判もかんばしくなかったようだ。トリックらしいトリックもなく、証人によって食い違う証言を丹念な聞き込みと鋭い洞察力で崩していくタイプのこの物語は、小説でなければおもしろさが充分伝わらないと思うのだ。

この解説を書くにあたって、ポアロものを中心にクリスティーの長篇を読み返してみた。仕事ということを忘れて読みふけった。そしてこのおもしろさは普遍的だと思った。いつの時代でも誰にでも理解されるおもしろさ。これこそが究極のエンタテインメントではなかろうか。これからクリスティーを読むという人がうらやましい。なぜって、たくさんのわくわくする物語に出会えるのだから。

灰色の脳細胞と異名をとる

〈名探偵ポアロ〉シリーズ

本名エルキュール・ポアロ。イギリスの私立探偵。元ベルギー警察の捜査員。卵形の顔とぴんとたった口髭が特徴の小柄なベルギー人で、「灰色の脳細胞」を駆使し、難事件に挑む。『スタイルズ荘の怪事件』（一九二〇）に初登場し、友人のヘイスティングズ大尉とともに事件を追う。フェアかアンフェアかとミステリ・ファンのあいだで議論が巻き起こった『アクロイド殺し』（一九二六）、イニシャルのＡＢＣ順に殺人事件が起きる奇怪なストーリーが話題をよんだ『ＡＢＣ殺人事件』（一九三六）、閉ざされた船上での殺人事件を巧みに描いた『ナイルに死す』（一九三七）など多くの作品で活躍し、最後の登場になる『カーテン』（一九七五）まで活躍した。イギリスだけでなく、イラク、フランス、イタリアなど各地で起きた事件にも挑んだ。

映像化作品では、アルバート・フィニー（映画《オリエント急行殺人事件》）、ピーター・ユスチノフ（映画《ナイル殺人事件》）、デビッド・スーシェ（ＴＶシリーズ）らがポアロを演じ、人気を博している。

1 スタイルズ荘の怪事件
2 ゴルフ場殺人事件
3 アクロイド殺し
4 ビッグ4
5 青列車の秘密
6 邪悪の家
7 エッジウェア卿の死
8 オリエント急行の殺人
9 三幕の殺人
10 雲をつかむ死
11 ABC殺人事件
12 メソポタミヤの殺人
13 ひらいたトランプ
14 もの言えぬ証人
15 ナイルに死す
16 死との約束
17 ポアロのクリスマス
18 杉の柩
19 愛国殺人
20 白昼の悪魔
21 五匹の子豚
22 ホロー荘の殺人
23 満潮に乗って
24 マギンティ夫人は死んだ
25 葬儀を終えて
26 ヒッコリー・ロードの殺人
27 死者のあやまち
28 鳩のなかの猫
29 複数の時計
30 第三の女
31 ハロウィーン・パーティ
32 象は忘れない
33 カーテン
34 ブラック・コーヒー〈小説版〉

好奇心旺盛な老婦人探偵

〈ミス・マープル〉シリーズ

本名ジェーン・マープル。イギリスの素人探偵。ロンドンから一時間ほどのところにあるセント・メアリ・ミードという村に住んでいる、色白で上品な雰囲気を漂わせる編み物好きの老婦人。村の人々を観察するのが好きで、そのうちに直感力と観察力が発達してしまい、警察も手をやくような難事件を解決するまでになった。新聞の情報に目をくばり、村のゴシップに聞き耳をたて、それらを総合して事件の謎を解いてゆく。家にいながら、あるいは椅子に座りながらゆったりと推理を繰り広げることが多いが、敵に襲われるのもいとわず、みずから危険に飛び込んでいく行動的な面ももつ。

長篇初登場は『牧師館の殺人』（一九三〇）。「殺人をお知らせ申し上げます」という衝撃的な文章が新聞にのり、ミス・マープルがその謎に挑む『予告殺人』（一九五〇）や、その他にも、連作短篇形式をとりミステリ・ファンに高い評価を得ている『火曜クラブ』（一九三二）、『カリブ海の秘密』（一九六四）とその続篇『復讐の女神』（一九七一）などに登場し、最終作『スリーピング・マーダー』（一九七六）まで、息長く活躍した。

35　牧師館の殺人
36　書斎の死体
37　動く指
38　予告殺人
39　魔術の殺人
40　ポケットにライ麦を
41　パディントン発4時50分
42　鏡は横にひび割れて
43　カリブ海の秘密
44　バートラム・ホテルにて
45　復讐の女神
46　スリーピング・マーダー

冒険心あふれるおしどり探偵

〈トミー&タペンス〉

本名トミー・ベレズフォードとタペンス・カウリイ。『秘密機関』（一九二二）で初登場。心優しい復員軍人のトミーと、牧師の娘で病室メイドだったタペンスのふたりは、もともと幼なじみだった。長らく会っていなかったが、第一次世界大戦後、ふたりはロンドンの地下鉄で偶然にもロマンチックな再会をはたす。お金に困っていたので、まもなく「青年冒険家商会」を結成した。この後、結婚したふたりはおしどり夫婦の「ベレズフォード夫妻」となり、共同で探偵社を経営。事務所の受付係アルバートとともに事務所を運営している。トミーとタペンスは素人探偵ではあるが、その探偵術は、数々の探偵小説を読破しているので、事件が起こるとそれら名探偵の探偵術を拝借して謎を解くというユニークなものであった。

『秘密機関』の時はふたりの年齢を合わせても四十五歳にもならなかったが、

最終作の『運命の裏木戸』（一九七三）ではともに七十五歳になっていた。青春時代から老年時代までの長い人生が描かれたキャラクターで、クリスティー自身も、三十一歳から八十三歳までのあいだでシリーズを書き上げている。ふたりの活躍は長篇以外にも連作短篇『おしどり探偵』（一九二九）で楽しむことができる。

ふたりを主人公にした作品が長らく書かれなかった時期には、世界各国の読者からクリスティーに「その後、トミーとタペンスはどうしました？　いまはなにをやってます？」と、執筆の要望が多く届いたという逸話も有名。

47　秘密機関
48　NかMか
49　親指のうずき
50　運命の裏木戸

バラエティに富んだ作品の数々
〈ノン・シリーズ〉

名探偵ポアロもミス・マープルも登場しない作品の中で、最も広く知られているのが『そして誰もいなくなった』(一九三九)である。マザーグースになぞらえて殺人事件が次々と起きるこの作品は、不可能状況やサスペンス性など、クリスティーの本格ミステリ作品の中でも特に評価が高い。日本人の本格ミステリ作家にも多大な影響を与え、多くの読者に支持されてきた。

その他、紀元前二〇〇〇年のエジプトで起きた殺人事件を描いた『死が最後にやってくる』(一九四四)、『チムニーズ館の秘密』(一九二五)に出てきたロンドン警視庁のバトル警視が主役級で活躍する『ゼロ時間へ』(一九四四)、オカルティズムに満ちた『蒼ざめた馬』(一九六一)、スパイ・スリラーの『フランクフルトへの乗客』(一九七〇)や『バグダッドの秘密』(一九五一)などのノン・シリーズがある。

また、メアリ・ウェストマコット名義で『春にして君を離れ』(一九四四)をはじめとする恋愛小説を執筆したことでも知られるが、クリスティー自身は四半世紀近くも関係者に自分が著者であることをもらさないよう箝口令をしいてきた。これは、「アガサ・クリスティー」の名で本を出した場合、ミステリと勘違いして買った読者が失望するのではと配慮したものであったが、多くの読者からは好評を博している。

72 茶色の服の男
73 チムニーズ館の秘密
74 七つの時計
75 愛の旋律
76 シタフォードの秘密
77 未完の肖像
78 なぜ、エヴァンズに頼まなかったのか？
79 殺人は容易だ
80 そして誰もいなくなった
81 春にして君を離れ
82 ゼロ時間へ
83 死が最後にやってくる
84 忘られぬ死
86 暗い抱擁
87 ねじれた家
88 バグダッドの秘密
89 娘は娘
90 死への旅
91 愛の重さ
92 無実はさいなむ
93 蒼ざめた馬
94 ベツレヘムの星
95 終りなき夜に生れつく
96 フランクフルトへの乗客

名探偵の宝庫
〈短篇集〉

クリスティーは、処女短篇集『ポアロ登場』（一九二三）を発表以来、長篇だけでなく数々の名短篇も発表し、二十冊もの短篇集を発表した。ここでもエルキュール・ポアロとミス・マープルは名探偵ぶりを発揮する。ギリシャ神話を題材にとり、英雄ヘラクレスのごとく難事件に挑むポアロを描いた『ヘラクレスの冒険』（一九四七）や、毎週火曜日に様々な人が例会に集まり各人が体験した奇怪な事件を語り推理しあうという趣向のマープルものの『火曜クラブ』（一九三二）は有名。トミー&タペンスの『おしどり探偵』（一九二九）も多くのファンから愛されている作品。

また、クリスティー作品には、短篇にしか登場しない名探偵がいる。心の専門医の異名を持ち、大きな体、禿頭、度の強い眼鏡が特徴の身上相談探偵パーカー・パイン（『パーカー・パイン登場』一九三四　など）は、官庁で統計収集の事務を行なっていたため、その優れた分類能力で事件を追う。また同じく、ハーリ・クィンも短篇だけに登場する。心理的・幻想的な探偵譚を収めた『謎のクィン氏』（一九三〇）などで活躍する。その名は「道化役者」の意味で、まさに変幻自在、現われてはいつのまにか消え去る神秘的不可思議的な存在として描かれている。恋愛問題が絡んだ事件を得意とするというユニークな特徴をもっている。

ポアロものとミス・マープルものの両方が収められた『クリスマス・プディングの冒険』（一九六〇）や、いわゆる名探偵が登場しない『リスタデール卿の謎』（一九三四）や『死の猟犬』（一九三三）も高い評価を得ている。

51 ポアロ登場
52 おしどり探偵
53 謎のクィン氏
54 火曜クラブ
55 死の猟犬
56 リスタデール卿の謎
57 パーカー・パイン登場
58 死人の鏡
59 黄色いアイリス
60 ヘラクレスの冒険
61 愛の探偵たち
62 教会で死んだ男
63 クリスマス・プディングの冒険
64 マン島の黄金

訳者略歴　1924年生，1949年東京大学文学部卒，英米文学翻訳家　訳書『殺人は容易だ』クリスティー，『餌のついた釣針』ガードナー（以上早川書房刊）他多数

死《し》との約束《やくそく》

〈クリスティー文庫 16〉

二〇〇四年五月十五日　発行
二〇二三年九月二十五日　九刷

（定価はカバーに表示してあります）

著者　アガサ・クリスティー
訳者　高《たか》橋《はし》豊《ゆたか》
発行者　早川浩
発行所　株式会社 早川書房
東京都千代田区神田多町二ノ二　郵便番号一〇一-〇〇四六
電話　〇三-三二五二-三一一一
振替　〇〇一六〇-三-四七七九九
https://www.hayakawa-online.co.jp

乱丁・落丁本は小社制作部宛お送り下さい。送料小社負担にてお取りかえいたします。

印刷・株式会社精興社　製本・株式会社フォーネット社
Printed and bound in Japan
ISBN978-4-15-130016-5 C0197

本書は活字が大きく読みやすい〈トールサイズ〉です。